CLAUS

PROBST

DIE JAGD

Thriller

Am falschen Ort

FISCHER Taschenbuch

MIX
Papier aus verantwortungsvollen Quellen
FSC® C083411
FSC
www.fsc.org

Originalausgabe

Erschienen bei FISCHER Taschenbuch
Frankfurt am Main, Mai 2017

Satz: Pinkuin Satz und Datentechnik, Berlin
Druck und Bindung: CPI books GmbH, Leck
Printed in Germany
ISBN 978-3-596-03672-1

Man lebt, wie man träumt. Allein.

Joseph Conrad

Seit der Sache mit Torrini hat man achtmal versucht, mich zu töten. Vermutlich gibt es nur wenige Menschen, die das von sich behaupten können. Mit Ausnahme einiger Diktatoren, Rebellenführer und Drogenbarone, die sich jedoch nicht mit mir vergleichen lassen, denn sie umgeben sich meist mit einer Armee von Leibwächtern. Ich dagegen bin völlig auf mich gestellt. Um mich zu töten, braucht es nicht viel. Keine langwierigen Vorbereitungen. Keine Autobombe. Keinen verblendeten Selbstmordattentäter. Ich bin ein verwundbares Ziel. Ohne Einfluss und Schutz. Ein Messer, etwas Gift oder eine kleinkalibrige Pistole reichen völlig aus, um Torrinis Weisung in die Tat umzusetzen. Aus der simplen Tatsache, dass ich Ihnen jetzt davon berichte, werden Sie sich allerdings unschwer ableiten können, dass sämtliche Versuche, mich ins Jenseits zu befördern, dennoch erfolglos geblieben sein müssen. Auf dieses Detail bin ich stolz, und obwohl ich mir ein Leben ohne Angst längst nicht mehr vorstellen kann, tröste ich mich seit Jahren mit dem Gedanken an Torrinis Wut, mich noch immer nicht zur Strecke gebracht zu haben.

Aber Vorsicht!

Das ist lediglich MEINE Version der Ereignisse. Welche ich über Jahre nie angezweifelt habe. Niemals anzweifeln musste! Bis zu meinem Treffen mit Ruth. Die mir im Auftrag von Braun eine Botschaft übermittelte, die, in ihrem Gehirn gespeichert, seit Wochen darauf wartete, endlich abgeholt zu werden. Träfen Brauns Behauptungen wirklich zu, so würde das meine Meinung über mich und mein Leben nachträglich auf den Kopf stellen. Ich solle mich endlich bei ihm melden, richtete Ruth mir aus. Sonst könne er für nichts mehr garantieren.

Braun hat mir unverblümt gedroht. Ausgerechnet mir!

An die Zeit, in der eine derartige Drohung Eindruck hinterlassen hätte, kann ich mich kaum noch erinnern. Kein tragischer Verlust, wie ich finde. Nur ein weiterer in einer Reihe der Abschiede von liebgewonnenen Lügen. Der Osterhase. Die Zahnfee. Der Weihnachtsmann. *Ehrlichkeit zahlt sich aus.* Gott und das ewige Leben. Unerschütterliche Freundschaft. Die Unangreifbarkeit der eigenen Existenz, die es wert ist, Zeit und Arbeit zu investieren.

Lächerlich!

Zitat (leider vergessen, von wem): *Das Leben ist eine hervorragende Lehrmeisterin. Nur schade, dass sie alle ihre Schüler umbringt.*

Besser kann man es letztlich nicht ausdrücken.

Für nichts mehr garantieren? In meinem Leben sind sämtliche Garantien längst abgelaufen. Alle gleichzeitig. Innerhalb einer einzigen Sekunde. Die Wahrheit ist: Dem Leben ist nicht zu trauen. Das Leben ist eine hinterlistige Schlampe. Aber es hat mir immerhin die Augen geöffnet.

Ich glaube, Braun hat gelogen. Wahrscheinlich hat er sich kaufen lassen, und jetzt versucht er, mich aus der Deckung zu locken. Hinein in die Falle, vor der ich jetzt stehe, entschlossen, schon bald in ihr Inneres vorzudringen.

Um mir trotz allem den Köder zu schnappen.

Im Oktober 1983 verlor auf der Autobahn kurz vor Kassel ein Lastwagen seine komplette Ladung. Der Fahrer, der schon morgens angetrunken gewesen war, hatte es beim Beladen versäumt, zwei der Spannriemen anzuziehen. Dadurch gerieten etwa sechshundert Kupferrohre fast gleichzeitig ins Rutschen und ergossen sich über den hinteren Rand der Ladefläche auf die regennasse Straße. Unglücklicherweise war nur wenige Sekunden zuvor ein VW Kombi, genötigt von einem dicht auffahrenden Benz, unmittelbar hinter dem LKW auf die rechte Fahrbahn gewechselt. Am Steuer des Kombis saß ein aus Süddeutschland stammender Architekt namens Bernhard Keller, auf dem Beifahrersitz seine Frau Romy, eine Grundschullehrerin, die er nach Einschätzung von Freunden auch nach zwölf Jahren Ehe noch immer abgöttisch liebte, auf der Rückbank links hinter dem Fahrer ihr zehnjähriger Sohn Magnus, auf der rechten Seite hinter dem Beifahrersitz der Nachzügler der Familie, ein sechs Monate altes Baby, (vermutlich schlafend) in einem Kindersitz festgeschnallt. Keller trat erschrocken auf die Bremse, aber es war bereits zu spät. Rund ein Dutzend der drei Meter langen Kupferrohre durchschlugen mit ungeheurer Wucht die Windschutzscheibe. Fast gleichzeitig krachte der weiße VW auf das Heck des abbremsenden Lastwagens.

Den Ersthelfern und den herbeigerufenen Rettungskräften bot sich ein furchtbarer Anblick. Die Kupferrohre durchzogen in unterschiedlichen Winkeln den Innenraum des fast völlig zerstörten Wagens. Mehrere von ihnen hatten die Heckscheibe durchstoßen, drei die hinteren Seitenscheiben, eines sogar das Wagendach. Den Kopf des Fahrers fand man erst Stunden später – weitgehend unversehrt – in einem Gebüsch abseits der Straße. Zwei der Rohre verliefen dicht über dem ausgefransten Strunk des Halses zum linken hinteren Seitenfenster, wo sie wie Speere ins Freie ragten. Ein weiteres Rohr hatte Kellers Brustkorb durchbohrt und war durch den Rücken wieder ausgetreten. Um anschließend die Rücklehne zu durchschlagen und in den hinter ihm sitzenden Sohn einzudringen, ebenfalls in die Brust, so dass die beiden auf brutale Weise *»an zwei blutige Fleischstücke auf einem Schaschlikspieß«* (Aussage Notärztin Dr. Irene F.) erinnerten. Durch den Körper der Beifahrerin verliefen drei der Rohre. Durch die rechte Schulter, mitten durch das Herz und ein weiteres durch die rechte Augenhöhle. Der Innenraum des Wagens schwamm in Blut. Ein bizarres Szenario, welches wirkte wie *»die misslungene Schwertnummer eines irrsinnig gewordenen Zauberers«* (Aussage Polizeihauptmann Frank A.)

Das Erstaunlichste aber – und in dieser Auffassung stimmten sämtliche Helfer später überein – war der Anblick, der sich ihnen auf der rechten Rückbank bot. Ein halbes Dutzend Rohre, in unterschiedliche Richtungen zielend, bildeten dort ein käfigähnliches Geflecht. In seinem Zentrum saß ein nur mehrere Monate altes Baby. Eines der Rohre, nämlich jenes, welches durch das Herz der Mutter getrieben worden war, zielte genau auf seine Stirn und war nur Millimeter davor zum Stillstand gekommen. Auch die anderen Rohre hatten den Säugling nur knapp verfehlt. Erstaunlicherweise wirkte das Kind völlig ruhig. Alle am Unfallort Anwesenden sollten später schwören, dass es während der gesamten Rettungsaktion weder geweint noch geschrien habe. Stattdessen schaute es die entsetzt in den Wagen starrenden Helfer mit großen Augen an. Dieser Blick, dieser fragende Blick, da waren sich alle übereinstimmend sicher, würde sie in ihrem ganzen Leben nie wieder loslassen.

Die anderen drei Insassen waren ohne Zweifel schon Sekundenbruchteile nach dem Aufprall tot gewesen. Nur der Säugling hatte aller Wahrscheinlichkeit zum Trotz keinen einzigen Kratzer abbekommen, sondern saß – eingerahmt von todbringenden Metallspießen – unverletzt in seinem Sitz.

Dieses Kind, umgeben von Toten und Schrott und Blut, war ein Wunder. Dieses Kind war ich.

Brauns Falle ist ein mehrstöckiger Bau, den man gewöhnlich durch den Haupteingang betritt. Nicht ohne zuvor einen kleinen Platz zu überqueren und den kritischen Blicken des Pförtners standzuhalten. Es sei denn, man wird an der Rückseite des Gebäudes in einem Krankenwagen angeliefert. Oder man ist verrückt genug, über einen drei Meter hohen Zaun zu klettern, schmiedeeisern, schwarz gestrichen und mit eindrucksvollen Zierspitzen versehen.

Die Idee mit dem Zaun habe ich schon nach kurzer Überlegung abgehakt (zu hohes Risiko, von einem der Fenster aus beobachtet zu werden!), den Trick mit dem Krankenwagen dagegen bislang noch nicht. Einen Herzinfarkt vorzutäuschen wäre nicht schwer. Unweit der Klinik auf offener Straße, umgeben von Passanten, welche aufgeregt Hilfe anfordern würden *(»Ein heftiger Druck in der Brust, ja, genau, seine Schulter schmerzt ebenfalls, ja, ich denke die linke«)*, danach eine kurze Fahrt zur rückwärtigen Schleuse. Ein herbeieilender Arzt, der die Symptome nochmals abfragen und dann umgehend ein EKG anordnen würde *(»Merkwürdig. Auf der Ableitung ist nichts Auffälliges zu erkennen«)*, danach Einweisung auf eine Station für mindestens eine Nacht *(»Nur zur Sicherheit, man kann ja nie wissen«).*

Auf den zweiten Blick hat die Idee mit dem Krankenwagen Nachteile. Zum einen wird man einen Herzinfarktpatienten nicht unbeobachtet lassen. Das würde meinen Bewegungsspielraum entscheidend einschränken. Zum andern sind an der rückwärtigen Schleuse Kameras installiert. Es ist daher nicht auszuschließen, dass Braun mein Kommen live mitverfolgen würde, ja, ihm ist sogar zuzutrauen, dass die beiden Typen, die seit Stunden von einem schwarzen Daimler aus den Haupteingang beobachten, nur deswegen dort positioniert wurden, um mich in Richtung des Hintereingangs umzulenken. Typen wie Braun denken niemals nur eindimensional. Sonst wären sie nicht die Richtigen für ihren Job. Jemand wie Braun hält den Hintereingang für die wahrscheinlichere Option.

Also doch der direkte Weg? Ein kleines Ablenkungsmanöver und dann quer über den kleinen Vorplatz und geradewegs durch den Vordereingang? Vorbei an den zwei Wachhunden, die mich – sollten sie mich erwischen – a) verhaften oder b) töten werden?

Die beiden tragen dunkle Anzüge, die ausreichend Platz für Schusswaffen bieten. Der eine, ein blonder Mittdreißiger mit breiten Schultern, sieht aus, als treibe er täglich Sport und als hätte er mich schon eingeholt, noch bevor es mir gelänge, die Pforte zu erreichen. Der andere wirkt zehn Jahre älter und zwanzig Kilo leichter, paradoxerweise aber noch gefährlicher. Vielleicht, weil er mich an Tommy Lee Jones erinnert, den Schauspieler, der den gnadenlosen Jäger in *Auf der Flucht* verkörperte. Sollte Braun noch immer auf der Seite der Good Guys stehen, haben die beiden den Auftrag, mich lebend zu fassen. Falls nicht (wovon ich ausgehe), so werden sie gewiss nicht abwarten, bis ich das Gebäude erreiche, sondern sobald sie mich erspäht haben, das Feuer eröffnen.

Man sollte meinen, es wäre leicht, Kriminalbeamte und professionelle Killer an ihrem Äußeren zu unterscheiden. Leider ist es das nicht. Wäre ich mir meiner Sache sicher, könnte ich ihnen durchaus zuvorkommen. Indem ich mich von schräg hinten dem Wagen nähere und sie aus nächster Nähe erledige. Mein Mitleid gegenüber Profis hält sich inzwischen in Grenzen. Den aus der Aktion entstehenden Tumult könnte ich womöglich sogar nutzen, um unbemerkt ins Gebäude zu gelangen. Sollte ich mich allerdings täuschen und zwei unbescholtene Beamte erschießen, so wäre das der GAU. Und selbst wenn sie – was ich annehme – gedungene Mörder sein sollten … bis heute habe ich immer nur in Notwehr getötet.

Womöglich mit einer einzigen Ausnahme. Aber falls es so wäre, dann war das ein tragischer Unfall.

Nachdem der Tod innerhalb einer einzigen Sekunde meine gesamte Familie ausgelöscht hatte und mit ihr mein erstes Leben und eine Vielzahl von Möglichkeiten, die sich aus dem Zusammenleben mit meinen Eltern und meinem Bruder ergeben hätten, ließ er mich drei Jahrzehnte lang in Ruhe. Ich wuchs bei meiner Tante auf, welche vier Jahre zuvor ihren Mann und mit dem Unfall nun auch noch die einzige Schwester verloren hatte. Bei einer Seelenverwandten sozusagen. Ruths Ehe war kinderlos geblieben, und so zögerte sie keine Sekunde, sich ihres verwaisten Neffen anzunehmen. Meine Tante war eine attraktive Frau. Nach dem Tod ihres Mannes ging sie jedoch nie wieder eine längere Beziehung ein. Aus Angst, das Leben könnte ihr auch noch das letzte Stück Herz aus den Rippen reißen, wie sie mir irgendwann traurig gestand. Wenn ich an Ruth denke, sehe ich immer ihr Haar vor mir, ein kunstvolles Geflecht aus leuchtendem Rot. Wie alle rothaarigen Frauen, die ich kennengelernt habe, wirkte auch sie ein wenig überdreht und verrückt, aber obwohl es mir bis heute nicht leichtfällt, es in dieser Klarheit auszusprechen: Meine Mutter hätte mich sicherlich nicht besser großziehen können.

Mein zweites Leben verlief ruhig und linear. An den Unfall bei Kassel kann ich mich bis heute nicht erinnern. Alles, was ich als Kind darüber wusste, erfuhr ich von Ruth, und Ruth wiederum erfuhr alles von der Polizei. Erst mit zweiundzwanzig traf ich mich ein einziges Mal mit einem Rettungssanitäter, der am Unfallort anwesend gewesen war, einem Mann mit gelblicher Haut und einem eingefallenen Gesicht, der aussah, als trinke er zu viel. Ich bat ihn ausdrücklich, mich nicht zu schonen. Er gab sich Mühe, meinem Wunsch nachzukommen, und schilderte mir jede Menge grausiger Details. Ich kann mich noch gut daran erinnern, wie seine Fingerspitzen zitterten und dass er – während er sprach – gegen die Tränen ankämpfte und auch an einige seiner dramatischen Formulierungen. Dass das Kupferrohr, welches unmittelbar vor meinem Gesicht endete, meinen Kopf nur deswegen nicht zerschmettert habe, weil es mit dem Durchtritt durch den Körper meiner Mutter seine Energie bereits vollständig eingebüßt hatte. *Das muss man sich mal vorstellen: mitten durch ihr Herz.*

Es war eine merkwürdige Situation. Einem Fremden gegenüberzusitzen und erkennen zu müssen, dass die Erinnerungen an das Unglück diesen mehr aufwühlten als mich selbst. *Ihren fragenden Blick sehe ich noch heute gelegentlich vor mir,* stieß er gequält hervor und suchte irgendetwas in meinen Augen, was da längst nicht mehr war. Sosehr ich mich auch anstrengte: Ich erinnerte mich an NICHTS.

Ich besuchte den Kindergarten und die Grundschule, anschließend das Gymnasium. Das Übliche eben. Immer in Sichtweite der Pfälzer Berge und umzingelt von Weinreben, welche tagaus, tagein den Blick auf die Landschaft prägten und sie im Herbst in Gold zu tauchen schienen. Ein ruhiges Leben. Garniert mit ein paar halbherzig gepflegten Hobbys, in denen ich – außer im Zeichnen – zur Mittelmäßigkeit tendierte, mit Rivalen und Feinden, die sich gern und oft mit mir prügelten, weil ich fast immer den Kürzeren zog, und einer Handvoll Liebschaften, von denen ich irrtümlich glaubte, sie niemals verwinden zu können, von welchen mir aber mit den Jahren nur noch vage Erinnerungen blieben. Als schließlich der Zeitpunkt gekommen war, mich von Ruth zu lösen und dem Ort meiner Kindheit den Rücken zu kehren, deutete nichts darauf hin, dass meine Biographie noch ein zweites Mal einen Haken schlagen und ihre bisherige Ausrichtung nicht wiederfinden würde. Mit neunzehn zog ich auf die andere Seite der Rheinebene, wo ich ein Zimmer in einer Studenten-WG mietete und mich in Jura immatrikulierte. Erneut in der Nähe der Berge, was fast schon wie eine geometrische Spiegelung wirkte – mit dem Rhein als Achse.

Vier Jahre bevor ich Torrini begegnete, hatte ich mein Studium beendet und als Anwalt bei einer bekannten Kanzlei angeheuert. Zu einem Gehalt, das es mir schon bald erlauben würde, einen Kredit aufzunehmen, um eine Wohnung oder ein Haus zu kaufen. In der Firma lernte ich Julia kennen. Ich liebte sie, und sie liebte mich. Wir planten zu heiraten und schon bald eine Familie zu gründen.

Wenn Sie sich für mein Äußeres (damals!) interessieren, dann stellen Sie sich einen unauffälligen Typen vor, nicht hässlich, aber auch nicht gutaussehend, einen leicht übergewichtigen Langweiler. Geprägt von einer unspektakulären Kindheit in einem eintönigen Ort und sozialisiert von den Kontakten mit unaufgeregten Menschen in einer vom Weinbau geprägten Gegend. Wäre mein Leben weiterhin so verlaufen wie in den ersten drei Jahrzehnten, so gäbe es darüber bis heute nicht viel zu berichten. Vermutlich würde ich gelegentlich in Fotoalben blättern, und die dort sorgfältig abgelegten Highlights wären die Aufnahmen von Weihnachtsbäumen, Geburtstagstorten und exotischen Orten, an welchen sich die Menschen einmal pro Jahr einzureden versuchen, weltoffene Abenteurer zu sein. Zumindest gehe ich davon aus, dass es so wäre. Aber würde mich das stören? Bis heute bin ich mir nicht völlig sicher, aber ich denke, eher nicht. Je weniger es von einem Leben Außergewöhnliches zu berichten gibt, desto größer ist die Wahrscheinlichkeit, dass es nicht unglücklich oder gar tragisch verlaufen ist. Zumindest bin ich nach dem, was ich erlebt habe, überzeugt, dass es so ist.

Aber an manchen Tagen zweifle ich auch. Denke, genau das Gegenteil sei der Fall. Dass ein Leben ohne Schicksalsschläge und abrupte Veränderungen in seiner Bedeutungslosigkeit kaum auszuhalten ist.

Schon als Kind hasste ich den Tod. Für mich war er niemals abstrakt, sondern stets eine konkrete Person. Ein großer schwarzer Mann mit knochigem Gesicht und blutunterlaufenen Augen, die in der Dunkelheit glühen wie brennende Kohlen. Ein mächtiger Fürst mit einer Armee von Helfern, die in die unterschiedlichsten Rollen schlüpfen konnten, um sich dann unerkannt unter die Menschen zu mischen und sich Beute zu suchen. Ich war unglaublich wütend auf diesen Mann, aber gleichzeitig fürchtete ich ihn auch, denn über Jahre quälte mich immer wieder die eine entscheidende Frage: Warum ich? Warum hatte er damals in dem Wagen ausgerechnet mich verschont? Oder war ihm vielleicht nur ein Irrtum unterlaufen, und er hatte mich – klein und unauffällig in einem Kindersitz festgeschnallt – schlicht und ergreifend vergessen? Jahrelang fürchtete ich, er könnte seinen Fehler wiedergutzumachen versuchen und käme eines Tages zurück, um mich doch noch zu holen. Besonders in den Nächten wurde meine Angst oft unerträglich. Dann war es an Ruth, mich mit beruhigenden Worten zu trösten.

Dem Tod unterlaufen keine Fehler. Er hat dich mit Sicherheit absichtlich verschont.

Glaubst du? Aber warum?

Keine Ahnung. Glücklicherweise bin ich dem Kerl bis heute noch nie begegnet. Aber irgendetwas wird er sich wohl dabei gedacht haben. Du wirst schon sehen … ich werde recht behalten. Wahrscheinlich wirst du hundert Jahre alt. Vermutlich wirst du noch für etwas Wichtiges gebraucht.

Aber, Tante Ruth … wenn das stimmt und der Tod keine Fehler macht … warum hat er dann Mama und Papa und Magnus geholt? Sie waren doch alle noch so jung.

(Ruths trauriger Blick, während sie nach einer Antwort suchte.)

Ja, das waren sie. Aber es war dennoch nicht ihre Schuld, und sie haben so ein Ende auch gewiss nicht verdient. Ich denke, der Tod muss das zuweilen tun.

Er muss das tun? Wieso?

Weil wir Menschen – wenn er sich immer nur die Alten und Kranken holen würde – das Leben nicht zu schätzen wüssten. Weil wir uns sicher fühlen würden. Indem sich der Tod gelegentlich jemanden greift, der nett und jung und unschuldig ist, völlig überraschend und anscheinend ohne Grund, macht er deutlich, dass es uns immer und überall treffen kann. Damit hält er uns vor Augen, dass jeder einzelne Tag in unserem Leben kostbar und einzigartig ist.

Keine Ahnung, ob Ruth mit ihren hundert Jahren am Ende richtigliegen wird. So, wie es derzeit läuft, würde ich nicht darauf wetten. Jedenfalls sind seit diesem Tag inzwischen mehr als zwanzig Jahre verstrichen, und zumindest bis heute ist ihre Aussage durch nichts zu widerlegen. Mit den Jahren drängte die Vernunft die Ängste meiner Kindheit zunehmend aus meinem Denken, bis ich endlich davon überzeugt war, dass mein Überleben nichts weiter war als ein glücklicher Zufall, für den ich trotz allem dankbar sein musste, und dass mich der Tod wohl fortan in Ruhe lassen würde.

Aber ich sollte mich täuschen. Als ich kaum noch an ihn dachte, schien er sich doch noch einmal an das vergessene Kind auf der Rückbank zu erinnern und schickte einen seiner Schergen aus, um die noch offene Rechnung zu begleichen.

In der Gestalt eines alternden Mafiabosses mit gewaltigen Beziehungsproblemen. Namens Luca Torrini.

Zwei Tage vor unserer ersten Begegnung hatte sich Torrinis Verdacht, von seiner Geliebten hintergangen zu werden, bis zur Gewissheit verdichtet. Maria Brancati war fünfzehn Jahre jünger als er, bildschön und dumm genug, Torrinis Buchhalter zu verführen, einen hübschen Burschen namens Carlo Riva, mit dem sie ihn wochenlang betrog. Ich weiß weder, wie er von Marias Untreue erfuhr, noch kann ich abschätzen, warum er nicht einfach seine Männer schickte, sondern beschloss, die Sache selbst zu regeln. Torrini war damals ein mächtiger Mann, der in der Gegend, in der ich lebte, einen beträchtlichen Teil der Unterwelt kontrollierte. Ein Mann, der Hindernisse pragmatisch aus dem Weg zu räumen pflegte und dem man noch nie etwas hatte nachweisen können. Für ihn wäre es gewiss ein Leichtes gewesen, seinen liebestollen Buchhalter beseitigen zu lassen, während er selbst vor Zeugen zu Abend speiste. Indem er sich selbst um Riva kümmerte, riskierte er viel. Ich denke, er hatte den Mord nicht wirklich geplant. Vielleicht klammerte er sich ja bis zuletzt an die Hoffnung, sich doch in Maria getäuscht zu haben, und wurde von seinem Handeln selbst überrascht.

Auch Maria ging nicht gerade vorsichtig vor. Am entscheidenden Tag fuhr sie allein in die Stadt und stellte ihren Porsche in einem Parkhaus ab, wo Carlo Riva sie bereits erwartete. Danach fuhren sie in Rivas Audi gemeinsam zu einem Waldstück am Stadtrand. Dort bog Torrinis Buchhalter in einen schmalen Forstweg ab und stoppte den Motor. Am helllichten Tag auf einem Waldweg zu vögeln schließt das Risiko, entdeckt zu werden, zwangsläufig mit ein. Keine Ahnung, warum sich die beiden kein Hotelzimmer suchten. Vielleicht war es eine spontane Entscheidung. Vielleicht gab ihnen die Möglichkeit, von zufällig vorbeikommenden Spaziergängern überrascht zu werden, den entscheidenden Kick. Dass sie sich bei der Wahl des Ortes auf dünnem Eis bewegten, muss ihnen jedenfalls klargewesen sein. Nicht aber, dass sie schon seit fast einer Stunde verfolgt worden waren. Während die beiden ohne Umschweife zur Sache kamen, passierte Luca Torrini den Waldweg, fuhr noch etwa hundert Meter weiter, stellte seinen Wagen in einer Einbuchtung ab, stieg aus und pirschte sich quer durch den Wald an Rivas Audi heran.

Ich selbst hatte zwei Tage zuvor meinen dreißigsten Geburtstag gefeiert. Nicht ahnend, dass ich von da an meinen Geburtstag nie wieder feiern würde. Zumindest nicht an dem Datum, an dem ich tatsächlich geboren wurde. Genau genommen passierte das alles nur, weil Julia und ein paar meiner Freunde gesammelt hatten, um mir gemeinsam ein neues Mountainbike zu schenken. Und weil ich mir an dem bewussten Donnerstag freigenommen hatte und nach dem Frühstück beschloss, mit dem neuen Rad eine erste Tour zu unternehmen. Und weil ich, um ein Stück querfeldein zu radeln, nahe einem Umspannwerk hinein in den Wald abbog, in einer Gegend, in welcher in der Regel nichts los war.

Während ich schwitzend in die Pedale trat und vermutlich über etwas völlig Belangloses nachdachte, sah ich plötzlich einen schwarzen Audi, der sich rhythmisch bewegte und durch dessen beschlagene Heckscheibe sich vage nackte Haut abzeichnete. Daneben stand ein Mann, der mit entschlossener Miene seinen rechten Arm ausstreckte. Noch bevor ich begriff, was gleich geschehen würde, schoss er auch schon.

KLICK!

Der Schalldämpfer dämpfte das Geräusch des Schusses so sehr, dass ich deutlich hörte, wie die Kugel durch die Seitenscheibe drang. Dann hörte ich einen Mann schreien, panisch, ein Schreien unter Schmerzen, und kurz darauf das Flehen einer Frauenstimme: »Luca? No! Per favore! No!«

Ich war derart überrascht, dass ich zuerst nicht bremste, sondern wie hypnotisiert weiterradelte. Erst etwa dreißig Meter von dem Audi entfernt brachte ich das Rad zum Stehen.

Ein weiteres lautes KLICK. Das Schreien des Mannes wurde schlagartig lauter, und das Flehen der Frau steigerte sich zu einem hysterischen Kreischen. Es folgte ein drittes KLICK, und die Heckscheibe des Wagens wurde mit einer Galaxie von roten und gelben Punkten besprengt. Das Schreien des Mannes erstarb.

Fast gleichzeitig wurde die rechte hintere Tür aufgerissen. Eine Frau ließ sich nackt ins Freie fallen, kam mühsam in den Stand und rannte los. Maria Brancati hatte schneeweiße Haut, und ihre Brüste wippten bei jedem ihrer Schritte aufgeregt mit. Sie versuchte, in den Wald zu flüchten, aber noch bevor sie den Wegrand erreichte, schoss Torrini erneut. KLICK. Aus der Vorderseite ihres Oberschenkels löste sich eine Fontäne von Blut. Sie stürzte schreiend zu Boden, aber so, als glaubte sie noch immer an ein Wunder, kroch sie wimmernd weiter, jetzt jedoch nicht mehr in Richtung der Bäume, sondern genau auf mich zu. Ich stand noch immer mitten auf dem Waldweg. Nur dreißig Meter von den beiden entfernt, völlig regungslos, wie ein mit der Landschaft verschmelzendes Reh. Torrini bemerkte mich auch weiterhin nicht. Für jemanden wie ihn sicher ungewöhnlich, aber er war völlig auf die Frau fokussiert. Maria dagegen hob plötzlich den Kopf und schaute mir genau in die Augen. Als sie mich bemerkte, huschte ein Ausdruck von Hoffnung in ihr Gesicht. Ihr Blick schien sich in meinem festzukrallen. So wie ein Ertrinkender nach einem Holzbalken greift, und sei er auch noch so klein. Torrini lief mit großen Schritten um den Wagen herum. Er war groß und dick, ein wahrer Koloss, und er trug einen dunklen Anzug, der ihm perfekt zu passen schien. Maria öffnete den Mund, doch noch bevor sie etwas sagen konnte, griff Torrini nach ihrer Schulter und warf sie hart auf den Rücken. Während ich noch überlegte, was ich tun sollte, schimpfte er lautstark los, auf Italienisch, so dass ich von dem, was er sagte, kein Wort verstand. In seiner Stimme eine Mischung aus Trauer, Enttäuschung und Wut, die den Grund seines Zorns erahnen ließ.

»Luca, nein«, flehte die Frau – jetzt auf Deutsch, doch Luca Torrini ließ sich nicht erweichen, sondern richtete stattdessen die Pistole auf sie. An seinen Gesichtsausdruck kann ich mich heute noch erinnern. Diese Ahnung, dass er gleich auch ein Stück von sich selbst auslöschen würde. Dieser Zweifel, die getroffene Entscheidung eventuell doch noch zurücknehmen zu wollen.

»Nicht!«, rief ich, so leise, dass ich mir für einen Moment unsicher war, ob er mich tatsächlich gehört hatte. Weit hinter mir auf der Straße fuhr laut heulend ein Motorrad vorbei.

Torrini hob den Kopf und musterte mich verblüfft. Zwei, drei Sekunden lang schien er nachzudenken, ob er von seinem Opfer ablassen und sich erst einmal um mich kümmern sollte. Dann wandte er sich – als wäre ich Luft – wieder Maria Brancati zu, die zitternd vor ihm auf dem Rücken lag, nur mit ihren Nylons bekleidet, schneeweiß und schön. Seine Mimik verformte sich zu einem Ausdruck des Bedauerns, doch während ich noch hoffte, er würde von ihr ablassen, flüsterte er ihr etwas zu und schoss ihr genau ins Gesicht.

Natürlich hat man so etwas im Fernsehen schon tausendmal gesehen. Grausame Morde. Mafiakiller. Mit Blut- und Hirnspritzern übersäte Autoscheiben. Schussverletzungen. Irgendwo habe ich gelesen, dass ein durchschnittlicher Fernsehzuschauer im Laufe seines Lebens Zeuge von etwa fünfzigtausend Morden werden wird. Aber glauben Sie mir! Es macht einen gewaltigen Unterschied, ob man so etwas im Fernsehen oder wirklich erlebt. Im Fernsehen wirken solche Szenen glaubwürdig und real, in der Wirklichkeit dagegen unwirklich und bizarr. Im wirklichen Leben haben solche Szenen einfach nichts zu suchen! Sie gehören ausschließlich in diesen Kasten, der unser aller Wohnzimmer ziert.

Zwei Sekunden lang verharrte Torrini wie in Trance, dann schien er sich unwillig an mich zu erinnern. Er schaute in meine Richtung und hob langsam den Arm. Seine Augen waren voller Tränen. Noch bevor er sein Ziel erfasst hatte, ließ ich das Rad fallen und sprintete in den Wald. Rückblickend betrachtet die einzig richtige Entscheidung. Wäre ich so dumm gewesen, mit einem geübten Schützen im Nacken mein Rad herumzuwerfen und über einen geraden Waldweg zu flüchten, hätte Torrini mich schon damals erledigt. So aber war ich erst einmal seinem Blick entzogen, nur für wenige Sekunden, aber lang genug für eine Chance. Auch Torrini rannte umgehend los. Ich konnte seine Schritte auf dem Waldweg hören, laut und dumpf, aber noch bevor er die Stelle erreichte, an der ich zwischen die Bäume geflüchtet war, erreichte ich eine dicht stehende Ansammlung von mannshohen Tannen, preschte wie ein entschlossener Footballspieler mitten durch sie hindurch und warf mich flach auf den Boden. KLICK! KLICK!, ertönte es zweimal dicht nacheinander, wie eine Drohung, aber wenn man den Schuss hört, ohne einen Einschlag zu spüren, ist die Gefahr bereits vorüber (... es sei denn, man ist tot!), und das Einzige, was ich spürte, war ein heftiges Brennen an meinen Unterarmen und in meinem von Ästen zerkratzten Gesicht. Den Kopf dicht über dem Boden robbte ich eilig los, immer weiter in das Wäldchen hinein, vorsichtig darum bemüht, die noch jungen Nadelbäume nicht durch unachtsame Berührungen in Bewegung zu versetzen. Dabei änderte ich mehrfach die Richtung, so dass ich irgendwann weder wusste, wo ich mich noch wo er sich befand, inständig hoffend, dass es sich mit meinem Verfolger nicht anders verhielt. Inzwischen hatte bestimmt auch er den Rand des Gehölzes erreicht, aber anscheinend war er noch unentschlossen, ob er mir zwischen die Tannen folgen sollte.

Mein Puls raste, aber gleichzeitig war mein Verstand erstaunlich gut in der Lage, die Situation zu analysieren. Dieser Typ war bewaffnet und mir hoffnungslos überlegen. Ich hatte ihn dabei beobachtet, wie er brutal zwei

Menschen tötete. Sollte er mich erwischen, würde es mir mit Sicherheit nicht besser ergehen. Mir blieb nur ein einziger Vorteil: Dieser Scheißkerl hatte auf keinen Fall ewig Zeit. Mitten auf dem Waldweg lag noch immer gut sichtbar eine nackte Frau mit zerschossenem Gesicht. Je länger er wartete, desto mehr musste er damit rechnen, dass noch weitere Zeugen auf der Bildfläche erschienen und sich seine Lage dramatisch komplizierte. Sprich: Alles, was ich tun musste, war unsichtbar zu bleiben und zu warten.

So, als wollte der Himmel meine Überlebenschancen schmälern, fing es im selben Moment an zu regnen. Erst kaum spürbar, eher wie eine Andeutung, doch schon wenig später fielen die Tropfen so dicht, dass der Wald um mich herum prasselnd zum Leben erwachte und mir das T-Shirt nass am Körper klebte. Während ich mich flach auf den Moosboden presste und jedes Geräusch vermied, versuchte ich, die Größe des Tannenwäldchens zu schätzen. Fünfzig mal fünfzig Meter vielleicht. Wie viele Patronen blieben meinem Verfolger noch übrig? Drei? Vier? Wie viele Patronen enthielt überhaupt ein gängiges Magazin? Wie groß war die Wahrscheinlichkeit, dass mich ein zufällig und blind abgefeuerter Schuss dennoch traf? Solange mein Verfolger keine Ahnung hatte, wo ich mich gerade jetzt befand, wohl verschwindend gering. Ich durfte daher auf keinen Fall in Panik geraten und meine Position verraten.

KLICK!, ertönte es erneut. Fast gleichzeitig hörte ich nur einen halben Meter von mir entfernt ein bösartiges Rascheln. KLICK! Wieder durchschlug eine Kugel in unmittelbarer Nähe die Äste der Tannen. Der Impuls, aufzuspringen und loszulaufen, wurde übermächtig. Dennoch blieb ich, den Tränen nahe, weiterhin liegen. Was dachte sich dieser Kerl? Hielt er mich für so dumm? Wenn er darauf hoffte, mich wie einen Hasen aufscheuchen zu können, hatte er sich gründlich getäuscht. Wenn er mich erledigen wollte, dann musste er sich schon mehr einfallen lassen.

»Komm endlich raus, du verfluchter Scheißer!«, hörte ich ihn rufen, und seine Stimme klang beunruhigend nah. »Die beiden hatten es verdient, verstehst du? Verdient! Ich bin reich, und ich bin auch durchaus bereit, für dein Schweigen zu zahlen.«

Sein italienischer Akzent war nicht zu überhören. Er ließ meine Angst schlagartig anschwellen. Als ob es irgendeinen Unterschied machen würde, ob einen ein Italiener, ein Belgier oder ein Friese umbringen will. Dennoch: Ein Italiener? Bewaffnet. Mit einer Pistole samt Schalldämpfer? In was, zur Hölle, war ich da hineingeraten?

Anscheinend lag ich mitten auf einer Ameisenstraße, denn überall an meinem Körper begann es zu kribbeln. Der Regen nahm ständig zu, aber die kleinen Biester schienen sich dadurch nicht stören lassen zu wollen. Ich schaute mich suchend um – nach einer potentiellen Waffe wie einem großen Stein oder einem soliden Ast, mit dem ich mich notfalls zur Wehr setzen konnte. Im selben Moment vernahm ich schräg hinter mir ein lautes Knacken. Entsetzt begriff ich, dass mein Verfolger noch lange nicht aufgeben wollte. Offenbar war er zum gleichen Schluss gekommen wie ich. Dass seine Zeit begrenzt war und er die Sache zu Ende bringen musste. Aufgrund seines Volumens war er nicht zu überhören. Er bahnte sich vorsichtig einen Weg durch die Tannen, entschlossen, mich doch noch zu finden, und wenn ich mich nicht täuschte, genau auf mich zu. Ich robbte um mein Leben. Leicht schräg nach links, um nicht länger genau auf seinem Weg zu liegen zu kommen.

»Wenn du gegen mich aussagst, bist zu ein toter Mann«, schrie er außer Atem. »Hörst du? Ganz gleich, wo du Ratte dich versteckst: ich werde dich finden.«

Inzwischen hatte ich den Rand der Baumpflanzung erreicht, während der Italiener seinerseits in ihrem Zentrum angekommen zu sein schien. Etwa hundert Meter entfernt erkannte ich hinter Bäumen und Büschen die schwarze Silhouette des Audis.

Wie lange würde ich brauchen, um den Wagen zu erreichen? Und wie viel Zeit würde dieser Wahnsinnige benötigen, um sich durch die dicht stehenden Tannen hindurch wieder ins Freie zu kämpfen? Wie auch immer, einen Versuch war es wert. Kurz entschlossen sprang ich auf und rannte los. In der Hoffnung, dass mich der Italiener von da, wo er stand, nicht sehen konnte. Glücklicherweise konnte er das wirklich nicht, aber schon die ersten meiner Schritte entlockten dem Waldboden ein infernalisches Knacken.

»Ma vaffanculo!«, schimpfte Torrini los und setzte sich fluchend in Bewegung, doch noch bevor er sich zwischen den dicht beieinander stehenden Tannen durchgezwängt hatte, war ich bereits auf dem Waldweg angekommen.

Erneut entschied ich mich gegen das Rad. Stattdessen sprintete ich gebückt um den Wagen herum. Als ich die

Fahrertür aufriss, sah ich erstmals Carlo Riva. Sein Körper durchzog den Innenraum wie eine blutige Diagonale, Kopf und Oberkörper auf der rechten Seite der Rückbank, während seine Beine bizarr angewinkelt den Fahrersitz blockierten. Beide Rückenlehnen waren abgesenkt. Der Tote trug weder Hosen noch Unterhosen. Dort, wo sich vor kurzem noch seine Genitalien befunden hatten, klaffte eine hässlich zerfledderte Wunde. Ein zweites Einschussloch an der Schulter sowie ein drittes in der Stirn. Seine Augen glotzten starr mitten durch mich hindurch. Ich schaute suchend zum Armaturenbrett. Wie ich gehofft hatte, steckte der Zündschlüssel im Schloss. Eine moderne Version, die man nicht drehen, sondern nach vorn drücken musste. Durch die rechte hintere Seitenscheibe konnte ich Torrini durch den Wald auf mich zu laufen sehen.

Eilig ging ich in die Hocke, hob die Beine des Toten an und schob sie mit aller Kraft auf den Beifahrersitz. Dann zwängte ich mich immer noch gebückt hinter das Lenkrad. Das Blut auf dem Fahrersitz sog sich feucht in den Stoff meiner eh schon feuchten Hose und drang körperwarm an meine Haut. Ohne dass ich einen Schuss gehört hätte, splitterte hinten rechts die Seitenscheibe, und auch in der oberen linken Ecke der Frontscheibe klaffte plötzlich ein rundliches Loch. Ich griff fahrig zum Zündschlüssel und drückte ihn ruckartig ins Schloss. Zu meiner Erleichterung sprang der Motor artig an. *Lass ihn bloß nicht absaufen,* dachte ich, legte den ersten Gang ein und gab Gas. Der Wagen setzte sich zügig in Bewegung, aber ich hatte dennoch das Gefühl, als halte ihn etwas fest. *Nach all den Jahren wirst du jetzt doch noch in einem Auto sterben,* schrie es in meinem Kopf, während der Motor gequält aufheulte und der Audi schneller und schneller wurde. Sowohl die Beifahrer- als auch die rechte Hintertür standen noch immer weit offen. Ohne mich darum zu kümmern, beschleunigte ich im zweiten Gang auf über siebzig Stundenkilometer. Als eine weitere Kugel die Heckscheibe durchschlug, zog ich den Wagen erschrocken nach rechts, so dass die offenen Türen gegen einen Baumstamm krachten und laut knallend zugeworfen wurden, die Hintertür genau gegen den Kopf des Toten, der sich dadurch ruckartig zur Seite drehte. Im Rückspiegel sah ich Torrini, wie er immer noch hinter mir her rannte und nochmals auf mich anlegte. Dann aber ließ er kopfschüttelnd den Arm sinken und gab auf. Er stand vornüber gebeugt auf dem Waldweg, schwer atmend, wie ein alter, schwacher Bär.

Ich fuhr noch mindestens einen Kilometer weiter, immer geradeaus. Dicke Regentropfen zerplatzten auf der Windschutzscheibe und nahmen mir die Sicht. Irgendwann hielt ich an und starrte benommen auf meine zitternden und blutverschmierten Hände. Eine Minute lang saß ich nur so da, dann ließ ich meinen Blick suchend durch den Wagen wandern. Im Fußraum vor dem Beifahrersitz entdeckte ich ein gepunktetes rotes Kleid, einen Frauenschuh sowie ein rotes Spitzenhöschen. Hinten auf der Rückbank lag Carlo Riva noch immer auf der Seite und starrte tot zur Tür. Neben ihm eine Unterhose, eine Hose und ein Sakko. Ich griff mir kurzentschlossen das Sakko und durchwühlte die Taschen. In einer der Innentaschen fand ich tatsächlich ein Handy, zum Glück ohne PIN.

Kurz darauf berichtete ich dem in der Notrufzentrale zuständigen Polizeibeamten, was sich in den letzten Minuten zugetragen hatte. Naiv davon überzeugt, diesen unglaublichen Vorfall heil überstanden zu haben.

Aber ich sollte mich täuschen.

Denn in Wirklichkeit fing gerade alles erst an.

Die Beamten der Mordkommission gingen die Geschehnisse im Wald mehrmals mit mir durch. Bis ins kleinste Detail. Weil sie mir misstrauten. Weil sie in mir nicht nur einen Zeugen, sondern auch einen Tatverdächtigen sahen. Ich konnte es ihnen nicht verübeln. Auf dem Korridor waren uns zwei Frauen begegnet, die mich fassungslos angestarrt hatten. Als ich wenig später den Vernehmungsraum betrat, fiel mein Blick auf eine fast vollständig verspiegelte Wand, und ich begriff, warum. Der Mann, der mir von jenseits des Glases entgegenblickte, sah aus wie ein grimmiger Krieger. Seine Hände und seine Kleidung waren rot verschmiert, und selbst auf seinem Gesicht klebte in fingerbreiten Streifen trockenes Blut. Ich musterte ihn mit einer Mischung aus Entsetzen und Stolz. War das wirklich ich? Der Stuhl, den sie mir beim Hereinkommen angeboten hatten, bestand aus weißem Kunststoff, und die Tischplatte, auf der ich meine Hände ablegte, war meliert. Nach der Vernehmung würde man sie gründlich abwaschen müssen.

»Ich hätte schnell nach Hause fahren und duschen können«, stellte ich schulterzuckend fest. »Aber Ihre

Kollegen von der Spurensicherung wollten das auf keinen Fall zulassen. Stattdessen bestanden sie darauf, mich im Originalzustand zu fotografieren und verschiedene Stellen meines Körpers mit Wattestäbchen abzutupfen. Muss ich mir deswegen Sorgen machen?« Meine Stimme klang nüchtern und sachlich und dadurch auch merkwürdig fremd.

Der Ältere der beiden, der sich mir als Hauptkommissar Klein vorgestellt hatte, schien sich völlig auf meine Mimik zu konzentrieren. »Sie dürfen uns unser Verhalten nicht übelnehmen. Wir gehen grundsätzlich immer vom Schlimmsten aus. Berufskrankheit. Sind Sie sich sicher, dass wir nicht besser einen Psychologen anrufen sollen?«

»Nein danke. Ich komme schon klar.«

»Was Sie dort draußen im Wald erlebt haben, war schlimm.«

»Stimmt. Der Gedanke, noch immer in einer feuchtklammen Hose herumlaufen zu müssen, an der Blut und zerschossene Genitalien kleben, macht es allerdings auch nicht besser.«

Klein lächelte. »Haben Sie Ihre Freundin daran erinnert, saubere Kleidung mitzubringen?«

»Ja.«

»Sie wird vermutlich schon bald hier eintreffen. Im Erdgeschoss gibt es ein kleines Badezimmer. Dort können Sie sich duschen und umziehen.«

»Klingt toll.«

Das Telefonat mit Julia ging mir nicht mehr aus dem Kopf. Wie zu erwarten, hatte sie entsetzt reagiert. Natürlich auch besorgt. Aber in ihrer Stimme schwang auch noch etwas anderes mit, ein fast schon vorwurfsvoller Unterton, so als ob ich mich für das, was geschehen war, aus irgendeinem Grund rechtfertigen müsste.

»Wieso hast du dich eingemischt?«, hatte sie gefragt. »Warum bist du nicht möglichst schnell getürmt? Sich mit so jemandem anzulegen, ist doch einfach nur Wahnsinn! Dafür bist du doch überhaupt nicht der Typ.«

Nicht der Typ? Hielt sie mich für einen Feigling? Und was meinte sie mit *eingemischt*? Alles, was ich getan hatte, war *Nicht!* zu rufen. Ziemlich wenig, wie ich fand. Heldentum jedenfalls sah mit Sicherheit anders aus. Ich dachte an Maria Brancatis flehenden Blick. Würde sie noch leben, wenn ich mehr gewagt und mutiger gehandelt hätte?

»Wir würden Ihnen gern einige Fotos zeigen«, riss mich Kleins Stimme in die Wirklichkeit zurück. »Eine Auswahl von potentiell Verdächtigen«.

Ich lächelte matt. »Gegenvorschlag: Wenn Sie möchten, kann ich ihn zeichnen. Das würde uns allen viel Zeit sparen.«

Mein Gegenüber reagierte auf diesen Vorschlag erwartungsgemäß verblüfft. »Und Sie meinen, das funktioniert?«

»Aber klar doch. Vertrauen Sie mir! Ich habe sein Gesicht noch deutlich vor Augen.»

Der Jüngere der beiden, ein hagerer Typ um die vierzig, kritzelte etwas in ein kleines Notizbuch. Er saß etwa zwei Meter von mir entfernt an der Schmalseite des Tisches und schien nicht in das Gespräch eingreifen zu wollen. Vermutlich war er nur anwesend, um meine Reaktionen zu beobachten. Obwohl ich als Anwalt arbeitete, kannte ich mich mit Gewaltdelikten kaum aus. In der Kanzlei galt ich als Experte für zivilrechtliche Fragen. In erster Linie für Erbrecht. Klein schob mir ein Blatt und einen Bleistift über den Tisch, und ich machte mich umgehend an die Arbeit. Natürlich glaubten sie nicht, dass es sie weiterbringen würde. Wahrscheinlich hielten sich mich für einen großmäuligen Aufschneider, der ihnen nicht mehr als eine grobe Skizze liefern konnte. Dennoch ließen sie sich, vielleicht aus Neugier, auf mein Angebot ein.

Ich begann mit dem Mund. Rein intuitiv, denn im Gegensatz zu den meisten Zeichnern halte ich mich nie an ein festes System. Sie wissen schon: Erst die Umrisse, danach die Augenpartie, anschließend die Nase und immer so fort. Porträtzeichnung nach Lehrbuch, Schritt für Schritt. Bei mir läuft das von jeher anders ab. Ich fange einfach da an, wo ich anfangen *will*. Gelegentlich mit dem Mund, dann wieder mit den Augen, ein anderes Mal mit der Stirn. Das war schon immer so – ich könnte es gar nicht anders – und meist hat es problemlos funktioniert. Während sich die beiden neugierig nach vorn beugten und skeptisch den Bewegungen des Stiftes folgten, gewann das Porträt des Mörders an Kontur. Je länger ich zeichnete, desto ungläubiger wurde der Ausdruck in ihren Gesichtern.

»Verdammt!«, knurrte Klein. »Das ist absolut unglaublich! Als hätte man ihn fotografiert.«

»Danke«, sagte ich und ergänzte letzte entscheidende Details. Erst dann begriff ich, was seine Bemerkung bedeuten musste. »Sie kennen ihn?«

»Ja«, antwortete er – auffällig ernst.

Als unsere Blicke sich trafen, wurde mir unwohl zumute. Erst konnte ich nicht eingrenzen, was genau mich beunruhigte, aber dann fiel es mir ein. Klein schaute mich auf die gleiche Art an wie der Rettungssanitäter, der mir vor Jahren von dem Unfall bei Kassel berichtet hatte. Als sähe er sich einem Gespenst gegenüber.

»Was ist los?«, fragte ich besorgt, während sich die Haut auf meinen Unterarmen kräuselte.

Klein ignorierte die Frage. Stattdessen wandte er sich seinem Kollegen zu. »Wir müssen Faber informieren!« Die Muskulatur rund um sein rechtes Auge entlud sich in einer Salve wilder Zuckungen. Indem er sich wieder in meine Richtung drehte, fügte er erklärend hinzu: »Ein Spezialist aus Stuttgart. Mit etwas Glück wird er in zwei Stunden hier sein.«

»In zwei Stunden? Soll das ein Witz sein? Ich habe Ihnen doch schon alles erzählt, was ich weiß. Oder gelte ich als verdächtig?«

Klein schüttelte den Kopf. »Nein. Der Anfangsverdacht gegen Sie hat sich inzwischen erledigt.«

»Aber warum kann ich dann nicht endlich gehen?« Ich verstand immer noch nicht, was vor sich ging und worauf das alles hinauslaufen sollte. Mir war lediglich klar, dass ich in Schwierigkeiten steckte. »Können Sie mich denn überhaupt gegen meinen Willen hier festhalten?«

»Nein, das können wir nicht«, entgegnete Klein. »Sie können jederzeit aufstehen und gehen. Aber davon rate ich Ihnen dringend ab.«

»Aha. Und warum?«

Klein schaute mir genau in die Augen. Als er antwortete, klang seine Stimme merkwürdig kalt. »Ich will Ihnen keine Angst einjagen. Aber glauben Sie mir: Wenn Sie sich jetzt entscheiden, dieses Gebäude allein zu verlassen, sind Sie ein toter Mann.«

Eines der wenigen Dinge, die ich über Felix Faber sicher weiß, ist, dass er nicht Felix Faber hieß.

Als er im Präsidium eintraf, war ich frisch geduscht und trug die sauberen Klamotten, die mir Julia von zu Hause mitgebracht hatte. Dennoch wurde ich das Gefühl nicht los, nach Blut zu stinken. Nachdem wir uns zur Begrüßung die Hände geschüttelt hatten, bat Faber darum, mich allein sprechen zu dürfen. Einen Moment lang wirkte Julia gekränkt, doch dann fügte sie sich in ihr Schicksal und setzte sich seufzend auf die Bank im Flur, auf der wir bis zu seiner Ankunft nervös gewartet hatten. Währenddessen kehrte ich mit Faber in den Besprechungsraum zurück, in welchem mich drei Stunden zuvor schon Klein vernommen hatte. Als mein Blick erneut in den großen Wandspiegel fiel, wirkte mein Spiegelbild gewohnt vertrauenswürdig. Auch das Blut auf dem Stuhl und der Tischplatte war spurlos verschwunden. Ich dachte an Julias entsetzten Gesichtsausdruck, als ich ihr blutverschmiert gegenübergetreten war. In der Mitte des Tisches lag die von mir angefertigte Zeichnung.

Als wir saßen, schaute Faber mich prüfend an. Und

umgekehrt. Gemessen an dem, was ich mir unter einem »Spezialisten aus Stuttgart« vorgestellt hatte, sah er ernüchternd durchschnittlich aus. Um die eins achtzig groß, sportlicher Körperbau, braune Augen, Brillenträger. Seine Glatze versuchte er gar nicht erst zu verbergen, sondern schien sie durch einen extremen Kurzhaarschnitt noch zu betonen. Er trug Jeans und ein T-Shirt (grau) und darüber ein leichtes Sakko.

»Ich habe mit Hauptkommissar Klein gesprochen und mir die Fotografien vom Tatort angesehen«, eröffnete er sachlich das Gespräch. »Sie hätten versuchen können, mit dem Fahrrad zu flüchten. Stattdessen sind Sie in den Wald gerannt. Warum?« Kein Wort darüber, wer er war und warum ich drei Stunden lang hatte warten müssen.

»Ich ... äh ... eine Flucht zu Fuß schien mir die bessere Wahl zu sein zu sein«, antwortete ich irritiert. »Der Waldweg verlief kerzengerade. Zudem bot er keinerlei Deckung. Hätte ich mich also für das Rad entschieden, hätte er mich mit Sicherheit erwischt.«

Faber nickte. »Das sehe ich genauso. Die meisten hätten aber wohl nichtsdestotrotz das Fahrrad gewählt.« Er lächelte. »Keine Sorge. Das war keine Fangfrage. Eher ein Kompliment.«

»Danke«, sagte ich – nach wie vor misstrauisch.

»Haben Sie Erfahrung mit derartigen Situationen?«

»Nein. Natürlich nicht!«

»Auch keine militarische Grundausbildung?«

»Nein. Wieso fragen Sie mich das?«

Die Art, wie er mich musterte, hatte etwas Unangenehmes. Wie ein Metzger, der vor dem Kauf nüchtern den

Wert einer Kuh taxiert. »Sie waren da draußen im Wald ziemlich gut. Ich will mir nur einen Eindruck verschaffen, mit wem genau ich es zu tun habe und was ich bei Ihnen voraussetzen kann.« Er deutete auf die Zeichnung. »Wissen Sie, wer das ist?«

Ich schüttelte den Kopf. »Eigentlich nicht. Vorname: Luca. Dem Akzent nach Italiener. Und so, wie Hauptkommissar Klein auf meine Zeichnung reagiert hat, kein unbeschriebenes Blatt. Ich stecke in Schwierigkeiten, habe ich recht?«

Faber begutachtete kritisch seine Fingernägel. Sie wirkten hervorragend gepflegt. Im Gegensatz zu meinen, unter welchen noch immer brauner Waldboden klebte, den ich durch einmaliges Duschen nicht hatte loswerden können. »Der Mann auf Ihrer Zeichnung heißt Luca Torrini. Seine ersten Morde hat er vermutlich als Zwanzigjähriger begangen. Fast ausschließlich gegen Bezahlung. Inzwischen delegiert er derartige Jobs gewöhnlich an andere. Er ist einer der führenden Köpfe des organisierten Verbrechens. Prostitution, Drogen, Schutzgelder. Das volle Programm. Ein extrem gefährlicher Mann. Jemandem wie ihm zu entwischen, in einem einsamen Waldstück und völlig auf sich gestellt, ist alles andere als leicht.« Er lächelte erneut. »Aber vielleicht hatten Sie ja einfach nur Glück.« Er hielt für einige Sekunden inne, so als wollte er mir Zeit geben, das Gehörte zu verarbeiten. Aber dafür waren einige Sekunden bei weitem zu wenig. Mein Herz schlug wie wild, und im Inneren meines Kopfes begann sich ein dumpfer Schmerz pochend auszubreiten. »Die Frau im Wald war Torrinis Freundin und hieß Maria Brancati. Nach meiner persönlichen Ansicht ein ziemliches Luder, aber gegen die Liebe ist bekanntlich kein Kraut gewachsen. Wegen Maria hat Torrini seine Frau und seine beiden Kinder verlassen, und glauben Sie mir: Er hat seine Kinder immer abgöttisch geliebt. Als er feststellte, dass Maria ihn seit Wochen mit seinem eigenen Buchhalter betrog, muss ihm schlagartig klargeworden sein, dass er alles verloren hatte. Nicht nur Maria und einen begabten Buchhalter, sondern auch seine Frau und die Kinder. Sein ganzes verdammtes Leben. Normalerweise würde Torrini so ein Gemetzel niemals selbst anrichten, sondern die Drecksarbeit Spezialisten überlassen. Weswegen wir ihm auch bis heute noch nie etwas haben nachweisen können. Aber dieses Mal lief es anders. Denn dieses Mal verhielt er sich nicht wie ein kühl kalkulierender Mafiaboss, sondern wie ein gehörnter und wütender Liebhaber. Sein Leichtsinn wurde prompt bestraft. Durch Sie.«

Der Schmerz in meinem Kopf war inzwischen unerträglich, und die Haut in meinem Mund fühlte sich an wie trockenes Pergament. Ich hatte einen Mafiaboss dabei beobachtet, wie er direkt vor meinen Augen zwei Menschen ermordete! Ich steckte nicht nur in Schwierigkeiten. Ich war – wie Klein es so treffend formuliert hatte – ein toter Mann.

»Er hat mir gedroht«, sagte ich und registrierte erschrocken das Zittern in meiner Stimme. »Dass ich – falls ich gegen ihn aussage – sterben würde. Ganz gleich, wo auch immer ich mich zu verkriechen versuche. Ich dachte, er blufft. Aber das tat er wohl nicht.«

Fabers Hand verschwand in der Innentasche seines

Sakkos. Als sie wieder zum Vorschein kam, hielt er ein Feuerzeug und zwei Zigaretten zwischen den Fingern. Die Bewegung wirkte flüssig und routiniert wie bei einem Zauberer. »Auch eine?«

»Nein danke. Ich bin von jeher Nichtraucher.«

Er schaute mich fragend an. »Darf ich trotzdem …?«

»Klar. Nur zu! So, wie ich das sehe, spielt passives Rauchen für meine Lebenserwartung nur noch eine untergeordnete Rolle.«

Faber schmunzelte. »Tja … irgendwie hat vieles auch unerwartet sein Gutes«, sagte er, während er die Zigarette über die Flamme schob und tief inhalierte. »Möchten Sie etwas trinken?«

»Wenn ich einen Kaffee bekommen könnte, wäre das toll.«

Faber wandte sich in Richtung des Spiegels, hob die Hand und orderte mit zwei ausgestreckten Fingern für jeden von uns eine Tasse. Dann drehte er sich zurück in seine ursprüngliche Sitzposition und konzentrierte sich wieder ausschließlich auf mich.

»Zurück zu Ihrer Frage bezüglich des Bluffs. Wahr ist, dass Torrini Sie verständlicherweise loswerden will. Folglich wird er versuchen, Sie umbringen zu lassen. Den Auftrag dazu hat er mit Sicherheit bereits erteilt. Was heißt, dass sich gerade jetzt ein paar hartgesottene Profis erste Gedanken darüber machen, wie sie Sie möglichst bald ausschalten können.« Er zog erneut an seiner Zigarette und stieß den inhalierten Qualm als perfekt geformten Ring wieder aus. Das milchig weiße Kunstwerk schwebte auf mich zu, verlor aber rasch seine Form und löste sich nur wenige Zentimeter von mir entfernt wirbelnd auf. »In zwei anderen entscheidenden Punkten blufft Torrini dann allerdings doch. Erstens: Nur weil er Sie umbringen *will*, muss das noch lange nicht heißen, dass er das tatsächlich schaffen *wird*. Zweitens: Er wird Sie mit Sicherheit auch dann nicht am Leben lassen, falls Sie sich blauäugig dafür entscheiden sollten, auf eine Aussage zu verzichten. So ein Risiko würde jemand wie er niemals eingehen. Torrini wird auf jeden Fall versuchen, Ihnen das Licht auszuknipsen. Ganz gleich, ob Sie gegen ihn aussagen oder sich von seiner Drohung einschüchtern lassen.«

»Was ist mit Julia?«, fragte ich wie in Trance.

Bevor Faber antwortete, zog er ein weiteres Mal an seiner Zigarette. »Natürlich könnte Torrini versuchen, sie sich zu greifen. Um Sie zu erpressen und von einer Aussage abzuhalten. Sie wird also ebenfalls Polizeischutz benötigen. Ausschließlich, um eine Entführung zu verhindern. Julia zu töten wäre kontraproduktiv, denn das würde Sie in Ihrer Entscheidung, gegen ihn auszusagen, nur noch zusätzlich bestärken.«

»Und nach dem Prozess?«, hakte ich nach.

»Natürlich könnte er Ihre Freundin aus Rache töten lassen. Oder Ihre Verwandten und Freunde. Aber ich denke, das wird er nicht tun. Lässt man sich in diesem Geschäft auf so etwas ein, riskiert man zwangsläufig, dass es im Gegenzug schon bald auch die eigene Familie trifft. Besonders dann, wenn das eigentliche Zielobjekt noch immer kerngesund und kochend vor Wut durch die Gegend spaziert. Natürlich liegt das Risiko für Julia auch im Anschluss an den Prozess nicht bei null. Aber für jemanden wie Torrini wäre so etwas eher ein Zeichen von Schwäche und schlechtem Stil. Was ist mit Ihren Eltern? Oder mit anderen engen Kontaktpersonen, die wir bis zum Prozess werden schützen müssen?«

Ich erzählte ihm vom Tod meiner Familie und von Ruth und nannte ihm die Namen von drei engen Freunden. Bei der Erwähnung des Unfalls schaute er mich nachdenklich an. »Und wie geht es jetzt weiter?«, fragte ich leise.

Faber drückte den Rest seiner Zigarette in den vor ihm stehenden Aschenbecher und krallte seinen Blick in meine Augen.

»Ich habe eine schlechte und eine gute Neuigkeit für Sie. Die schlechte: Ihr bisheriges Leben gibt es nicht mehr. Die gute: Falls Sie sich dafür entscheiden, gegen Torrini auszusagen, bekommen Sie von mir ein neues.«

Was macht Sie als Person aus?

Ihr Name? Ihr Beruf? Ihre Hobbys? Ihre Art, sich zu kleiden? Vorlieben und Abneigungen? Ihr Gesicht? Religiöse und politische Überzeugungen? Ihre persönliche sexuelle Orientierung? Ihr Musikgeschmack? Eine Anzahl von Menschen, mit denen Sie sich regelmäßig treffen? Mit denen Sie sich vertrauensvoll über Ihr Leben austauschen können, weil Sie sich schon seit ewigen Zeiten kennen? Ihre Schuhgröße? Ihre Vergangenheit? Ihre Ziele?

Oder ist es vielleicht vielmehr erst die Kombination von alledem, die Sie als Individuum einzigartig werden lässt?

Stellen Sie sich vor, von einem Moment zum anderen sind Sie gezwungen, sich zu entscheiden! Entweder Sie wählen einen frühen und unschönen Tod, oder aber Sie geben das meiste davon auf. Nicht alles, aber doch genug, um Ihre bisherige Identität auszulöschen. Genau darin besteht nämlich das zentrale Ziel des Plans: Sie von nun an zu einer anderen Person werden zu lassen. Eine dritte Option steht Ihnen nicht zur Verfügung. Selbst wenn Sie sich anfänglich noch gegen diesen Gedanken zu sträuben versuchen: In Ihrem Leben existieren zukünftig nur noch diese zwei Wahlmöglichkeiten.

Von Ihrem Namen werden Sie sich natürlich verabschieden müssen. Auch von Ihrem Vornamen, mit dem Sie schon als Kleinkind angesprochen wurden. Sollten Sie dieses *Thomas, Katja* oder *Valentin* irgendwann in Zukunft hören, in einem Restaurant zum Beispiel oder im Freibad oder draußen auf der Straße, sollten Sie in Ihrem eigenen Interesse nicht einmal zucken. Vielleicht haben Sie sogar Glück. Falls Sie das Leben mit einem hässlichen Namen gestraft haben sollte, wird Ihr neuer Name schöner als ihr alter sein. Gewöhnlich dürfen Sie bei der Auswahl mitreden oder spezielle Wünsche äußern.

Auch Ihr Geburtsdatum ist mit Ihrem Überleben nicht länger kompatibel. Sie werden also zukünftig an einem Tag feiern müssen, den mit Ihrem Eintritt ins Leben nichts mehr verbindet. Aber vielleicht fällt Ihnen ja stattdessen irgendein anderes Datum ein, an das Sie jährlich erinnert werden möchten? Ich zum Beispiel habe den Todestag meiner Familie gewählt. Was leider dazu führt, dass mich an meinen Geburtstagen grundsätzlich eine melancholische Stimmung überfällt.

Ob Sie Ihrem bisherigen Beruf weiterhin nachgehen können oder sich nach Alternativen umschauen müssen, hängt von mehreren Faktoren ab. Sind Sie zum Beispiel Schwertschlucker oder in der Malariaforschung tätig, stehen Ihre Chancen denkbar schlecht. Dasselbe gilt logischerweise für öffentlich exponierte Jobs wie Schauspieler oder Nachrichtensprecher. Haben Sie dagegen einen weitverbreiteten Beruf wie Friseur oder Bauarbeiter, steigen Ihre Chancen deutlich an. Es sei denn, die Organisation, die Sie aufzuspüren versucht, ist mächtig und einflussreich und investiert jede Menge Zeit und Manpower, um Sie doch noch zur Strecke zu bringen.

Ihre Hobbys, Vorlieben und Abneigungen werden Sie *»nachhaltig umstrukturieren«* (Zitat Faber) müssen. Sprich: Sie können nicht ins Ausland flüchten und sich dort – wie gewohnt – in einem Bouleclub anmelden oder auch weiterhin Aktionen für Greenpeace organisieren. Natürlich können Sie auch zukünftig Fahrrad fahren oder ein Freibad oder ein Fitnesscenter besuchen. Aber all das, was Sie bislang als Individuum von der Masse Ihrer Mitmenschen abhob oder Sie gar aus dieser herausragen ließ, werden Sie aufgeben müssen.

Was übrigens auch für Ihr Äußeres gilt. Sollten Sie also tätowiert sein, wird Ihr Betreuer vom Zeugenschutz schon bald anregen, einen Hautarzt aufzusuchen. Im Falle einer großen Nase einen Schönheitschirurgen. Bei hervorstehenden Zähnen einen Kieferorthopäden. Falls Sie bislang eine Brille trugen, könnten Sie darüber nachdenken, Ihre Fehlsichtigkeit mit Hilfe einer Laserbehandlung korrigieren lassen. Sollten Sie normalsichtig sein, gilt logischerweise das Gegenteil. Piercings? Weg damit! Es sei denn, Sie haben noch nie in Ihrem Leben Körperschmuck getragen. Von der Idee, sich die Haare färben zu lassen, kann man jüngeren Männern nur abraten. Denn sollte dies jemand bemerken, wird er sich (anders als bei Frauen) prompt nach dem Grund fragen. Das Gleiche gilt übrigens auch für mit Fensterglas bestückte Brillenattrappen oder den Versuch, einen Linkshänder nachträglich zum Rechtshänder umzutrainieren.

Selbstverständlich ließe sich die Liste notwendiger Veränderungen noch um zahlreiche Punkte ergänzen. Aber ich will Sie nicht langweilen. Mir ist es nur wichtig, dass Sie verstehen, was ein Vorschlag wie der von Faber für einen Zeugen bedeutet. Dass er sein Leben, um es zu retten, paradoxerweise aufgeben muss. Was Faber mir anbot, war nicht weniger als die biographische Reset-Taste. Zurück auf null. Der Start in ein neues, in meinem Fall drittes Leben.

Das Einzige, was einem bleibt, ist die eigene Familie. Die Frau und die Kinder und manchmal sogar die Eltern, die ebenfalls ins Zeugenschutzprogramm aufgenommen werden können. So ist man zumindest nicht völlig allein, sondern hat vertraute Personen um sich herum, die nicht nur die gefälschte Fassade sehen, sondern wissen, wer man ist.

In meinem Fall war diese Person Julia.

Zumindest glaubte ich, dass sie es sei.

Aber Julia ließ mich noch am selben Tag fallen.

»Aber wieso?«, stieß ich geschockt hervor. »Bedeute ich dir denn plötzlich gar nichts mehr? Erst kürzlich hast du mir versichert, mich niemals verlassen zu wollen! Wir wollten heiraten! Dass ich auf diesen verfluchten Mafioso getroffen bin und wegen eines dummen Zufalls alles aufgeben muss, ist doch nicht meine Schuld! Wenn du mich verlässt, habe ich niemanden mehr. Verstehst du? Niemanden! Dann bin ich völlig allein.«

Nach dem Gespräch mit Faber war ich wie selbstverständlich davon ausgegangen, dass Julia weiterhin zu mir stehen würde. Dass auch sie bereit wäre, ihr bisheriges Leben aufzugeben, um gemeinsam mit mir zu flüchten. Eine fatale Fehleinschätzung! Rückblickend betrachtet ist mir mein devotes Gejammer peinlich. Eine der Szenen in meinem Leben, die ich liebend gern ungeschehen machen würde. Aber wie hätte ich sonst reagieren sollen? Es mit versteinerter Miene zur Kenntnis nehmen und nicken und Schluss?

»Wir hatten Pläne«, antwortete sie ernst. »Und jede Menge Träume. Ein Haus mit Garten. Kinder. Vielleicht ein Hund. Wenn ich jetzt bei dir bleibe, werde ich das alles für immer aufgeben müssen.« (Genau so hat sie es wirklich formuliert!)

»Aber ... wenn du weiterhin daran festhältst, wirst du *mich* aufgeben müssen.«

»Ja, ich weiß. Und glaub mir: Das fällt mir wahnsinnig schwer. Aber so wie die Dinge jetzt liegen, sehe ich für uns beide keinen anderen Weg.« Ihr stiegen (immerhin!) Tränen in die Augen. »Ich würde das auf Dauer nicht durchstehen. Hörst du? Ich bin für so ein Leben nicht gemacht.«

Ich auch nicht, dachte ich, behielt es aber für mich.

Ein paar Stunden später begann sie bereits mit dem Packen. Am nächsten Morgen zog sie aus. Begleitet von zwei von Fabers Männern, die ihr halfen, ihre Kartons zu einem Transporter zu tragen, und die sie fürs Erste im Augen behalten würden. Während vier weitere Beamte, die zu *meinem* Schutz abgestellt waren, Julias Exodus mit Maschinenpistolen sicherten.

»Tut mir leid« sagte Faber, als der Wagen abbog und endgültig aus unserem Sichtfeld verschwand. »Ich hätte Ihnen wirklich gewünscht, dass Ihnen diese Enttäuschung erspart geblieben wäre.«

Ich kämpfte gegen die Tränen an. Was sich damals abspielte, war zweifellos der schlimmste Moment in meinem bisherigen Leben. Dieses vernichtende Gefühl der Ohnmacht. Alles aus! Game over! Überzeugt, dass diesem Verlust nichts Wesentliches mehr folgen würde. Zumindest nichts Gutes. Nur noch ein Leben in Angst. »Was glauben Sie? Ist sie jetzt wenigstens vor diesem Scheißkerl sicher?«, fragte ich Faber mit bebender Stimme.

»Ich glaube schon. Torrini wird sicher schon bald von

der Trennung erfahren. Somit ist sie als Druckmittel wertlos geworden.« Er zwinkerte mir verschwörerisch zu. »Denn wer kann schon vorhersagen, wie Sie gerade jetzt reagieren würden, wenn jemand auf die Idee käme, Julia zu entführen.«

»Für Sie wird dadurch alles einfacher, stimmt's?«, fuhr ich ihn an. »Die Kosten für meinen Schutz haben sich damit schlagartig halbiert.«

Fabers Lippen wurden schmal. »Es ist nicht *mein* Geld«, antwortete er gekränkt. »Sie zu verlassen war ganz allein Julias Entscheidung. Aber eines steht fest, auch wenn diese Erkenntnis schmerzhaft sein muss: Jemand, der sich derart egoistisch verhält, wäre Ihnen bei dem, was Ihnen in nächster Zeit bevorsteht, mit Sicherheit keine Hilfe gewesen.«

Natürlich hatte er recht. Aber damals wollte ich das einfach nicht wahrhaben. Damals hätte ich ihm für seine Bemerkung am liebsten die Nase gebrochen. Damals hätte ich das allerdings garantiert noch nicht geschafft.

»Was, wenn ich trotzdem nicht gegen Torrini aussage? Was, wenn ich meine Angaben widerrufe?«

Faber zog verblüfft die Augenbrauen nach oben. »Hören Sie, Keller! Das mit Julia ist sicher nicht leicht für Sie. Aber es ist auch kein Grund, Selbstmord zu begehen. In Ihrem eigenen Interesse müssen Sie unbedingt einen kühlen Kopf bewahren. Wenn Sie jetzt durchdrehen, wird das Ganze übel enden.«

»Das beantwortet nicht meine Frage.«

Er schüttelte seufzend den Kopf. »Die Aufnahme ins Zeugenschutzprogramm ist an bestimmte Bedingungen gekoppelt. Der zuständige Beamte – also ich – muss diese beurteilen und am Ende entscheiden, ob er die geplante Maßnahme für erfolgversprechend hält. Ob ich es Ihnen zum Beispiel grundsätzlich zutraue, eine derartige Belastung dauerhaft durchzustehen.«

»Und? Wie fällt Ihr bisheriges Urteil aus?«

»Positiv. Natürlich muss ich Sie noch besser kennenlernen, aber ich glaube, Sie könnten es schaffen. Sollten Sie allerdings Ihre Aussage zurückziehen, sind Sie per Definition kein Zeuge mehr und scheiden als Kandidat für das Schutzprogramm aus.«

»Heißt: Keine Aussage, kein Schutz?«

»Ja, so sieht es leider aus.«

»Das klingt für mich schwer nach Nötigung.«

Er schüttelte missbilligend den Kopf. »Sollten wir Sie ins Programm aufnehmen, so wäre damit ein erheblicher Aufwand verbunden. Personell, organisatorisch, finanziell. Vermutlich über Jahre. Womöglich sogar für den Rest Ihres Lebens. Wir können Ihnen diese Unterstützung kaum dafür anbieten, dass Sie die Aussage *verweigern.*« Er schaute mir direkt in die Augen. »Keller! Begehen Sie jetzt bitte keinen Fehler!«

»Wenn ich gleich aufstehe und gehe, werden Sie dann versuchen, mich aufzuhalten?«

»Nein.«

Zu diesem Zeitpunkt klammerte ich mich immer noch an die Hoffnung, Julia würde sich – wenn sie von meiner Entscheidung erführe – doch noch anders entscheiden und, entsetzt von ihrer eigenen Härte, zu mir zurückkehren. Rückblickend betrachtet ein naiver Irrtum. Andererseits

seits: Hätte ich nicht genauso gehandelt, würde mich vielleicht noch heute das Gefühl quälen, es nicht wenigstens versucht zu haben.

»Wo wollen Sie denn jetzt hin?«, fragte Faber, als ich eine halbe Stunde später den Reißverschluss meiner Reisetasche schloss.

»Nach Frankreich. Erst einmal für ein paar Tage. Um nachzudenken.«

»Okay. Wir werden den Schutz für Julia und Ihre Freunde noch eine Zeitlang aufrechterhalten. Oder haben Sie dagegen auch etwas einzuwenden?« Ich schüttelte den Kopf. »Sollten Sie es sich wegen Ihrer Aussage anders überlegen, dann lassen Sie es mich wissen. Was dagegen, wenn meine Männer Sie noch ein paar Kilometer weit begleiten?«

»Ganz im Gegenteil«, gab ich offen zu, denn bei dem Gedanken, das Haus allein zu verlassen, überfiel mich nackte Angst.

In Fabers Mimik war erstmals ein Anflug von Sorge zu erkennen. »Fahren Sie zügig, legen Sie frühestens nach drei Stunden die erste Pause ein und behalten Sie den Rückspiegel im Auge! Ändern Sie häufiger die Richtung! Rufen Sie niemanden an, den Sie kennen! Verstehen Sie? Niemanden!«

Dass ich Fabers Angebot, mich zu schützen, damals ausschlug, war nicht seine Schuld. Hätte Julia mich begleitet, hätte ich, ohne zu zögern, eingewilligt. Schon allein aus Sorge um sie. Doch nun war Julia weg. Und gutgläubig, wie ich war, wütend und aufgewühlt, wählte ich trotzig den Weg in die Katastrophe.

Aber wie sagte Faber so schön? Irgendwie hat vieles auch unerwartet sein Gutes. Und glauben Sie mir! Je öfter man dem Tod begegnet, desto besser versteht man das Leben.

Das mit Frankreich war natürlich gelogen.

Stattdessen schlug ich mich auf einem wilden Zickzackkurs nach Holland durch. Keine Ahnung, ob damals jemand versuchte, sich an meine Fersen zu heften. Faber mit Sicherheit nicht. Menschen wie Faber gehen – wie ich inzwischen gelernt habe – grundsätzlich andere Wege. Anfangs wurde ich noch von einem Bewachungsteam eskortiert. Vier schwerbewaffnete Männer auf zwei gepanzerte Wagen verteilt. Über mehrere Kilometer hielten sie sich auf der Autobahn dicht hinter mir. Dann, unmittelbar nach einer Ausfahrt, scherte einer der Wagen auf die Überholspur aus, und beide Fahrzeuge verlangsamten synchron ihr Tempo. Ihre Scheinwerfer begannen hektisch zu blinken, und ich begriff sofort. Sie blockierten die Autobahn! Um eventuelle Verfolger von mir abzuschirmen und mir Gelegenheit zu geben, sie abzuschütteln. Obwohl auf dieser Strecke (noch heute) eine Geschwindigkeitsbegrenzung gilt, beschleunigte ich auf zweihundert Stundenkilometer und raste davon. Beim nächsten Autobahnkreuz wechselte ich die Richtung, fuhr noch etwa eine Viertelstunde weiter und entschied mich anschließend für die Landstraße.

Mehrfach schlug ich überraschend Haken, immer den Rückspiegel im Auge. Erst als ich mir sicher war, nicht verfolgt zu werden, kehrte ich auf die Autobahn zurück.

Nach über zehn Stunden Fahrt mietete ich mich in einer kleinen Pension in Alkmaar ein. Schon an der Rezeption musste ich allerdings erkennen, dass ich in Sachen Flucht ein blutiger Anfänger war. Als mich die Besitzerin bat, das übliche Anmeldeformular auszufüllen, begriff ich entsetzt, dass ich damit meine Bemühungen schlagartig wieder zunichtemachen würde. Ob ich den Vordruck auch später auf meinem Zimmer ausfüllen könne, erkundigte ich mich müde. Zu meiner Erleichterung stimmte sie zu. Eine halbe Stunde später verließ ich das Gebäude, stieg erneut in meinen Wagen und fuhr nach Amsterdam. In der Nähe des Zoos schob ich die SIM-Karte zurück in mein Handy und rief Roland Schlebusch an. Er und ich kennen uns schon seit der ersten Klasse, und seit damals zählte ich ihn immer zu meinen engsten Freunden.

»Jonas? Meine Güte!« Seine Stimme klang geschockt. »Julia hat mir alles erzählt. Wo steckst du?«

Ich zögerte. »In Lyon.«

»Allein?«, fragte er skeptisch.

»Ja. Wie du vermutlich schon weißt, hat mich Julia verlassen. Zu wenig Perspektive, wie sie meint.« Ich erwartete, dass er ihre Entscheidung entrüstet verurteilen würde, aber das Telefon schwieg. Also erzählte ich ihm nochmals alles bis ins kleinste Detail. Von den Morden im Wald, meinen Vernehmungen durch Klein und Faber, von Julias überstürztem Auszug und meiner Entscheidung, mich aus Deutschland abzusetzen.

»Scheiße«, hörte ich ihn murmeln. »Und was wirst du jetzt tun?«

»Eine Zeitlang abtauchen. Um nachzudenken. Das ist auch der Grund, warum ich dich anrufe. Du musst mir einen Gefallen tun.«

Ich erzählte ihm von meinem Problem mit dem Anmeldeformular und bat ihn, mir die Daten seines Ausweises durchzugeben. »Nur um sicherzugehen«, erklärte ich ihm. »Nach dir wird in einem französischen Hotel kaum jemand suchen.«

Als Roland antwortete, versuchte er, seine Stimme ruhig und sachlich klingen zu lassen. »Ich weiß, das muss jetzt herzlos wirken: Aber das kann ich nicht tun. Du bist seit Jahren mein bester Freund. Und das wirst du auch bleiben. Aber ich muss auch an Katja und die Kleine denken. Ich werde mich zukünftig von dir fernhalten müssen.«

Es fühlte sich an wie ein Schuss in die Brust. Zumindest war ich damals, Wochen vor meiner ersten Schussverletzung, überzeugt, dass es so sei. »Aber … du musst dir keine Sorgen machen. Wir können telefonieren oder uns E-Mails schicken. Dir und deiner Familie wird bestimmt nichts passieren.«

»Jonas, bitte! Es ist mir ernst. Ich will in diese Sache auf keinen Fall hineingezogen werden.« Es folgte ein endlos langes Schweigen. Am Ende muss ihm doch noch klargeworden sein, wie feige das alles klang, denn er sagte betreten: »Tut mir leid. Aber ruf bitte nicht mehr an!« Dann legte er auf.

Seither habe ich nie mehr mit Roland gesprochen. Noch am Tag zuvor hatte ich Faber erzählt, es gebe fünf wichtige

Personen in meinem Leben, mit denen Torrini mich unter Druck setzen könnte. Jetzt waren es nur noch drei: Zwei weitere Freunde (Conrad und Uwe) – und natürlich Ruth.

Das Telefonat mit Uwe, oder besser gesagt, mit Karin, seiner Frau, verlief noch um einiges schlimmer. Er sei nicht da, teilte sie mir mit gespieltem Bedauern mit, aber gerade, als ich den Mund öffnete, um ihm eine Botschaft zu hinterlassen, hörte ich auch schon die Stimme seines achtjährigen Sohnes, der seine Mutter erstaunt korrigierte: »Aber, Mama? Da auf dem Sessel sitzt der Papa doch.« Karin legte eilig ihre Hand über das Mikrophon, aber es war bereits zu spät. Eine halbe Minute lang war durch die Hand hindurch nur hektisches Murmeln zu hören. Während ich immer noch darauf wartete, wie Uwe sich entscheiden würde und wie es nun weitergehen sollte, wurde die Verbindung unterbrochen. Erst glaubte ich an einen dummen Zufall und rief sofort wieder an, aber in der nächsten Viertelstunde blieb der Anschluss durchgängig besetzt.

Als ich wenig später die Nummer von Conrad wählte, hatte ich die Hoffnung, dass ausgerechnet er sich anders verhalten könnte, bereits zerknirscht aufgegeben. Im Vergleich zu meinen Freundschaften zu Roland und Uwe hatte ich meine Beziehung zu Conrad stets als eher oberflächlich empfunden. Als er den Anruf annahm, lagen meine Erwartungen, dass er mir trotzdem helfen könnte, insofern knapp über null.

Entgegen meinen Vermutungen wurde ich positiv überrascht. »Aber klar doch, Mann!«, sagte Conrad, zu dem die dramatischen Neuigkeiten ebenfalls bereits durchgedrungen waren und der daher schon bestens informiert zu sein schien. Als sei es die natürlichste Sache der Welt, verschwand er, um seinen Ausweis zu holen. Kurz darauf diktierte er mir die benötigten Daten ins Telefon. »Kann ich dir sonst noch irgendwie helfen? Brauchst du Geld? Ich könnte ein zweites Konto eröffnen und dir die EC-Karte per Post zukommen lassen. Wenn du willst, auch meine Krankenversichertenkarte. Ich kann ja jederzeit bei der Kasse anrufen, sie als verloren melden und ganz einfach eine neue beantragen.« Seine Kreativität und seine offensichtliche Freude daran, mir helfen zu können, rührt mich – wenn ich daran zurückdenke – noch heute. Er schien nicht einen Moment lang einen Gedanken daran zu verschwenden, dass er sich mit seiner Entscheidung Ärger einhandeln könnte.

»Das mit dem zweiten Konto ist prinzipiell keine schlechte Idee«, antwortete ich heiser, »aber ich habe keine Idee, wie ich dir Geld überweisen könnte, ohne dass sich die Spuren zurückverfolgen lassen.«

Durch das Telefon hindurch konnte ich deutlich hören, wie er den Kopf schüttelte. »Red keinen Unsinn, Mann! Willst du mich beleidigen? Ich streck dir das Geld einfach vor, und du gibt es mir bei nächster Gelegenheit zurück. Wären fünftausend okay?«

Fünftausend!

Noch so eine Sache, die ich gelernt habe. Dass man Helden und Feiglinge nur an ihren Handlungen voneinander abgrenzen kann. (Auch wenn das für Sie jetzt banal klingen mag.)

Am Ende nahm ich Conrads Angebot an. Obwohl es

mir peinlich war. Und obwohl ich natürlich wusste, dass es riskant war, ihm meine neue Adresse zu offenbaren. »Alkmaar? In Frankreich?«, feixte er lachend. Glücklicherweise schien er mir meine anfängliche Lüge nicht übelzunehmen. Wichtiger als die fünftausend Euro waren jedoch die Daten seines Personalausweises. Sie gaben mir die Möglichkeit, mich in der Pension unter falschem Namen einzumieten. Wie ich gehofft hatte, gab sich die alte Dame mit dem Anmeldeformular zufrieden und versäumte es, sich zusätzlich meinen Ausweis vorlegen zu lassen. Damit war ich erstmals in meinem Leben unter einer anderen Identität registriert. Als sie den Zettel zu ihren Akten legte und ich kurz darauf aufbrach, um in einem nahegelegenen Restaurant zu Abend zu essen, fühlte ich mich merkwürdig erregt.

Später habe ich mir häufiger ausgemalt, dass Torrinis Killer Julia, Uwe und Roland dennoch töten würden. Dass die drei kurz vor ihrem Tod erschrocken feststellen müssten, dass ihr Entschluss, mich, der eigenen Sicherheit zuliebe, feige im Stich zu lassen, auf einem naiven Irrtum beruhte und dass sie in den nächsten Sekunden sterben würden. In meinen Phantasien ereilte ihr Tod sie langsam und schmerzhaft und war von einem Gefühl tiefer Reue begleitet. Bis heute bin ich mir nicht sicher, ob ich wegen dieser Gedanken ein schlechtes Gewissen haben sollte. Was meinen Sie?

Ich lebte nur etwa fünf Wochen lang in Alkmaar. Eine hübsche Stadt mit Gassen und Grachten, aber spätestens nach drei Tagen hat man alles, was man gesehen haben muss, gesehen. Wie Amsterdam in ruhig und klein. Nur einmal pro Woche, genauer gesagt am Freitagvormittag, herrscht hektisches Gedränge in der Stadt. Dann findet auf dem zentralen Platz der Käsemarkt statt. Ein Relikt aus dem siebzehnten Jahrhundert, bei dem in Weiß gekleidete Träger – umgeben von Heerscharen fotografierender Touristen – gewaltige Käselaibe schleppen. Auf hölzernen Tragebahren, jeweils acht Stück à fünfzehn Kilogramm. Warum und wohin, habe ich bis heute nicht verstanden, aber den Tausenden von Besuchern schien es zu gefallen. Am Freitag blieb ich meist bis abends in der Pension. Oder aber ich fuhr nach Utrecht, um mit Conrads Bankkarte Geld abzuheben. Das kam mir ziemlich schlau vor, und nach Tagen völliger Ereignislosigkeit begann ich, mich zunehmend sicher zu fühlen. Bis zu jenem Abend, als Torrinis langer Arm erstmals nach mir zu greifen versuchte.

Kurz bevor ich die schmerzhafte Erfahrung machen musste, dass mich entgegen Ruths Vorhersagen nicht jedes auf mich zurasende Metall prinzipiell verfehlt, saß ich in einem kleinen Café und war in eine holländische Tageszeitung vertieft. Neben mir ein Wörterbuch, in welchem ich zuweilen ein Wort nachschlug, um meinen Wortschatz zu erweitern. Natürlich hätte ich die Zeitung genauso gut in der Pension lesen können. Aber das ständige Alleinsein drückte mir allmählich aufs Gemüt.

Bis zu dem Moment, als er die Waffe zog, hatte ich den Killer nicht einmal bemerkt. Er trug eine Lederjacke und einen Motorradhelm (beides in schwarz) und stand nur etwa vier Meter von mir entfernt. Warum er mir nicht in den Kopf schoss, ist mir bis heute ein Rätsel. In Filmen schießen dir Profis immer in den Kopf. Er aber zielte auf die Brust, erwischte mit der ersten Kugel die linke Lunge und mit der zweiten, da ich getroffen nach hinten kippte, nur noch die Schulter. Als mein Hinterkopf hart auf dem Parkett aufschlug, hielt ich den Atem an. Ich lag bewegungslos auf dem Rücken und starrte schweigend hinauf zur Decke, von wo mir die Tentakel eines Kronleuchters verschlungen entgegenragten. Aus den Lautsprechern drang leise die Stimme von Katie Melua an mein Ohr. *Life is just a slow train crawling up a hill,* sang sie, so als wollte sie mich verhöhnen. Um mich herum der Geruch von Blut, feuchtem Holz und frischen Pfannkuchen.

Wenn Sie auf den Tod warten, steht die Zeit plötzlich still. Ich wartete endlos lange. Auf sein Gesicht, das über mir auftauchen würde, auf eine hämische Nachricht (*Ein Freund lässt dich grüßen*) und auf den Schuss in die Stirn. Ich dachte an Julia. Während ich auf dem Rücken liegend den Messingkraken musterte, wurde mir klar, wie sehr sie mir immer noch fehlte, und diese Erkenntnis war weit schlimmer als die Atemnot und der pochende Schmerz. Dann hörte ich Schritte. Eine Tür wurde aufgerissen und fiel wieder zu. Ein Luftstrom streifte zart mein Gesicht, und dann sah ich plötzlich in die Augen einer Frau, die sich vorsichtig über mich beugte. So als zögerte sie noch, ob sie sich meinen Anblick wirklich zumuten wollte. Sie flüsterte mir mit zittriger Stimme etwas zu, in einer Sprache, die ich nicht verstand.

Bis heute würde ich gern wissen, was es war.

Noch vor dem Eintreffen des Krankenwagens verlor ich das Bewusstsein. In der Gewissheit, nie wieder aufzuwachen. Das mag jetzt pathetisch klingen, aber seit diesem Tag bin ich tot. Das Leben danach – nur noch Verlängerung in einem längst abgepfiffenen Spiel.

Das Erste, was ich sah, als ich wieder aufwachte, war das besorgte Gesicht von Ruth. Dicht hinter ihr saß Felix Faber. Dass die beiden hier waren, konnte nur bedeuten, dass ich mindestens fünf Stunden lang bewusstlos gewesen war. Lang genug für eine Fahrt von Deutschland nach Holland. Um mich herum blinkten und piepsten medizinische Geräte. Die Intensivstation. Ein Blick auf den EKG-Monitor bewies mir, dass ich noch lebte. Puls 86. Angesichts der Situation ganz ordentlich, wie ich fand.

»Eines muss man Ihnen wirklich lassen, Keller«, sagte Faber. »Sie mögen ein unbelehrbarer Dickschädel sein, aber Sie sind einfach nicht totzukriegen.«

Ruths rechte Hand strich zärtlich über mein schweißnasses Gesicht. »Wie ich immer sage: Der Tod will dich noch lange nicht. Du wirst als zerknitterter Greis abtreten.«

»Wenn er dazulernt, vielleicht schon«, brummte Faber gereizt.

»Irgendwelche bleibenden Schäden?«, fragte ich als Erstes.

Ruth schüttelte sichtlich besorgt den Kopf. »Nach Ansicht der Ärzte wohl eher nicht.«

»Die linke Lunge ist kollabiert«, ergänzte Faber. »Aber das ist nach solchen Treffern völlig normal. Was die Schulterverletzung anbelangt, so halten sich die Ärzte noch ein wenig bedeckt. Aber wirklich pessimistisch klangen sie nicht.«

»Hast du Schmerzen?«, erkundigte sich Ruth.

»Ja«, antwortete ich wahrheitsgemäß. »Im Moment ist das allerdings fast schon beruhigend. Zumindest beruhigender, als die Augen lächelnd auf einer Wolke aufzuschlagen, schwerelos und mit einer Harfe in der Hand.« Über Ruths Schulter hinweg sah ich Faber grinsen.

»Du musst gegen diesen Gangster aussagen«, befahl mir Ruth. »Verstehst du? Ganz gleich, was passiert. Herr Faber hat mir von dem Zeugenschutzprogramm erzählt. Und von deiner Entscheidung, dich entgegen aller Vernunft allein durchzuschlagen. Das war dumm, unfassbar dumm. Du musst dieses Angebot annehmen. Hörst du? Tu es für mich!«

Gute Ruth! Wäre ich in der Lage gewesen, mich zu bewegen, ich hätte sie weinend in die Arme geschlossen. So aber blieb ich wie gelähmt liegen.

»Wenn ich das tue, werden wir uns vielleicht nie wiedersehen«, sagte ich leise.

»Ja, ich weiß. Und natürlich bricht mir das fast das Herz. Aber unserer Beziehung wird das dennoch nichts anhaben können. Das weißt du genau. Es gibt nichts, was wir uns noch sagen oder unserem Leben hinzufügen müssten. Also hau um Gottes willen ab! Oder muss ich mich erst vor den Zug werfen, um sicherzugehen, dass du auch wirklich die richtige Entscheidung treffen wirst?«

»Hat sich Julia … ?«

»Nein, hat sie nicht!«, kam ihr Faber zuvor. Seine Stimme klang angewidert. »Als mich die Nachricht erreichte, habe ich sie umgehend angerufen. Selbstverständlich habe ich ihr auch vorgeschlagen, uns nach Alkmaar zu begleiten. Doch sie hat abgelehnt.«

Schon seltsam! Nüchtern betrachtet, schickte auch Ruth mich weg. Ähnlich wie Julia. Aber dennoch ganz anders! Bei Julia waren die Gründe Egoismus und Feigheit, bei Ruth dagegen war dieser Schritt ein rührender Ausdruck ihrer Fürsorge und Liebe.

An diesem Tag in Alkmaar redeten wir noch stundenlang miteinander, in dem Bewusstsein, dass es vermutlich das letzte Mal sein würde. Faber verließ irgendwann diskret den Raum und ließ uns allein. Danach saß Ruth schweigend neben dem Bett und hielt meine Hand. Bis ich eingeschlafen war. Das Letzte, woran ich mich erinnere, ist ihre Haut. Rau und faltig. Wie warmes Holz.

Als ich am nächsten Morgen aufwachte, war sie weg.

Sobald sich mein Zustand stabilisiert hatte, ließ Faber mich zurück nach Deutschland bringen. In ein Bundeswehrkrankenhaus. Er war der Meinung, dort sei ich sicher. Nach dem Fiasko in Alkmaar war ich gewillt, seinen Ratschlägen zukünftig ohne längere Diskussionen Folge zu leisten. Also willigte ich ein. Was die Versorgung von Schussverletzungen anbelangt, so fühlte ich mich dort jedenfalls gut aufgehoben. Ich lag tagelang auf dem Rücken, und zwei Schläuche, die sich von einer Vakuumpumpe aus unter meine Bettdecke schlängelten und durch die Haut hindurch in meinen Brustkorb krochen, erzeugten dauerhaft einen Unterdruck, was meine Lunge davon abhielt, erneut zu kollabieren, und ihr die Zeit gab zu heilen.

Während des gesamten Klinikaufenthalts wich mir Fabers Team nicht von der Seite. Vor meinem Zimmer saßen Tag und Nacht schwerbewaffnete Männer, die sich in Schichten abwechselten. Meist drei oder vier. Um an ihnen vorbei zu mir vorzudringen, hätte man sie alle töten müssen, und sie erweckten keinesfalls den Eindruck, als wäre das leicht. Sie kennen doch sicherlich diese Szene, in der sich ein als Arzt verkleideter Killer an einem (arglosen!) Polizisten vorbei in ein Krankenzimmer schleicht? Den als Tarnung dienenden weißen Kittel hat sich der Bösewicht meist kurz zuvor von einem echten Arzt besorgt, den man später mit gebrochenem Genick in einer Kleiderkammer auffinden wird. In amerikanischen Serien hat man so etwas schon tausendmal gesehen. Vergessen Sie es! Als eines Tages ein junger Arzt nach der Türklinke griff, ohne das Okay meiner Bodyguards abzuwarten, musste er – auf dem Bauch liegend und mit zwei Pistolenmündungen am Ohr – die schmerzhafte Erfahrung machen, dass so etwas nur im Film funktioniert. Unglücklicherweise war der unvorsichtige Arzt aber hundertprozentig echt, und die Klinikleitung reagierte angesichts des Vorfalls wenig erfreut. Unter anderem auch deswegen, weil dem übereifrigen Mediziner der rechte Daumen ausgekugelt worden war. Vermutlich kostete es Faber jede Menge Überzeugungskraft, die Angelegenheit in Ordnung zu bringen und die erhitzten Gemüter zu besänftigen, aber am Ende durfte ich bleiben.

Faber selbst verbrachte nahezu die gesamte Zeit in meinem Zimmer. Sobald es mir besser ging, begannen wir, ein neues Leben zu entwerfen, eine fiktive Biographie.

Name: Frank Bühler. Alter: 32 Jahre.

»Woher kommen Sie?«

»Aus Nürnberg. Aber – bevor Sie fragen –, dort bin ich nicht aufgewachsen. Ich wurde in Neustadt geboren.

Dort habe ich auch den Großteil meiner Kindheit verbracht. (Bewusst lächelnd!) Den Kurpfälzer Dialekt hört man mir leider immer noch an.«

»Stimmt. Aber was um alles in der Welt führt einen Pfälzer nach Aragon?«

»Um ehrlich zu sein ... ich liebe Spanien ... besonders das Essen ... und das Klima natürlich. Ich verdiene mein Geld als Graphikdesigner, in erster Linie mit dem Entwerfen von Webseiten. Dank des Internets kann ich mir meinen Wohnort frei aussuchen.«

»Das klingt beneidenswert. Haben Sie Familie?«

»Nein. Meine Frau ist vor zwei Jahren während der Geburt unseres Sohnes verstorben. Einige Stunden später starb auch das Kind.« (Gedankenverlorener Blick!)

»O mein Gott! Das muss die Hölle gewesen sein!«

»Ja, allerdings. Ich träume heute noch davon.«

»Was ist mit Ihren Eltern?«

»Meinen Vater habe ich nie kennengelernt. Eine kurze Affäre meiner Mutter. Sie haben niemals zusammengelebt. Ich kenne noch nicht einmal seinen Vornamen.«

»Im Ernst? Sie könnten doch Ihre Mutter fragen.«

»Diese Chance habe ich leider verpasst. Meine Mutter ist ebenfalls schon vor Jahren verstorben. An einem Hirntumor.«

»Oh. Das tut mir leid. Wie war sie?«
Wer?«

»Ihre Mutter.«
»Ich … äh … sie war schön. Sehr schön. Sie …«

»Was ist los? Weinen Sie?«
»Scheiße, Faber! Ich brauche dringend eine Pause.«

Noch heute verspüre ich für Felix Faber ein Gefühl der Zuneigung. Nicht nur wegen der langen Zeit, die wir gemeinsam verbrachten. Anfangs in einem engen Krankenzimmer, später in einer gesicherten Wohnung in Nürnberg, wo ich täglich trainierte, mein Wissen über Webdesign ausbaute, Unmengen von Fakten auswendig lernte und mir die für meine Biographie notwendigen Ortskenntnisse verschaffte. In einer Zeit, in der mein Leben sich aufzulösen schien, war Felix die einzige Person, an die ich mich wenden und der ich vertrauen konnte. Fast wie in Konrad Lorenz' Gänseexperiment. Ich in der Rolle eines geschlüpften Kükens und Felix Faber als die Person, auf die ich dauerhaft geprägt werden würde.

Schon in der Klinik lernte ich seinen Ersatzmann kennen. Bernhard Braun, ein drahtiger, selbstsicherer Typ Mitte dreißig, der niemals an sich zu zweifeln schien. Von Beginn an traute ich Braun nicht über den Weg. Anfangs sah ich darin kein wirkliches Problem. Anfangs ging ich naiv davon aus, dass Faber niemals ausfallen und immer für mich da sein würde. Ein weiterer Irrtum von vielen!

Natürlich hoffte ich weiterhin, dass Julia mich doch

noch besuchen würde. Wenn sich die Klinke meines Krankenzimmers senkte, zuckte ich jedes Mal zusammen, und mein Blick warf sich gierig in Richtung der Tür. Ich weiß nicht, wie oft. Es war wie ein Reflex, ich konnte es einfach nicht abstellen, selbst nicht nach dem Wechsel in das Bundeswehrkrankenhaus. Im Gegenteil: dort wurde es noch schlimmer, da ich hoffte, die Rückkehr nach Deutschland würde ihr die Entscheidung erleichtern und meine Chancen erhöhen. Aber es waren immer nur Ärzte und Schwestern, welche die Klinke drückten, oder die mit dem Prozess betraute Staatsanwältin oder Felix Faber oder einer seiner Männer. Nie Julia! Obwohl sie wusste, dass ich schwer verletzt worden war, und obwohl ihr klar gewesen sein muss, wie verzweifelt ich auf sie wartete, hielt sie sich dennoch von mir fern. Währenddessen starrte ich immer wieder wie ein Idiot auf diese gottverdammte Klinke.

So als wartete ich auf eine Form von Erlösung.

Mein Auftritt als Zeuge dauerte nicht länger als eine halbe Stunde.

All das für nur dreißig Minuten, dachte ich später oft, aber immerhin reichte es aus, um den Richter zu überzeugen, Torrini fünfzehn Jahre Gefängnis zu verpassen. Angesichts meiner Zeichnung hatte ihm sein Anwalt bestimmt empfohlen, sich schuldig zu bekennen und auf Totschlag zu plädieren, aber Torrini stritt die Morde hartnäckig ab. Der Richter, ein älterer Mann namens Schultz, hörte sich meine Schilderungen aufmerksam an und musterte kopfschüttelnd das vor ihm liegende Blatt mit Torrinis Porträt. Der Verteidiger gab sein Bestes, um meine Aussagen zu untergraben, stand aber von Anfang an auf verlorenem Posten. Wer misstraut schon einem Hauptzeugen, der kurz vor seiner Aussage in einem Mafiaprozess von einem Killer angeschossen wird? Aus taktischen Gründen hatte die Staatsanwältin darauf bestanden, den Prozesstermin möglichst zeitnah und noch vor dem endgültigen Abschluss des Heilungsprozesses anzusetzen, so dass mir die Folgen des Anschlags deutlich anzusehen waren. Ich hatte fünfzehn Kilo abgenommen, meine Wangen waren eingefallen, ich sah in der Tat scheiße aus. Alternativ hätte ich auch per Videoschaltung aussagen können – die Gefährdungslage ließ das zu –, aber die Staatsanwältin hatte mich davon überzeugt, dass es die Chancen der Anklage erheblich verbessern würde, wenn ich persönlich vor Gericht erschien. Also hatte man mich unter massiven Sicherheitsvorkehrungen zum Gerichtsgebäude transportiert und mich hinter einer schusssicheren Scheibe platziert. Unmittelbar hinter mir standen zwei Polizeibeamte, welche jede Bewegung im Zuschauerraum beobachteten. Obwohl alle Anwesenden schon am Eingang sorgfältig kontrolliert worden waren. Faber selbst trat bei dem Prozess nicht in Erscheinung. Für jemanden wie ihn ist Anonymität eine Grundvoraussetzung für den Job. Genau genommen gelten die Beamten des Zeugenschutzes genauso als gefährdet wie die Zeugen selbst. Also ließ er sich während der Verhandlung nicht blicken.

Ich selbst gab mir Mühe, die Erwartungen der Staatsanwaltschaft zu erfüllen, setzte mich betont vorsichtig auf meinen Platz und achtete darauf, jede meiner Bewegungen schmerzhaft wirken zu lassen. Wie die Anklage, so war auch ich daran interessiert, Luca Torrini für eine möglichst lange Zeit hinter Gitter zu schicken. Nicht auszudenken, wenn er freigesprochen worden wäre. Während ich gleichzeitig alles verloren hatte. Torrini starrte mich mehrmals feindselig an, was aber in meinem Innern keine Angst auslöste, sondern Trotz und Wut. Dieser Scheißkerl hatte direkt vor meinen Augen zwei Menschen brutal ermordet, mein gesamtes Leben ruiniert und versucht, mich töten zu lassen. Dafür würde er zahlen! Dass ich als Zeuge nicht an der Urteilsverkündung teilhaben konnte, bedaure ich deswegen noch heute.

Kurz bevor mich Richter Schultz aus dem Gerichtssaal schickte, sprach er mich noch einmal persönlich an. »Um hier vor Gericht auszusagen, haben Sie einiges aufgeben müssen. Ihren Beruf, Ihren Wohnsitz, Ihr bisheriges Leben. Ich habe gehört, Ihre Lebensgefährtin hat sich wegen alldem von Ihnen getrennt?«

»Ja. Und alle anderen auch.« Das traf es nicht ganz, aber wenn Torrini mir Glauben schenkte, waren Conrad und Ruth von nun an sicher.

Schultz nickte. »Ich kann mir gut vorstellen, wie hart Sie das treffen muss. Aber auch wenn Sie das vermutlich kaum trösten wird: dass Sie heute vor diesem Gericht ausgesagt haben, war mutig und wichtig.« Als ich aufstand und eskortiert von den Polizeibeamten zur Seitentür ging, fügte er noch hastig hinzu: »Ich wünsche Ihnen Glück.«

Die Wochen nach dem Prozess waren die geschäftigsten meines Lebens.

Ich erfuhr viel über Torrinis Organisation. Über Orte, die ich zukünftig meiden musste, weil er dort über geschäftliche Kontakte verfügte. Über die Männer, die für ihn arbeiteten. Besonders über jene, welche die Drecksarbeit erledigten. Ich prägte mir Dutzende von Fotografien ein: Gesichter, denen ich vielleicht irgendwann begegnen würde. Von Männern, die nach mir Ausschau halten würden.

Abends ging ich täglich laufen. Anfangs auf Rat der Ärzte nur kurze Strecken. Die ich ständig steigerte. So lange, bis ich erstmals in meinem Leben zehn Kilometer schaffte, ohne japsend schlappzumachen. Auf meinen ausdrücklichen Wunsch erteilte mir einer meiner Bodyguards ein Fahrtraining. Bremsen auf nasser Fahrbahn, Gegenlenken, wenn das Heck ausbricht, Slalomkurse. Zudem brachte mir Faber persönlich den Umgang mit Schusswaffen bei. Nur widerwillig, wie er ausdrücklich betonte. Das Letzte, was das LKA gebrauchen konnte, war ein wild um sich schießender Zeuge. Außerdem sollte ich nicht auffallen, und nichts erregt mehr Aufsehen als eine aus der Kleidung hervorlugende Pistole. Daher musste ich Faber schwören, auch in Zukunft keine Waffe zu tragen. Normalerweise hätte man ein derartiges Training niemals genehmigt, aber in meinem Fall war es unverzichtbar für die Glaubwürdigkeit meiner Biographie. Unglücklicherweise hatte ich aus Alkmaar einige Andenken zurückbehalten, die dringend einer Erklärung bedurften. Vier auffällige Narben, die eindeutig von Schussverletzungen stammten. Zwei vorne, zwei hinten. Durchschüsse eben.

Zuerst hatte Faber noch auf den plastischen Chirurgen gehofft, der meine Nase und meine Wangenknochen korrigierte. »Kann man das nicht irgendwie abschleifen?«, hatte er sich pragmatisch erkundigt.

Der Chirurg schüttelte bedauernd den Kopf. »Leider nein. Zumindest nicht so, dass es nicht auch danach noch auffallen würde. Die einzige Vorgehensweise, die ich Ihnen anbieten kann, bestünde darin, die Schussverletzungen durch noch größere Narben zu tarnen. Durch eine massive Verbrennung zum Beispiel. Wobei man sich allerdings eine glaubwürdige Ursache ausdenken müsste, warum gerade diese Stellen in Mitleidenschaft gezogen wurden, während das Gesicht, der Hals und der Rest des Körpers unverletzt blieben.«

Ich schüttelte entsetzt den Kopf. »Eine massive Verbrennung? Und wie bitte gedenken Sie diese hervorzurufen? Mit einem Schweißbrenner?«

»Zum Beispiel«, entgegnete der Schönheitsspezialist kühl. »Ich hatte aber eher an einen Lötkolben gedacht. Natürlich unter Vollnarkose. Doch wie Sie vielleicht wissen, bin ich Arzt. Darauf spezialisiert, solche Verletzungen zu korrigieren. Nicht, sie hervorzurufen.«

Ernsthaft: Faber schaute mich fragend an!

Ich schüttelte entschieden den Kopf. »Nein danke. Selbst ich habe meine Grenzen!«

Da ich aber dennoch nicht vorhatte, mich nie wieder jemandem nackt zu zeigen und für den Rest meines Lebens zölibatär zu leben, mussten wir eine Lösung finden. Also wurde meine Biographie um drei Jahre Bundeswehr ergänzt. Unmittelbar nach dem Abitur. Afghanistan. Ein Sonderkommando. Ursprünglich hatte ich für mindestens fünf Jahre unterschrieben, aber ein Hinterhalt in unübersichtlichem Gelände brachte mich frühzeitig wieder nach Hause. Danach hatte ich erst einmal Graphikdesign studiert und mich anschließend als Selbständiger versucht.

»Erzählen Sie das alles nur im Notfall!«, riet mir Faber. »Wenn möglich, nur im Bett. Bitten Sie die Frau, diese Informationen für sich zu behalten! Weil Sie mit dieser Zeit endgültig abschließen wollen. Blocken Sie Fragen nach Ihrem Einsatzbereich oder nach speziellen Einsätzen grundsätzlich ab! Am besten mit Hinweis auf Geheimhaltungspflichten oder auf Ihre persönlichen Schwierigkeiten, über das Erlebte zu sprechen. Bleiben Sie möglichst vage! Meiden Sie Schwimmbäder, Saunen und andere Örtlichkeiten, an welchen Sie mit nacktem Oberkörper herumlaufen müssten! Also auch das Meer! Ich weiß: Das klingt hart, aber mit Ihren Narben werden Sie unweigerlich auffallen. Und neugierige Fragen auf sich ziehen.«

Um den militärischen Teil meiner Vergangenheit glaubhaft wirken zu lassen, bedurfte es weiterer Fähigkeiten. Meine bisherige Ausbildung an Luftdruckgewehren auf Rummelplätzen reichte dafür auf keinen Fall aus. Also brachten Faber und sein Team mir alles Notwendige bei. Strammes Grüßen, Waffenkunde, Nahkampftechniken. Dazu Dutzende von Afghanistan-Videos und unzählige Anekdoten, die man als ehemaliger Soldat zum Besten geben kann. Um glaubwürdiger zu wirken.

Am Ende war ich in besserer Verfassung, als ich es jemals zuvor gewesen war. Und auch gefährlicher. Um meine Biographie zu untermauern, hatte ich gelernt, wie man tötet. Nur als notdürftige Fassade. Überzeugt, niemals darauf zurückgreifen zu müssen.

Ich wäre erstaunt gewesen, hätte ich geahnt, wie sehr ich mich täuschte.

Während ich noch in Nürnberg an den Feinheiten meiner neuen Existenz feilte, wurde ein Mittelsmann damit beauftragt, eine Wohnung im Zentrum von Zaragoza zu mieten. Der Besitzerin, einer wohlhabenden Witwe, schilderte er die rührende Geschichte, die Faber und ich uns gemeinsam ausgedacht hatten: die Biographie eines vom Leben gebrochenen Deutschen, der nach dem Tod seiner Frau und seines Kindes weit weg von zu Hause ein neues Leben beginnen wollte. Ein Mann, der davon lebte, Plakate, Flyer und Webseiten zu designen. In Wahrheit würde ich mit meinem Job fürs Erste keinen Cent verdienen. Stattdessen würde das LKA mich finanzieren. Vorerst für die kommenden fünf Jahre. Gewöhnlich erhält ein ins Schutzprogramm aufgenommener Zeuge eine Alimentation, deren Höhe sich an dem Gehalt der letzten Tätigkeit bemisst. Vergleichbar dem Arbeitslosengeld. Da ich in der Anwaltskanzlei, bei der ich beschäftigt gewesen war, sehr gut verdient hatte, fiel mein Unterhalt als Zeuge erfreulich üppig aus. Wenigstens würde ich nicht sparen müssen.

Die schwierigste Aufgabe bestand darin, aus dreißig Zentnern Möbeln und sonstigem Hab und Gut die Dinge auszusondern, die ich auf keinen Fall zurücklassen wollte. Während meines Klinikaufenthalts hatten Fabers Männer mein Haus komplett leergeräumt. Verteilt auf zwei Lastwagen hatten sie meinen Besitz zu einer Lagerhalle nach Norddeutschland transportiert. Als ich diesen geheimen Ort erstmals betrat, stockte mir der Atem. Meine gesamte materielle Vergangenheit war in Regalen aufgereiht oder ordentlich auf dem Boden ausgelegt. Es war, als stünde ich mitten in einem Museum, einem speziellen Jonas-Keller-Museum, und als sei ich selbst damit beauftragt, diese Gedenkstätte aufzulösen.

»Ich habe nicht den geringsten Schimmer, wo ich anfangen soll«, stöhnte ich auf. »Haben Sie vielleicht irgendeinen Rat für mich?«

Felix Faber massierte nachdenklich sein Kinn und musterte beeindruckt meinen gewaltigen Besitz. »An welchen dieser Dinge hängt Ihr Herz so sehr, dass Sie es aus einem in Flammen stehenden Haus retten würden?«

Ich musterte skeptisch den zwei Meter hohen Schrank, dessen Erwerb ich noch heute zu den Highlights meines Konsumentenlebens zähle. »Das klingt so, als schließen Sie Möbel grundsätzlich aus?«

»Nicht grundsätzlich! Nur alles, was auffällt. Außerdem ist die Wohnung, die wir für Sie gemietet haben, bereits vollständig möbliert. Also? Was würden Sie im Falle eines Brandes retten wollen?«

»Meinen Lebenslauf«, antwortete ich bissig. »Und natürlich Zeugnisse und Dokumente, welche diese Angaben glaubwürdig belegen. Und meine Fotos. Und ein paar Andenken.«

»Okay«, sagte Faber. »Sie wollten meinen Rat? Lassen Sie alle Möbel hier! Dazu alles, was auf Ihre wahre Biographie hinweist, und alles, was irgendwie ungewöhnlich ist. Also Andenken, Antiquitäten, Bücher, auffällige Kleidungsstücke und Fotos natürlich auch. Keine Sorge, wir werden nichts davon wegwerfen, sondern alles in einem Depot einlagern. Sollte sich Ihre Situation also irgendwann ändern, können Sie Ihre Sachen jederzeit wieder dort abholen. Ihrem Schrank, den Bildern und dem tollen antiken Globus wird folglich nichts zustoßen. Für die Fotos und Dokumente würde ich Ihnen ein Bankschließfach empfehlen. So dass Sie auch weiterhin jederzeit darauf zugreifen können. Natürlich nicht an Ihrem bisherigen Wohnort. Alles andere, das heißt gewöhnliche Dinge, die jeder Mensch besitzt, können Sie in Kartons packen und mitnehmen. Dinge wie Bleistifte, Gabeln, unifarbene Handtücher, Zahnbürsten und so weiter. Auch einige Bücher und CDs, um Ihren Umzug glaubhafter erscheinen zu lassen. Glauben Sie, damit könnten Sie klarkommen?«

»Sie raten mir, alles, was mir wichtig oder was einzigartig ist, zurückzulassen und nur ein paar Bleistifte und Handtücher mitzunehmen, und fragen mich ernsthaft, ob ich damit klarkommen werde?«

»Ich fürchte, das trifft es ziemlich genau.«

»Habe ich denn eine Wahl?«

»Man hat immer eine Wahl. Aber ernsthaft … es sind doch nur Dinge. Und Sie sind kein armer Mann. Sie werden sich alles, was Sie brauchen, nochmals kaufen können. Nur bitte in einem anderen Stil. Es soll sogar Leute geben, denen so etwa Spaß macht. Meiner Ex zum Beispiel.«

Dass er mir gegenüber eine persönliche Information preisgab, stellte eine absolute Ausnahme dar. Bis heute bin ich mir nicht sicher, ob diese Ex-Frau tatsächlich existierte oder ob Faber mir ein erfundenes Detail präsentierte, das mich von seinem wahren Leben ablenken sollte.

Am Ende folgte ich seinem Rat. Denn natürlich hatte er recht. Aber es war trotzdem verdammt schwer, in ein neues Leben aufzubrechen und diese Leere ausschließlich mit Dingen aufzufüllen, die mir absolut nichts bedeuteten.

Die Wohnung, die man in Zaragoza für mich angemietet hatte, war mit Abstand die schönste Wohnung, in der ich bis dahin gelebt hatte. Drei Zimmer, Küche, Bad. Sie lag inmitten der Altstadt, in der Calle Santiago. Als ich sie betrat, verspürte ich erstmals die Hoffnung, dass mein Leben vielleicht doch noch eine positive Wendung nehmen könnte. Ich hatte vermutet, in einem finsteren Loch hausen zu müssen, in einem hässlichen Wohnblock in der Peripherie, aber die Räume, in denen ich zukünftig wohnen würde, wirkten nach dem, was ich in den letzten Monaten mitgemacht hatte, wie eine unverhoffte Wiedergutmachung. Ob es mir gefalle, erkundigt sich die Señora auf Spanisch. »Si, me encanta«, antworte ich leise, während mein Blick dankbar das Mosaik des Badezimmers streichelte. Wäre Faber in diesem Moment neben mir gestanden, ich hätte ihn lachend an mich gedrückt und ihm ewige Freundschaft geschworen. Aber von nun an hielt er sich bewusst von mir fern. Aus Sicherheitsgründen.

Zaragoza ist eine pulsierende Stadt, die mich vom ersten Tag an mit neuen Eindrücken bombardierte. Trotzdem traute ich mich anfangs kaum aus der Wohnung. Selbst das Laufen gab ich auf. Seit der Sache in Alkmaar war ich kein einziges Mal allein unterwegs gewesen, und umgeben von Hunderten von Fremden fühlte ich mich ständig beobachtet. Außerhalb der Wohnung musste ich mich andauernd ermahnen, nicht in jedem Passanten gleich einen von Torrinis Killern zu vermuten. Immer wieder ertappte ich mich dabei, dass ich schon tagsüber untätig auf dem Bett lag und schlief. Oder dass ich stundenlang auf den Fernseher starrte. Immer nur spanische Programme, um meine Sprachkenntnisse zu verbessern – ein halbherziger Versuch, meine zermürbende Isolation zumindest ein wenig sinnvoller erscheinen zu lassen. Während dieser endlosen Stunden allein in der Fremde wurde mir meine Situation erstmals brutal bewusst. In den Wochen zuvor hatten die Vorbereitungen darüber hinweggetäuscht, wohin ich in Wirklichkeit aufbrechen würde: in einen Zustand völliger Leere. Würde ich mir so mein weiteres Leben vorstellen müssen? Als ein Vakuum, geprägt von der Angst, entdeckt und getötet zu werden?

Eines Tages ließ ich mich schon frühmorgens von einer Fernsehdokumentation berieseln. Über das Leben einer Seerobbenpopulation an der südafrikanischen Küste. Vor den Felsen, auf denen die Tiere meist träge in der Sonne dösten, wimmelte es von weißen Haien. Sie lauerten zu Dutzenden unter der Wasseroberfläche, in dem Wissen, dass sich ihre Leibspeise irgendwann wieder ins Wasser wagen müsste. Die Wahrscheinlichkeit, dabei getötet zu werden, war viel zu hoch, als dass dieses Risiko (vernünftig betrachtet) vertretbar zu sein schien. Aber – und diese Erkenntnis bohrte sich wie ein Nagel in mein Gehirn – den Robben blieb keine Wahl! Entweder sie lebten ihr Leben und nahmen das Risiko, zerfleischt zu werden, in Kauf, oder aber sie würden jämmerlich verhungern. Verglichen mit einer südafrikanischen Robbe ging es mir wahrlich nicht schlecht.

Banal? Mag sein. Aber von da an zwang ich mich bewusst, mich meinen Ängsten zu stellen. Tägliche Konfrontation im Selbstversuch. Schweißgebadete Exkursionen im Menschengedränge, Puls 115 (mindestens!), immer in Erwartung des finalen Treffers. Je öfter ich es aushielt, desto besser war es auszuhalten, und an einem Punkt, an dem ich überzeugt war, *alles* aushalten zu können, erkannte ich erstaunt, dass es nichts mehr auszuhalten gab. Die Angst war weg und einer Art von Wachsamkeit gewichen, die ich noch heute in mir trage. Die Wachsamkeit eines Beutetiers.

Faber und ich, kurz vor unserem Abschied:

»Sie steigern Ihre Überlebenschancen nicht, indem Sie eine Waffe tragen.«

»Sondern?«

»Indem Sie auf Ihre Umgebung achten. Indem Sie sich ständig fragen, ob etwas nicht stimmt. Das ist das Wichtigste überhaupt. Sich nicht von der Normalität einlullen zu lassen und sich ständig der Tatsache bewusst zu sein, dass es da draußen auch Raubtiere gibt, mit denen Sie jederzeit zusammentreffen können.«

Felix Faber und seine Ratschläge! Ich muss häufig an ihn denken. Fast öfter als an Ruth. Ich wünschte, er würde noch leben.

Nachdem ich meine Ängste erfolgreich gezähmt hatte, war ich wie auf Speed. Die folgenden Wochen verbrachte ich damit, mein neues Umfeld mit den Augen eines Touristen zu erschließen. Die meiste Zeit war ich mit einem üppig bebilderten Reiseführer unterwegs. Ich besuchte all die Orte, die ich auf einer Urlaubsreise wahrscheinlich ebenfalls aufgesucht hätte: die Basilika, die Börse, den Palacio de la Alajaferia, das Goya-Museum und vieles mehr. Dazu Dutzende von Tapas-Bars. Ich war unersättlich. Fast täglich kämpfte ich gegen den Impuls an, Ruth anzurufen und ihr alles zu erzählen. Dass es mir gutging. Dass ich in einer phantastischen Altbauwohnung wohnte. Dass ich eifrig Spanisch lernte. Dass sie sich keine Sorgen machen musste.

Doch schon nach wenigen Tagen folgte dem Rausch erneut Ernüchterung. Zaragoza war eine interessante Stadt, bot aber sicher nicht genug Sehenswürdigkeiten für ein ganzes Leben. Die bittere Wahrheit? Ich war kein Tourist! Ich war hier gestrandet. Und ich hatte absolut *nichts* zu tun! Außer mich in meinem Zimmer zu langweilen, ziellos durch die Gegend zu laufen oder mich in einer der

Bars zu betrinken. Je länger keine Termine oder Pflichten auf mich warteten – eine Situation, um die mich viele beneidet hätten –, desto mehr beneidete ich die Menschen um mich herum, die gefangen in ihrem Alltag wie emsige Ameisen ihren Geschäften nachgingen. Die zu irgendwelchen Terminen hetzten oder sich wegen der das Land lähmenden Wirtschaftskrise sorgten oder wegen eines Jobs, den sie verloren hatten oder bald schon verlieren würden. Ich ertappte mich dabei, wie ich melancholisch Liebespaare beobachtete und mich mit jedem Tag einsamer fühlte.

Gefangen in einem Deko-Leben.

Ich weiß, das klingt jammrig. Aber das war ich damals auch.

Also ging ich in die Offensive und begann, mein neues Leben mit Inhalt zu füllen. Ich nahm Spanischunterricht. Bei einer Frau (nennen wir sie Martinez!), deren Inserat ich in der Zeitung gelesen hatte. Die Stunden mit ihr waren der erste Schritt zurück in ein halbwegs normales Leben. Wir übten an drei Tagen pro Woche, für jeweils zwei Stunden, wodurch sich mein Spanisch erheblich verbesserte. Als Nächstes meldete ich mich in einem Fitness-Studio und in einem Kampfsportclub an und zwang mich, täglich zu trainieren. Zudem ging ich erstmals wieder fast jeden Morgen laufen. Spätabends besuchte ich regelmäßig eine der zahlreichen Tapas-Bars, um zu essen und Kontakte zu knüpfen. Mit der Zeit gelang es mir sogar, ein paar Aufträge an Land zu ziehen und meine Scheinexistenz mit Geldeinnahmen und Realität zu untermauern: ein Werbeplakat für eine Bar, eine Speisekarte sowie eine Homepage für eine nahegelegene Galerie.

Ich schlief mit einer Frau aus dem Kampfsportclub und machte die Erfahrung, dass meine Biographie erstaunlich gut funktionierte. Menschen haben grundsätzlich Hemmungen, sich nach irgendwelchen schlimmen Erlebnissen zu erkundigen, so dass sie sich mit groben Informationen abspeisen lassen. Insofern hinterließ das Thema Eindruck, war aber rasch vom Tisch. Was mich so sehr beruhigte, dass ich mein Glück schon wenig später bei meiner Sprachlehrerin versuchte, zugegebenermaßen mit eher bescheidenem Erfolg. Während meiner Zeit in Zaragoza las ich sehr viel. Vorwiegend Sachbücher und ausschließlich auf Spanisch. Ich genoss es, mich geduldig in verschiedene Themen zu vertiefen, und erkannte im Nachhinein beschämt, über welch geringes Allgemeinwissen ich bislang verfügt hatte.

Gelegentlich telefonierte ich über ein sicheres Handy mit Felix Faber. Anfangs fast wöchentlich, später nur noch selten. Mit Ruth sprach ich nie. Nicht etwa, weil ich fürchtete, meine Tarnung zu riskieren. Nein, das nicht. Ich hatte Angst, durch eine Kontaktaufnahme *Ruth* zu gefährden. Wahnsinnige Angst! Dass Torrini sie an meiner Stelle büßen lassen würde.

Ich lebte über ein Jahr lang in Zaragoza. Ein Leben, das sich zu normalisieren schien. In dem ich Torrini, Julia und selbst Jonas Keller zunehmend vergaß.

Allmählich vergaß ich sogar die Haie.

Das erste Mal traf ich ihn an einem Kiosk. Er blätterte in einem Reiseführer und stand nur einen Meter weit von mir entfernt. Ich weiß nicht, wieso, aber mein inneres Warnsystem schlug auf Anhieb Alarm. Er war groß und blond. Das Gesicht eher grobschlächtig mit einer auffälligen Narbe auf der Stirn – merkwürdig gezackt, so als sei er vor Jahren von einem Hund gebissen worden. Als ich beim Zahlen ein paar Worte mit der Verkäuferin wechselte, fiel mir auf, dass er sich fast unmerklich zu mir herüberbeugte. So als versuchte er, zu verstehen, was ich sagte, oder meinen Akzent zu identifizieren. Ich drehte mich langsam zur Seite und schaute ihm direkt in die Augen, doch sein Blick wich mir umgehend aus.

Situationen wie diese hatte ich in den vergangenen Monaten häufig erlebt. Situationen, in welchen ich mich verfolgt oder beobachtet fühlte. Dass ich noch lebte, bewies allerdings schlüssig, dass ich mich ausnahmslos getäuscht haben musste. Wenn man wie ich auf einer Todesliste steht und von zwei Kugeln durchlöchert wurde, fühlt sich das Leben mit einem Mal anders an. Wie Trampolinspringen drei Monate nach einer Sprunggelenksfraktur. Die Verletzung ist zwar gut verheilt und der Schmerz längst verschwunden, aber trotzdem würde man nicht darauf wetten wollen, dass es auch in Zukunft so bleibt. Daher führt man fortan jede einzelne Bewegung bewusster und vorsichtiger aus, in ständiger Erwartung einer überraschenden Komplikation. Die in der Regel aber ausbleiben wird. Wenn man auf einer Todesliste steht, mutiert man von einem Tag zum anderen zu einem sozialen Hypochonder. Jeder zwischenmenschliche Kontakt stellt von nun an eine potentielle Bedrohung dar, die – falls man sich nicht täuscht – tödlich enden kann. Aber man täuscht sich fast täglich! Insofern hatte ich gelernt, meinen Ängsten zu misstrauen. Dennoch durfte ich sie nicht völlig von mir wegschieben. Stattdessen musste ich sie als Warnsignal ernst nehmen und einer sorgfältigen sachlichen Prüfung unterziehen.

Also zahlte ich meine Zeitung und ging ohne Eile los. Schon nach wenigen Schritten griff ich nach dem Handy und startete im Gehen die Kamerafunktion. Den Selfie-Modus. Um zu sehen, was hinter meinem Rücken vor sich ging, ohne mich deswegen umdrehen zu müssen. Der Blonde stand noch immer am Kiosk. Anscheinend unterhielt er sich mit der Verkäuferin. Zu meiner Überraschung deutete sein Zeigefinger genau in meine Richtung.

Verdammt, dachte ich und bog an der nächsten Kreuzung links ab.

Bildete ich mir das bloß ein, oder hatte er sich tatsächlich nach mir erkundigt? Die Frau am Kiosk kannte mich lediglich vom Sehen, hatte aber keine Ahnung, wo ich wohnte. Auch ansonsten verfügte sie über keine Informationen, die mir gefährlich werden konnten. Ich ging eilig weiter, nahm die nächste Gasse nach rechts und schlüpfte in das Dunkel einer wenig besuchten Bar. Dort steuerte ich den Tresen an, bestellte mir einen Milchkaffee und behielt schwitzend die Straße im Auge. Der Wirt schien meine Anspannung zu spüren, denn er schaute mich argwöhnisch an.

Minutenlang war draußen niemand zu sehen. Schon glaubte ich, mich getäuscht zu haben, dann schlenderte er plötzlich an der Türöffnung vorbei, den Blick stier geradeaus gerichtet, in der Hand den frisch erworbenen Reiseführer. Hätte er mich tatsächlich verfolgt, hätte er sich weniger Zeit gelassen, versuchte ich mich zu beruhigen. Mein Blick fiel auf den Titel des Reiseführers. Er hatte die russische Version gekauft. Als ich zehn Minuten später auf die Straße trat, war er verschwunden. Auch ansonsten war nichts Verdächtiges zu sehen.

Was – wie ich wusste – nichts zu bedeuten haben musste.

Wie viele Menschen hatten diesen Weg wohl heute bereits genommen? Waren vom Kiosk kommend links abgebogen, dann rechts, um anschließend genau an dieser Bar vorbeizukommen? Dutzende? Hunderte? Wie hoch lag die Wahrscheinlichkeit, diesen Weg einzuschlagen? Zehn Prozent? Oder sogar noch höher?

Trotzdem: ein Russe?

Du machst dir zu viele Sorgen, dachte ich.

Kurz darauf betrat ich ein Waffengeschäft, um mir ein Klappmesser zu besorgen.

Schon am selben Abend begegnete ich ihm erneut. Ich saß allein in einer Bar, um den Tag mit ein paar Tapas und einer Karaffe Rotwein ruhig ausklingen zu lassen. Zuvor hatte ich zwei Stunden lang in meinem Fitnessstudio trainiert und anschließend ausgiebig geduscht. Meine Sporttasche trug ich immer noch bei mir. Als er die Bar betrat und eher beiläufig in meine Richtung schaute, bereute ich es, ihm damit einen Hinweis geliefert zu haben. Das Studio und die Bar lagen nur wenige Straßen voneinander entfernt. Wenn er schlau war und sich dort nach mir erkundigte, würde es ihm unter Umständen sogar gelingen, meine Adresse herauszufinden. Aber war meine Adresse überhaupt von Bedeutung? War es nicht einfacher, mich gleich anschließend draußen auf der Straße zu erledigen?

Zaragoza hat über sechshunderttausend Einwohner. Die vielen Touristen nicht mitgerechnet. Wie groß war die Wahrscheinlichkeit, sich innerhalb so kurzer Zeit zweimal zu begegnen? Innerhalb der Altstadt vermutlich trotz allem recht hoch. Falls er Tourist war und in einem Hotel in der Nähe wohnte, könnte ich ihn vielleicht sogar jeden Abend hier treffen. Und jemand wie ich mit einer

Art Hochbegabung im Erkennen von Gesichtern würde ihn auch jedes Mal bemerken.

War das wirklich nur ein dummer Zufall? Oder war dieser verdammte Scheißkerl tatsächlich hinter mir her?

Er schaute sich unschlüssig um. Alle Tische waren belegt, nur an meinem Tisch fand sich ein vereinzelter freier Stuhl. Einige Sekunden lang schien er zu zögern, dann stellte er sich an den Tresen. Ich war froh, nicht in Begleitung zu sein. Das gab mir die Möglichkeit, flexibel zu reagieren. Eigentlich war ich fast nie in Begleitung. Nicht, dass es mir an Gelegenheiten fehlte. Es war eher ein Mangel an Interesse. Die Enttäuschungen der Vergangenheit hatten Begriffe wie Freundschaft und Liebe für mich unbrauchbar werden lassen. Gelegentlich traf ich mich mit Bekannten. Gelegentlich schlief ich mit einer Frau. Davon abgesehen hielt ich die Menschen um mich herum auf Distanz. Ich weiß: Das klingt bitter. Und es klingt nicht nur so. Es fühlte sich auch genauso kalt an. Vielleicht die schlimmste Verwundung von allen.

Während ich den Blonden nicht aus den Augen ließ, nippte ich an meinem Wein und wünschte mir, ich hätte Fabers Rat, keine Schusswaffe zu tragen, ignoriert. Aber vielleicht täuschte ich mich ja auch? Vielleicht war der Typ nur ein harmloser russischer Tourist. Ich würde einfach nur abwarten. Meinen Wein trinken, meine Tapas kauen und mich überraschen lassen, was passiert. (Ehrlich! Genau *das* habe ich damals gedacht!)

Der Russe hatte sich inzwischen einen Drink bestellt, einen Gin Tonic, wenn ich mich nicht täuschte. Er gab sich erkennbar Mühe, nicht in meine Richtung zu schauen, und wirkte so, wie er dastand, seltsam verloren. Mir fiel Torrinis Blick ein, in dem Moment, als er Maria Brancati aus nächster Nähe ihr hübsches Gesicht zerschoss. Diese Mischung aus wilder Entschlossenheit und der Erkenntnis, gerade unwiderruflich das Falsche zu tun.

Wenn ich tatsächlich verfolgt wurde, würde der Russe auf keinen Fall die Toilette aufsuchen. Lieber würde er sich einnässen. Bloß, um mich nicht aus den Augen zu verlieren. Er würde unter allen Umständen die Stellung halten, ganz gleich, was geschehen würde. Das Gleiche galt allerdings auch für mich! Sich in einer Bar auf die Toilette zu trauen, während ein vermeintlicher Killer am Tresen sitzt, läuft letztlich auf Selbstmord hinaus. Ich spielte mit dem Gedanken, Faber anzurufen. Aber was sollte ich ihm berichten? Dass ich einem Typen, der sich womöglich leicht in meine Richtung gebeugt hatte, an einem Tag gleich zweimal über den Weg gelaufen war? Lächerlich!

Etwa eine Stunde lang hielten wir beide unsere jeweilige Position. Ich saß am Tisch und nippte gelegentlich an meinem Wein, er wiederum trank – wie man es von einem Russen erwartet – mehrere hochprozentige Drinks. Jeder für sich, ohne dass sich unsere Blicke auch nur ein einziges Mal begegneten. Nur gelegentlich, wenn ich mir sicher war, dass er nicht in meine Richtung schaute, musterte ich eher beiläufig sein Gesicht. Der Russe sah immer noch traurig aus. Ich fragte mich, ob er – wie ich – häufig einsam war. Ich dachte an Alain Delon in *Der eiskalte Engel.* An seinen Kanarienvogel, die einzige Andeutung von Wärme in einem unterkühlten und leeren Leben. An den tragischen Moment, als selbst dieser letzte Funke Hoffnung tot auf dem Käfigboden lag. Lebten Killer grundsätzlich einsam und isoliert? Oder war das nur ein müdes Klischee?

Noch während ich überlegte, löste sich der russische Alain Delon vom Tresen. Er ließ seinen Blick suchend durch den Raum schweifen. Dann ging er tatsächlich zu den Toiletten. Nicht ohne zuvor noch einen interessierten Blick auf die neben mir stehende Sporttasche zu werfen.

Als die Klotür hinter ihm ins Schloss fiel, stand ich auf und ging zum Tresen, um zu zahlen. Anschließend verließ ich möglichst schnell die Bar. Auf dem Weg zu meiner Wohnung bog ich mehrmals ab und drehte mich mindestens zehnmal um. Keine Spur von meinem vermeintlichen Verfolger.

Du hast dir das alles nur eingebildet, beruhigte ich mich selbst.

Aber schon am nächsten Tag gerieten die Dinge völlig außer Kontrolle.

Am späten Vormittag klingelte es überraschend an meiner Tür. In Zaragoza gab es kaum jemanden, der meine Adresse kannte, und ich erhielt fast nie Besuch. Insofern traf mich das schrille Geräusch der Türklingel derart unerwartet, dass ich erschrocken zusammenzuckte. Es dauerte mehrere Minuten, bis ich mich erinnerte, wie die Sprechanlage funktionierte, und endlich den richtigen Knopf betätigte.

Hatte er unten an der Straße oder oben an der Wohnungstür geklingelt?

Er? Wieso er?

»Ja? Wer ist da?«, fragte ich heiser – in möglichst akzentfreiem Spanisch.

Keine Antwort.

»Hallo?«, versuchte ich es erneut.

In dem kleinen Lautsprecher blieb es weiterhin still.

Wenn du jetzt die Wohnungstür öffnest, bist du tot, schoss es mir durch den Kopf. Mein Herzschlag unterlegte diesen Gedanken mit einem wilden Stakkato. Ich ging auf Zehenspitzen zum Fenster und versuchte, es möglichst geräuschlos zu öffnen. Als ich mich vorsichtig nach vorn beugte und nach unten spähte, war vor dem Haus niemand zu sehen. Also schlich ich leise zurück zur Tür, legte mich flach auf den Bauch und legte mein Ohr wie in Zeitlupe auf das weißlackierte Holz. Doch alles, was ich hörte, war mein eigener Puls.

Ich kann nicht mit Sicherheit sagen, wie lange ich so ausharrte. Auf dem Bauch, voller Angst, das rechte Ohr an die Tür gepresst. Ein bis zwei Stunden bestimmt. Irgendwann glaubte ich, ein leises Knacken zu hören, aber ansonsten blieb es still. Erst viel später signalisierte lautes Kinderlachen, dass die Frau, die im Stockwerk über mir wohnte, nach Hause zurückgekehrt war und das Treppenhaus betrat. Sie hatte eine kleine Tochter, so um die sieben, ein Mädchen mit schwarzen Haaren und großen braunen Augen. Noch nie zuvor war ich so froh gewesen, die Kleine lachen zu hören. Als sie auf der Treppe auf der Höhe meiner Wohnung angekommen waren, stand ich auf und öffnete mit einem Ruck die Tür. Mutter und Tochter schauten mich erschrocken an.

Ob ihr auf der Treppe ein Mann begegnet sei, fragte ich mit zitternder Stimme.

Sie schüttelte den Kopf und musterte misstrauisch mein Gesicht. So als hätte sie dort Anzeichen einer ansteckenden Erkrankung entdeckt. Anstatt ihr zu danken oder sie mit einer Floskel zu beruhigen, schloss ich grußlos die Tür.

Wieder allein, griff ich zitternd nach einer bereits angebrochenen Rotweinflasche, goss ein daneben stehendes Glas bis zum Rand voll und trank es in einem Zug leer. Dann schloss ich die Augen und versuchte, mich zu beruhigen. *Allmählich drehst du durch,* gestand ich mir widerwillig ein, aber gerade als ich mir fast schon sicher war, mich lediglich getäuscht zu haben, fiel unten im Erdgeschoss die Haustür ins Schloss. Erschrocken sprang ich auf, so hastig, dass ich einen Teil des Weines über meine Hose vergoss, und rannte fluchend zum Fenster. Trotz allem zu langsam, denn als ich es erreichte, erkannte ich nur noch den Rücken eines Mannes, der eilig in die nahegelegene Gasse abbog.

Ich atmete mehrmals tief durch. Dann griff ich nach meinem Handy und rief Faber an.

Zu meiner Überraschung meldete sich nicht Felix Faber, sondern die Stimme seines Stellvertreters.

»Braun.«

»Wo steckt Faber?«, fragte ich verblüfft.

Natürlich machte selbst ein Mann wie Faber von Zeit zu Zeit Urlaub oder wurde gelegentlich krank. Seine Urlaube hatte er mir aber bislang stets rechtzeitig angekündigt, und gegen Erkrankungen schien er weitgehend immun zu sein. Wann immer ich ihn in der Vergangenheit angerufen hatte, immer war er es gewesen, den ich am Telefon angetroffen hatte.

»Keller? Sind Sie das?«, erkundigte sich Braun irritiert.

Der Name, mit dem er mich ansprach, klang derart fremd, dass ich kurz glaubte, er hätte sich geirrt. Er und Faber waren die Einzigen, die mich noch immer bei meinem früheren Namen nannten. Was durchaus logisch war. Alle anderen – auch ich selbst – kannten mich nur noch als Frank Bühler.

»Ja«, antwortete ich zögernd. »Wann wird Faber zurück sein? Ich muss ihn dringend sprechen.«

»Wieso? Was ist los? Gibt es Schwierigkeiten? Sie klingen aufgeregt.«

»Nehmen Sie mir es bitte nicht übel! Aber das würde ich lieber mit Felix besprechen.«

Ein paar Sekunden Stille. »Sie werden leider mit *mir* vorliebnehmen müssen«, stellte er anschließend pikiert klar. »Felix ist krank.«

»Krank? Doch hoffentlich nichts Ernstes?«

»Leider doch. Ein Herzinfarkt. Er liegt schon zwei Wochen auf der Intensivstation. Ich bin kein Arzt, aber ich glaube, es sieht ziemlich übel aus.«

In meinem Gehirn wurde Alarmstufe Rot ausgelöst. »Ein Herzinfarkt? Felix? Das kann nicht sein!« Es gab nur wenige Dinge, die ich von Felix Faber wusste. Zum Beispiel, dass er kein Gramm Fett auf den Rippen hatte. Und dass er regelmäßig Sport trieb. Und dass somit von den für einen Infarkt klassischen Risikofaktoren nur noch Stress übrig blieb, doch ich habe ihn nur selten gestresst erlebt, und natürlich die Zigaretten, aber davon höchstens fünf pro Tag. »Wie ist das passiert?«

»Tja … was wollen Sie hören? Soviel ich weiß, mähte er seinen Rasen, griff sich an die Brust und fiel stöhnend um.«

»In welcher Klinik liegt er denn?«, fragte ich überflüssigerweise nach.

Genau wie ich war Felix Faber eine Person, die es offiziell nicht gab. Nicht geben durfte. Ganz gleich, in welcher Klinik ich mich nach ihm erkundigen würde, einen Felix Faber würde ich nirgendwo finden.

Wie zu erwarten ließ Braun mich abblitzen. »Sorry. Dazu darf ich Ihnen leider nichts sagen. Hören Sie, Keller! Ich weiß, Sie mögen Felix, und Sie können mich nicht leiden, aber als sein Vertreter werde ab sofort *ich* für Ihre Betreuung zuständig sein. Mit Sicherheit für einige Monate. Womöglich sogar für Jahre. Dass Felix in absehbarer Zeit wieder auf seinen Posten zurückkehren wird, ist ausgeschlossen. Momentan wären wir schon froh, wenn er diesen Scheiß überlebt.«

Stellen Sie sich vor, Sie haben die Verbindungen zu allen wichtigen Menschen in Ihrem Leben abbrechen müssen! Stellen Sie sich vor, es gibt nur noch eine einzige Person, der Sie vertrauen und an die Sie sich in schwierigen Zeiten wenden können! Dann, völlig überraschend, verschwindet auch noch dieser letzte Kontakt wie ein Gespenst aus Ihrem Leben. An einem Tag, an dem Sie nicht mehr aus und ein wissen und überzeugt sind, genau diese Person sei Ihre letzte Rettung. Versetzen Sie sich in einen Zustand von Hoffnungslosigkeit und Panik!

»Keller? Sind Sie noch da?«, fragte Braun.

»Ja.«

»Wieso wollten Sie Felix denn sprechen? Gibt es Probleme?«

Brauns Stimme drang an mein Ohr, als läge ich in einer Badewanne, den Kopf unter Wasser. War es denkbar, dass zwischen dem Auftauchen des Russen und Felix' Infarkt eine Verbindung bestand? Dass es in Wirklichkeit ein Mordanschlag gewesen war? Mit dem Ziel, ihn auszuschalten und damit Braun zur neuen Nummer eins werden zu lassen? Gab es schon einen neuen Stellvertreter?

»Ich glaube, man hat mich erneut gefunden.«

»Wer?«

»Torrini«, entgegnete ich genervt. »Sie wissen schon. Der Typ, wegen dem ich mich seit über einem Jahr wie eine Ratte verkrieche.«

»Aber … das kann nicht sein. Ihr Äußeres hat sich derart verändert, dass nicht einmal Ihre eigene Mutter Sie wiedererkennen würde.«

»Braun … verdammt … meine Mutter ist tot! Schon vergessen? Sie wurde von mehreren Kupferrohren durchbohrt.«

»Ja … verdammt … tut mir leid … das war nur als … äh … Redewendung gemeint. Sie wissen schon, worauf ich hinauswill: Nicht einmal Ihre engsten Bezugspersonen würden Sie wiedererkennen. Selbst dann nicht, wenn Sie Ihnen genau gegenübersitzen würden. Und außer mir und Faber weiß niemand, wo Sie stecken.«

Stimmt, dachte ich bitter. »Sind jetzt nur noch Sie für mich zuständig, oder gibt es schon einen neuen Stellvertreter?«

Ich konnte hören, wie er ausatmete. »Ja, klar. Für den Fall, dass ich wider Erwarten ebenfalls ausfallen sollte. Ein junger Kollege namens Sommer. Reine Routine! Sobald Felix wiederhergestellt ist, steigt er umgehend wieder aus.«

»Kennt dieser Sommer meinen Aufenthaltsort?«

»Ja. Und die anderen Daten auch. Sonst könnte er mich wohl kaum vertreten. Denn um das zu tun, muss er Sie logischerweise erst einmal finden. Was ist los, Keller? Höre ich da ein gewisses Misstrauen heraus? Der Typ, der Sie verfolgt … wie sieht der aus?«

»Ein Russe. Blond. Kräftig. Nicht unbedingt schön. An

der Stirn hat er eine auffällige Narbe. Die ich als Laie einem Tierbiss zuordnen würde. In den letzten zwei Tagen bin ich ihm mehrfach begegnet.«

»Wie oft?«

»Dreimal«, log ich, um ernst genommen zu werden. »Ich glaube, heute morgen stand er sogar vor meiner Wohnungstür. Wenn Sie möchten, kann ich ihn zeichnen und Ihnen das Bild per E-Mail zukommen lassen.«

»Gute Idee.« Braun schien nachzudenken. »Hören Sie zu, Keller! Ich glaube, dass Sie sich irren. Aber zur Sicherheit werden ich und Sommer Ihnen trotzdem einen Besuch abstatten. Nach Zaragoza ist es allerdings kein Katzensprung. Wir werden aus Sicherheitsgründen den Wagen nehmen müssen. Denken Sie, Sie stehen das ohne Unterstützung bis übermorgen durch? Alternativ könnten Sie natürlich auch versuchen, sich nach Deutschland durchzuschlagen. Oder sollen wir die spanischen Kollegen kontaktieren und um Amtshilfe bitten? Womit allerdings Frank Bühler unwiderruflich aufgeflogen wäre.«

Ich zögerte. Bis übermorgen? Damit bliebe dem Russen jede Menge Zeit, um seinen Job doch noch zu erledigen.

Braun schien meine Angst zu spüren. »Alternativvorschlag«, sagte er. »Wir treffen uns auf halber Strecke, vielleicht irgendwo in Südfrankreich, fahren von dort aus nach Zaragoza zurück und analysieren gemeinsam die Situation. Sollten Ihre Befürchtungen zutreffen, so würde das Ihre Überlebenschancen beträchtlich steigern.«

Ich starrte wie hypnotisiert auf den Rotweinfleck auf meiner Hose. Falls zwischen Fabers Infarkt und dem Auftauchen des Russen ein Zusammenhang bestand, dann hatte sich Braun von Torrini kaufen lassen. Vielleicht auch dieser Neue. Unter diesen Umständen würde ich in Südfrankreich unweigerlich in eine Falle laufen. Dennoch blieb mir kaum eine Wahl.

»Klingt gut.«

»Okay. Geben Sie mir eine halbe Stunde Zeit, um einen geeigneten Treffpunkt zu organisieren. Danach rufe ich Sie sofort wieder an.« Damit legte er auf.

Während ich wartete, stand ich auf und ging hinüber zum Fenster. Draußen auf der Straße wuselten ein paar japanische Touristen vorbei. Ansonsten war nichts Verdächtiges zu sehen.

Bis zu Brauns Rückruf dauerte es keine zehn Minuten. »Das Hotel Mercure in Saint-Étienne«, verkündete er knapp. »Morgen Nachmittag ab dreizehn Uhr. Ich habe bereits ein Hotelzimmer für Sie reserviert. Am besten, Sie bleiben bis zu Ihrer Abfahrt in Ihrer Wohnung. Und nehmen Sie sich bitte ausreichend Zeit, um Verfolger abzuschütteln! Bis dahin viel Glück.«

»Danke«, sagte ich leise.

»Keine Ursache«, sagte Braun und warf mich grußlos aus der Leitung.

Den ganzen Nachmittag über saß ich in der Küche und wartete nervös auf die Nacht. Die Zeit schien stehenzubleiben, und die Stunden krochen dahin wie schleimige Schnecken. Zaragoza zu verlassen fiel mir schwer. Was, wenn ich mich täuschte? Was, wenn ich das, was ich mir hier mühsam aufgebaut hatte, ganz ohne Grund wegwerfen wollte und der Russe in Wirklichkeit harmlos war? Aber was, wenn nicht? Wenn mich Braun oder Sommer verraten hatten, wäre der Killer spätestens jetzt darüber informiert, dass ich wusste, wer er war. Er würde seinen Auftrag daher noch heute ausführen müssen.

Gegen drei Uhr morgens öffnete ich vorsichtig die Wohnungstür und spähte hinaus auf den Flur. Niemand zu sehen. Auch auf dem Weg hinunter zur Straße nichts Verdächtiges. Ich spürte, wie mein Magen knurrte. In meinem Kühlschrank hatte ich nichts Essbares mehr vorgefunden, und seit dem Telefonat mit Braun hatte ich es nicht gewagt, die Wohnung zu verlassen. Würde der Russe draußen vor dem Haus auf mich warten? Das Licht in meiner Wohnung hatte ich schon vor einer Stunde gelöscht. Als ich die Haustür öffnete und meinen Körper aus der Deckung heraus ins Freie schob, hielt ich den Atem an. Aber nichts geschah. Ich ging zügig die Calle Santiago entlang, immer in Erwartung einer in meinen Körper einschlagenden Kugel, bemerkte in den menschenleeren Gassen jedoch nichts, was mich misstrauisch werden ließ. Trotzdem schlug ich mehrere Haken. Nur der Sicherheit wegen. Als ich schließlich zum fünften Mal abbog, atemlos und nur noch wenige Meter von meinem Wagen entfernt, geschah etwas Unglaubliches: Ich stand ihm von einer Sekunde zur anderen genau gegenüber. Er kam mir entgegen! Und er war nicht allein! Der zweite Mann war um einiges größer und kräftiger als er und trug trotz der Hitze ein leichtes Sakko. Genau wie mein blonder Freund. Ganz eindeutig hatten sie in der Nähe meines Wagens auf mich gewartet.

Ich stand da wie gelähmt und starrte die beiden mit offenem Mund an. Hatte er mich deswegen nicht gleich am ersten Tag erledigt? Weil er auf den zweiten Mann warten musste? Der Riese hatte mein Entsetzen zweifellos bemerkt. Er gab vor, sturzbetrunken zu sein, hob beschwichtigend die Hände und schwankte wie ein Schiff im Sturm auf mich zu. »Not afraid. Not afraid«, lallte er los. »Friendship.« Auch er sprach mit einem eindeutig russischen Akzent. Während er beruhigend auf mich einredete, machte er einen weiteren Schritt nach vorn und versuchte, mich zu umarmen. Ich begriff sofort. Hätte mich dieser Muskelberg erst einmal umklammert, wäre es für den Blonden ein Leichtes, meine Wehrlosigkeit auszunutzen und mich von hinten zu erledigen. Mir blieben nur Sekundenbruchteile zum Handeln. Ich griff eilig in meine Hosentasche. Alles war eine einzige Bewegung: in die

Tasche greifen, den Auslöseknopf des Klappmessers drücken, zustechen. Von unten schräg nach oben, dicht unterhalb des Brustbeins und der Rippenbögen. Die schmale Klinge drang ohne Widerstand ein. Ein Schwall von Blut spritzte gegen mein T-Shirt. Der Russe riss die Augen auf, fasste erstaunt an seine Brust und fiel wie ein Sack zu Boden. Es ging unglaublich schnell. Sein Partner, der mich seit Tagen beschattet hatte, glotzte mich geschockt an, rief mehrmals »Njet« und wich stolpernd zurück. Während ich noch unschlüssig war, wie ich mich verhalten sollte, griff er in die Innentasche seines Sakkos. So schnell, wie ich nur konnte, sprang ich nach vorn und rammte ihm das Messer mit voller Wucht in den Hals. Er röchelte und verdrehte die Augen, aber er fiel nicht um, sondern blieb einfach nur stehen. Heftig atmend streckte er seinen Arm nach mir aus, so als wollte er mich etwas fragen oder mich ein letztes Mal berühren, aber er schaffte weder das eine noch das andere. Stattdessen fiel er krachend auf die Knie. Während er mir röchelnd hinterher schaute, das Messer bis zum Anschlag im Hals steckend, machte ich kehrt und lief in Panik davon. Nach hundert Metern fiel mir im Schein einer Straßenlaterne auf, dass die Sohlen meiner Schuhe hinter mir blutige Abdrücke hinterlassen hatten, also zog ich sie aus und ging den Rest des Weges auf Socken weiter. Glücklicherweise nahm ich einen Weg, auf welchem ich bis zu meinem Hauseingang niemandem begegnete. Zurück in meiner Wohnung, musste ich mich mehrmals übergeben. Danach stand ich ewig lange unter der Dusche, dachte an die entsetzten Gesichter der Killer und fragte mich weinend, was bloß aus mir geworden war.

Den Wagen würde ich heute jedenfalls unmöglich abholen können! Innerhalb kürzester Zeit würde es dort von Polizei nur so wimmeln. Ich würde meine Flucht also auf den nächsten Morgen verschieben müssen. Das war nicht zu umgehen. Vermutlich war ich bis dahin vor weiteren Angriffen sicher. Ich dachte an die unbeantwortete Frage im Gesicht des blonden Russen und zitterte am ganzen Körper.

Ob er einsam gewesen war? So wie ich?

Die Frage geht mir bis heute nicht mehr aus dem Kopf.

Mein letztes Telefonat mit Braun: irgendwo in den Pyrenäen. Über mir träge vorübertreibende Wolkenfetzen. Um mich herum schroffe Bergwände.

»Sie haben WAS?«

»Ich habe sie getötet. Beide. Es ging nicht anders.«

»Es ging nicht anders?«, stieß er fassungslos hervor. »Verdammt nochmal, Keller! Ich arbeite schon seit zwölf Jahren im Zeugenschutz, aber bis heute habe ich keinen einzigen Schuss abgefeuert. Nicht einmal einen Warnschuss.«

»Was soll das? Wollen Sie mir Vorwürfe machen? Meinen Sie, ich war scharf auf dieses Gemetzel?«

»Woher hatten Sie überhaupt eine Waffe?«, überging er meine Frage.

»Aus einem Waffengeschäft.«

»Ernsthaft? Ohne Erlaubnisschein?«

Anscheinend ging Braun davon aus, dass ich mir eine Pistole oder einen Revolver beschafft hatte. »Ich habe die beiden nicht erschossen«, stellte ich daher klar.

»Sondern?«

»Erstochen.«

»Heilige Scheiße! Sie haben im Alleingang zwei Gegner mit einem Messer erledigt? Muss eine riesige Sauerei gewesen sein.«

»Ja, das war es wohl.«

Bilder, die durch meinen Kopf rasten, ohne abzubremsen. Welche Zellwände durchstießen und das Gewebe anschwellen ließen. Gedanken, die unweigerlich zu Kopfschmerzen führten. Gefühle, deren Wucht sich, umgeben von majestätischen Berggipfeln zu vervielfachen schien.

»Was für ein Desaster!«, knurrte Braun. »Momentan klingt das wirklich nach einem Riesenhaufen Scheiße. Aber keine Sorge: Das kriegen wir irgendwie wieder hin. Wo stecken Sie jetzt? Wann werden Sie hier sein?«

»Ich fürchte, ich muss unser Treffen platzen lassen.«

»Wie bitte? Was soll das heißen? Wir müssen unbedingt analysieren, was da unten in Spanien schiefgelaufen ist. Danach werden wir eine neue Lösung für Sie finden.«

»Sorry, Braun. Aber ich werde jetzt erst einmal abtauchen.«

»Wieso das denn? Das ist doch Quatsch! Sommer und ich … wir sitzen schon ewig im Wagen. Bis Saint-Étienne brauchen wir höchstens noch eine Stunde. Sie kommen ins Hotel Mercure, und wir besprechen alles in Ruhe!«

Ich hörte ihm nur noch mit halbem Ohr zu. Was mich betraf, so hatte ich mich von Zaragoza bereits endgültig verabschiedet. Am frühen Morgen hatte ich meinen bescheidenen Besitz in drei Kartons, einen Koffer und zwei Reisetaschen aufgeteilt und in den Wagen gepackt. Mir blieb keine Alternative. Dass die Russen mich bei meinem Wagen erwartet hatten, konnte unmöglich ein Zufall gewesen sein. Wenn ich Zaragoza nicht verließ, wäre ich ein toter Mann. Die Wohnung würde irgendwann Braun auflösen. Alle notwendigen Formalitäten würde er ebenfalls erledigen. Natürlich würde er auch sämtliche Spuren verwischen.

»Nein, das tun wir mit Sicherheit nicht. Dass man mich in Zaragoza aufspüren konnte, wirkt – wie Sie mir selbst erklärten – merkwürdig. Vielleicht gibt es ja im LKA eine undichte Stelle?«

»Im Zeugenschutzprogramm? Sind Sie verrückt geworden? Heißt das, Sie verdächtigen mich? Mich persönlich? Denn von Faber ist hier wohl kaum die Rede.«

»Vielleicht geht es ja um Sommer. Vielleicht war Felix' Herzinfarkt kein Zufall. Vielleicht hat jemand nachgeholfen. Um ihn auszuschalten und Sommer in mein Betreuungsteam nachrücken zu lassen.«

»Verflucht nochmal, Keller! Drehen Sie jetzt durch? Felix hat ein gottverdammter Herzinfarkt erwischt. Verstehen Sie? Ein *Herzinfarkt*! Glauben Sie, er wurde vergiftet? Wie hätte man das anstellen sollen? Und wer? Und wie hätte dieser jemand voraussehen können, dass ausgerechnet Sommer als Fabers Nachfolger auserwählt werden würde?«

»Keine Ahnung! Aber irgendetwas an der Sache ist faul. Die beiden Russen haben mir in unmittelbarer Nähe des Wagens aufgelauert. Das heißt, sie müssen gewusst haben, dass ich dort mitten in der Nacht aufkreuzen würde. Aber warum sollte ich das tun? Nur falls ich Verdacht geschöpft hätte und mich heimlich aus dem Staub machen wollte. Falls mein Handy tatsächlich abhörsicher ist, konnten davon allerdings nur Sie und Ihr Neuzugang wissen. Oder liege ich da falsch?«

»Zugegeben: Was Sie sagen, klingt schlüssig. Aber gleichzeitig auch nicht. Wir müssen das klären. Tun Sie bitte bis dahin nichts Unüberlegtes!«

Dass Braun das, was geschehen war, trotz eindeutiger Indizien auch weiterhin in Frage stellte, ging mir zunehmend auf die Nerven und ruinierte den kläglichen Rest an Vertrauen, den ich ihm bislang noch entgegengebracht hatte. Es gab nichts mehr zu klären! Die beiden Russen waren tot, und meine Tarnung war irreversibel aufgeflogen. Sie hatten versucht, mich kurz vor meiner überstürzten Flucht im letzten Moment zu töten, und ich war ihnen (glücklicherweise?) zuvorgekommen. Sollte ich Braun vertrauen und mich mit ihm und Sommer treffen, bot ich ein leichtes Ziel. Falls ich recht hatte und es gab eine undichte Stelle, würde Torrini schon bald neue Killer schicken, um die Arbeit ihrer glücklosen Vorgänger erfolgreich zum Abschluss zu bringen.

»Sobald es Felix bessergeht, muss ich unbedingt mit ihm sprechen. Bis dahin klinke ich mich erst einmal aus.«

Ohne mich zu verabschieden, warf ich Braun aus der Leitung. Unter anderem, weil ich nicht wollte, dass er mein Schluchzen hörte. Zehn Minuten lang stand ich weinend neben dem Wagen, um mich herum nur die Kulisse der Berge. Danach stieg ich zurück in den Wagen und fuhr weiter bis zu einer abgelegenen Brücke. Dort warf ich das eigens für mich eingerichtete Handy in einen reißenden Bach.

Ich dachte an die letzten Sekunden der toten Russen.

An den hektischen Versuch des melancholischen Blonden, an die Waffe im Innern seines Sakkos heranzukommen. Nachträglich ärgerte ich mich, die Nerven verloren und die beiden nicht gründlich durchsucht zu haben.

Eine Pistole hätte ich für das, was mir bevorstand, sicherlich gut gebrauchen können.

Wenn man jemanden tötet, ist man danach ein anderer. Irreversibel!

Selbst wenn man die aus dieser Erfahrung resultierende Veränderung liebend gern rückgängig machen würde, wird man sich früher oder später doch eingestehen müssen, dass sich der ursprüngliche Zustand nicht wiederherstellen lassen wird. Durch nichts. Auch nicht durch Buße und Reue!

Diese Unwiderruflichkeit beruht nicht etwa auf einem Trauma. Auf Erinnerungen an die gewalttätige Situation oder auf das Leiden oder Entsetzen im Blick der Getöteten. Auch nicht auf dem Anblick von Blut oder herausquellenden Därmen oder einem von Todesangst grotesk entstellten Schrei.

In Wahrheit fällt die Begründung um einiges einfacher aus, geradezu erschreckend simpel. Man weiß, man hat es getan! Ein Verstoß gegen das sechste Gebot oder was auch immer. Eine Möglichkeit, die andere Menschen täglich verdrängen und die ihnen daher völlig undenkbar erscheint. Etwas ganz Ungeheuerliches! Hat man aber erst einmal jemanden getötet, so wird damit das Undenkbare denkbar. Von da an bleibt man sich der Tatsache bewusst, dass ein derartiger Tabubruch möglich ist und dass er jederzeit wiederholt werden kann.

Natürlich wurde ich anfangs von Albträumen gequält. Oft sah ich die Gesichter der Russen. Meist schrien sie verzweifelt um Hilfe. Dann wieder war plötzlich ich selbst das Opfer und starb einen grausamen Tod. Erschossen, erstochen, ertränkt. Einmal banden sie mich auf einem Metallstuhl fest und schnitten mich in hauchdünne Streifen, die sie unter einen gewaltigen Berg Tagliatelle rührten und Torrini und Julia zum Essen servierten. Die beiden prosteten sich lachend zu, und ich schien ihnen hervorragend zu munden.

Doch die Träume waren längst nicht das Schlimmste. Das Schlimmste waren die Gewaltphantasien, die sich tagsüber unter mein Denken mischten. Wenn mir ein Autofahrer die Vorfahrt nahm, wenn sich ein Kellner mir gegenüber hochnäsig verhielt, wenn mich jemand rücksichtslos anrempelte, immer war da plötzlich dieser furchterregende Impuls: *Du mieses Schwein, ich bring dich um,* und das dahinter lauernde Wissen: Ich denke das nicht nur. Ich kann es auch *tun.*

Dieses Gefühl der Macht!

Warum man getötet hat, spielt dabei vermutlich kaum eine Rolle. Zumindest glaube ich persönlich, dass es so ist.

Der entscheidende Punkt: Wie leicht es doch war!

Wenn man jemanden tötet, überschreitet man eine Linie. Für immer. Von der wehrlosen Beute zum Jäger.

Jemandem wie Luca Torrini zu entkommen ist schwer. Sich vor einem Mann wie Bernhard Braun zu verstecken nahezu unmöglich. Ein Mafiaboss mag über zahlreiche Kontakte verfügen, und mit Sicherheit zählen dazu auch einige korrupte Polizisten. Aber selbst er stößt bei seinen Nachforschungen irgendwann an Grenzen. Braun dagegen konnte auf einen gewaltigen Fahndungsapparat zugreifen. Jederzeit, europaweit und in Sekundenschnelle. Insofern hatten sich meine Aussichten, unentdeckt zu bleiben, nach Fabers Ausscheiden dramatisch verschlechtert.

Die entscheidende Frage war, wie Braun vorgehen würde. Mich offiziell zur Fahndung ausschreiben? Sicher nicht! Mich aus dem Zeugenschutzprogramm ausschließen? Schon eher. Mit der Teilnahme an dem Programm hatte ich mich zur Einhaltung bestimmter Spielregeln verpflichtet. Sobald ich gegen diese verstieß, zum Beispiel, indem ich selbst straffällig wurde, behielt sich das LKA die Möglichkeit vor, die Zahlungen an mich einzustellen. In besonders ernsten Fällen konnten sie sogar beschließen, meine Tarnung auffliegen lassen. Da allerdings nicht davon auszugehen war, dass Braun *und* Sommer auf Torrinis Lohnliste standen, würde der Maulwurf einen derartigen Schritt überzeugend begründen müssen. Wie also sollte er seinen Kollegen dazu bewegen, mich zum Abschuss freizugeben, ohne dadurch Verdacht zu erregen? Nur weil ich infolge einer Extremsituation den Kontakt abgebrochen hatte? Unwahrscheinlich. Bislang hatte ich nicht einmal durchblicken lassen, wie lange ich meinen Entschluss abzutauchen aufrechterhalten wollte. Insofern konnten meine beiden Kindermädchen über meine Absichten vorerst nur spekulieren. So wie ich über ihre.

Mein zweitgrößtes Problem war das Geld. Wenn sie mich gezielt unter Druck setzen wollten, bot sich ihnen damit der wohl stärkste Hebel. Was ich allerdings vorausgeahnt hatte. Daher hatte ich schon lange vor meiner Flucht aus Zaragoza vorgesorgt und meine Ersparnisse auf verschiedene Banken verteilt. Zusätzlich hatte ich große Summen Bargeld abgehoben und in unterschiedlichen Schließfächern deponiert. Die Summe, auf die ich notfalls zugreifen konnte, lag knapp im sechsstelligen Bereich und verteilte sich auf über zehn internationale Geldinstitute, so dass es Braun schwerfallen würde, mir das Wasser abzugraben. Weiterhin hatte ich siebzigtausend Euro über drei Online-Depots in Aktien investiert. Apple, SMA Solar, United Internet, Amazon. Selbst wenn Braun die eine oder andere Bank dazu bewegen konnte, ein von mir eröffnetes Konto zu sperren, blieben mir weiterhin Ausweichmöglichkeiten. Dennoch würde ich, immer wenn ich Geld abhob, logischerweise damit rechnen müssen, dass Braun davon erfuhr. Zur Sicherheit trug ich daher immer fünf

Goldmünzen am Körper: Krügerrand, bei jeder Bank der Welt problemlos eintauschbar, Gesamtwert fünfstellig.

Mein weitaus größtes Problem war die Unterkunft. An den meisten Rezeptionen würde ich meinen Ausweis vorlegen müssen, so dass es mir schwerfallen dürfte, auf Dauer unsichtbar zu bleiben.

Eines meiner Gespräche mit Felix Faber, kurz vor meiner Abreise nach Zaragoza:

»Wenn ich jemals auf mich gestellt sein sollte und spurlos abtauchen müsste … was genau kann ich dann tun?«

»Das wird nicht passieren!«

»Und was, wenn doch?«

Faber schüttelte missbilligend den Kopf, ließ sich aber dennoch widerwillig auf eine Antwort ein. »Hotels und Pensionen sind natürlich die schlechteste Lösung, da man sich dort häufig ausweisen muss. Insofern würde ICH versuchen, in einer Wohngemeinschaft unterzuschlüpfen. Oder als nicht registrierter Untermieter. Oder aber … und das ist mit Sicherheit die beste aller Lösungen … Sie ziehen zu einer schönen Frau.« Er lachte schallend auf. »Mann, Keller, jetzt glotzen Sie mich nicht so fassungslos an! Wenn dieser unwahrscheinliche Fall jemals eintreten sollte, dann müssen Sie um Ihr Leben baggern.«

La Rochelle – Limoges – Châteauroux

In den ersten Tagen nach dem Tod der Russen fühlte ich mich wie gelähmt. Meist fand ich kaum die Kraft, mich auf etwas anderes zu konzentrieren als auf die wild auf mich einschlagenden Bilder. Sicher fühlte ich mich nur am Steuer meines Wagens. Kaum hielt ich an, hatte ich Angst. Nicht davor, getötet zu werden, sondern davor, erneut töten zu müssen. Wenn ich irgendwo etwas aß, vermied ich es, das Messer anzufassen. War dies unumgänglich, legte ich es nach der Benutzung sofort wieder beiseite.

In La Rochelle war ich mir der Schönheit der Stadt zwar bewusst, aber die Gefühle, die der Anblick der beeindruckenden Bauten eigentlich hätte in mir freisetzen sollen, blieben aus. Da dies meinem unerbittlich weiterarbeitenden Verstand nicht entging, fühlte ich mich bei meinen kurzen Spaziergängen durch die Stadt wie tot. In meiner Erinnerung existiert La Rochelle nur als eine Ansammlung von willkürlich aneinandergefügten Postkartenbildern: der Alte Hafen, das Rathaus, mehrere wuchtige Türme. Daneben Fachwerkhäuser und zahlreiche Brasserien. Aber das alles ohne Emotion.

Von Limoges ist mir nur die große Markthalle im Gedächtnis geblieben: rote Backsteinmauern und Stahlträger, riesige bogenförmige Glasfenster, darüber Keramikkacheln. Im Innern geschäftiges Treiben. Durch die kunstvoll verzierten Fenster und Tore fiel magisches Licht. Käse. Garnelen. Austern. Geköpfte Kaninchen. Dazwischen ich, auf einem Karton ein Stück Käsekuchen balancierend, ebenfalls kopflos, überflutet von Reizen, denen ich nichts entgegenzusetzen wusste.

An Châteauroux erinnere ich mich – ehrlich gesagt – nicht.

In jeder Stadt, in der ich haltmachte, blieb ich nicht länger als zwei Nächte. Ein Versuch, Brauns Chancen, mich durch gezielte Nachfragen bei Hotelrezeptionen aufzustöbern, auf ein vertretbares Maß zusammenschrumpfen zu lassen. Trotzdem fühlte ich mich ständig verfolgt. Musste ich Geld abheben, dann tat ich das stets erst wenige Minuten bevor ich meinen jeweiligen Aufenthaltsort wieder verließ und zu meinem nächsten Ziel aufbrach. Bis heute kann ich nur vermuten, über welche Wege Braun mich zu lokalisieren versuchte. Geldautomaten zählten jedoch zweifellos dazu. Daher versuchte ich, diese Überlegung zu meinen Gunsten auszunutzen. Jedes Mal, wenn Braun auf neue Informationen zugreifen konnte, war ich in Wirklichkeit schon wieder ganz woanders.

Issoire – Dijon – Freiburg

In Issoire (Place de la République, große Kirche – Romanik, wenn ich mich nicht irre) versuchte ich mich erstmals unbeholfen in einer Kunst, die ich noch nie wirklich beherrscht hatte. Fast jede Frau meines Alters sprach ich an – mit ernüchternd geringem Erfolg. Was sicherlich nicht an meinen Sprachkenntnissen lag. In der Schule hatte ich Französisch als Leistungskurs belegt, und wie ich bereits in Zaragoza festgestellt hatte, lernte ich Sprachen im Alltag recht schnell. Aber mit dem Flirten kannte ich mich einfach nicht aus. Meist hatten sich meine Beziehungen eher beiläufig ergeben. Auch bei Julia war die Initiative von ihr ausgegangen, nachdem wir zuvor schon ein halbes Jahr lang zusammengearbeitet hatten.

In Dijon gelang es mir immerhin, eine junge Französin zu einem Glas Rotwein einzuladen. Als ich jedoch vorschlug, sich noch für denselben Abend zum Essen zu verabreden, blockte sie ab. Das ginge ihr zu schnell, erklärte sie irritiert. Falls ich ihr aber meine Telefonnummer überließe, würde sie mich in den kommenden Tagen gern anrufen. Verblüfft fiel mir ein, dass ich kein Telefon besaß.

Um ehrlich zu sein, fuhr ich nur nach Freiburg, um mich mit Literatur einzudecken. Ratgeber zum Thema *Flirten.* Peinlich … ich weiß. Die Verkäuferin in der Buchhandlung fand es amüsant. Als sie grinste, glühte mein Gesicht. Sie empfahl mir mehrere Bücher, die sie ausnahmslos bestellen musste. Ich entschied mich für alle. Als ich die Bestellung am nächsten Vormittag abholte, wünschte mir die Verkäuferin lachend Glück. Heute denke ich, sie fand mich süß. Heute denke ich, eine Chance verpasst zu haben, die ich hätte nutzen sollen.

Schon als Kind träumte ich regelmäßig diesen furchtbaren Traum.

Ein Mann ganz in Schwarz, für mich eindeutig der Tod, schleudert wütend einen riesigen Speer nach mir, und ich selbst stehe da … völlig nackt … und rühre mich nicht. Stattdessen biete ich der Waffe ein leichtes Ziel. Die Szene läuft stets wie in Zeitlupe ab. Der Speer rotiert beständig um seine eigene Achse und fliegt langsam (wie durch Honig) genau auf mich zu. Ich denke: *Lauf endlich weg!*, bleibe aber trotzdem wie festgewachsen stehen. Obwohl ich weiß, was geschehen wird. Obwohl mir – selbst schlafend – längst klar ist, dass ich dem Traum nur dann einen anderen Verlauf geben kann, wenn ich mich aus meiner tumben Erstarrung löse und endlich reagiere. Aber ich reagiere nie!

Etwas abseits von der Flugbahn und nur zwei Schritte von mir entfernt steht meine Mutter, jung und schön, und schaut mich lächelnd an. Sie hat keine Augen für den Speer, sondern ausschließlich für mich, und in ihrem Lächeln liegen all jene Gefühle, die ein Kind sich wünscht.

Der Traum verläuft immer gleich. Nur die Person, die

mir den Speer entgegenschleudert, variiert. Zu Beginn war es der Mann in Schwarz. Nach Maria Brancatis Tod Luca Torrini oder einer meiner treulosen Freunde. Später dann waren es die Russen und Braun. Aber egal, wer den Speer auch wirft, grundsätzlich folgen die Ereignisse immer dem gleichen Skript.

»Tu es nicht!«, schreie ich meine Mutter verzweifelt an, in der Hoffnung, dass der Speer mich endlich treffen wird, *mich*, nur dieses eine Mal. Er kommt näher und näher, und mir ist danach, die Augen zu schließen, aber die Lider stemmen sich meinem Wunsch hartnäckig entgegen, also verfolge ich in Panik, was geschieht, obwohl ich es längst weiß.

Während der Speer weiterhin mehr schwebt als fliegt, reißt meine Mutter ruckartig beide Hände nach oben und stößt sie sich mitten in die Brust. Als sie sie kurz darauf wieder ins Freie zieht, sind sie voller Blut und umklammern kraftvoll ein laut pochendes Herz. Der Stoff ihrer Bluse ist breitflächig zerrissen, in ihrer Brust klafft ein Loch, unergründlich schwarz, und eine Handvoll Rippen ragen wie aufgeklappt nach vorn.

»Nein«, schreie ich erneut und versuche verzweifelt, mich zu rühren, aber ohne Erfolg.

Während ich mit aller Kraft gegen meine Erstarrung ankämpfe, berührt die Spitze des Speers das pochende Herz und bohrt sich unendlich langsam mitten durch es hindurch.

An dieser Stelle wache ich schreiend auf. Immer an dieser Stelle! Während das Herz meiner Mutter noch immer pocht, wahnsinnig laut wie durch Dutzende von Lautsprechern verstärkt, und sie mich liebevoll anlächelt und ich noch immer wie versteinert dastehe, unfähig, mich zu rühren.

Und jedes Mal bin ich unendlich traurig und enttäuscht, dass nicht *ich* es war, der starb.

Reims – Soissons – Paris

In Reims (Kathedrale, Basilika, Rathaus) kam ich auf die Idee mit dem Waschsalon. Nicht durch Nachdenken, sondern weil mir tatsächlich die saubere Wäsche auszugehen drohte. Überfordert stand ich vor den münzbetriebenen Waschautomaten, und eine hübsche Brünette, der meine Notlage nicht entging, erklärte mir geduldig ihre Funktion. Als ich sie fragte, ob ich sie als Wiedergutmachung zum Essen einladen dürfte, winkte sie lächelnd ab. Sie sei leider in festen Händen, sagte sie schulterzuckend. Das *leider* meinte sie offenbar ernst.

Schon in Soissons wusch ich meine Wäsche (überflüssigerweise) erneut, traf aber auf niemanden, der mir weiterhelfen wollte.

In Paris blieb ich insgesamt vier Tage, wechselte dabei aber zweimal das Hotel. Abends hatte ich mit meinem Liebeswerben erstmals Erfolg. Amelie, in einer Bar. Umgeben von der melancholischen Aura der Einsamen, fand sie an meinen Bemühungen Gefallen und ließ sich auf mich ein. Wie sich allerdings herausstellte, stammte sie aus Nantes und war – wie ich – nur zu Besuch in der Stadt. Trotzdem verbrachten wir auf meinem Hotelzimmer eine fast schlaflose Nacht. Am nächsten Tag reiste sie ab. Beim Frühstück kam mir ein merkwürdiger Gedanke: Was, wenn sie ebenfalls eine Zeugin gewesen war? Die sich nur auf mich eingelassen hatte, weil sie abtauchen wollte?

Metz – Trier

Seit meiner Flucht aus Zaragoza hatte ich einen weiteren Kontakt mit Braun bewusst vermieden. Nicht nur weil ich fürchtete, ihm meine Position zu verraten, sondern aus Angst, was er mir womöglich mitteilen könnte. Warum ich dies ausgerechnet in einem Internetcafé in Trier nachholte, weiß ich nicht zu sagen. Vermutlich um ihn zu ärgern. Um ihm zu zeigen, wie nahe ich mich an ihn heranwagen konnte, um anschließend wieder im Nichts zu verschwinden.

Wie ich erwartet hatte, lagerten in meinem E-Mail-Fach neben den üblichen Spams auch drei Nachrichten von Braun. In den beiden ersten Mails forderte er mich auf, mich dringend bei ihm zu melden. Wir müssten reden, blablabla. Nichts wirklich Überraschendes. Die dritte Mail dagegen traf mich wie ein Schlag.

Lieber Herr Keller,
leider muss ich Ihnen eine traurige Mitteilung machen. Felix Faber ist in der letzten Nacht verstorben. Angesichts dieser Tragödie sind wir hier alle sehr betroffen. Ich denke, Ihnen wird es ähnlich ergehen.

BITTE melden Sie sich bei uns! Schon BALD! Natürlich kann ich Ihr Misstrauen nachvollziehen, aber ich möchte Ihnen wirklich nur helfen und vermeiden, dass das alles in einer Katastrophe endet. Wir müssen unbedingt auch über die beiden Russen reden!

Mit besorgten Grüßen
B. Braun

Mir wurde übel. Felix war tot! Außer Braun und Sommer gab es im LKA niemanden mehr, dem ich mich jetzt noch anvertrauen konnte. Ich öffnete wütend mein Profil und löschte meinen E-Mail-Account. Nachdem ich mein Handy bereits weggeworfen hatte, war ich damit endgültig abgenabelt. Braun würde mir keine Mails mehr zuschicken können. Spätestens bei seinem nächsten Versuch, mir eine Nachricht zukommen zu lassen, würde ihm eine Fehlermeldung unmissverständlich zu verstehen geben, was ich von seinem Angebot hielt.

Totaler Kontaktabbruch.

Ich bemerkte, dass meine Hände zitterten. Ab sofort war ich völlig auf mich gestellt.

Bordeaux (sechs Abfuhren und ein One-Night-Stand, die Altstadt … toll!) – Toulouse (ein Dutzend Misserfolge inklusive einer schallenden Ohrfeige vor Dutzenden von Zeugen) – Deutschland (siehe unten!)

Turin begann mit einem Tag voller Zurückweisungen. Am nächsten Morgen sprach ich eine Frau in einer Buchhandlung an. Sie hielt *Vom Ende einer Geschichte* von Julian Barnes in den Händen, welches ich erst zwei Wochen zuvor auf Englisch gelesen hatte. Nachdem ich sie zur ihrer Wahl beglückwünscht hatte, kamen wir ins Gespräch. Tiziana war toll. Wegen ihr verstieß ich sogar gegen meine eiserne Zwei-Tage-Regel und verbrachte eine ganze Woche in ihrer Wohnung. Wenn sie frühmorgens zur Arbeit aufbrach (sie war Verkäuferin in einem Schuhgeschäft), genoss ich bis zu ihrer Rückkehr das Gefühl, bleiben zu dürfen. Am frühen Nachmittag des achten Tages sah ich draußen auf der Straße einen Mann, der kurz zu mir heraufschaute und dann auffällig rasch verschwand. Drei Stunden später reiste ich ab.

Gent (One-Night-Stand. Keine demütigenden Zurückweisungen!) – Maastricht (gemeinsames Abendessen ohne Sex).

In Lille lernte ich Denise kennen. Dort fand ich endlich wieder eine Bleibe.

Bis heute weiß ich nicht, wer Felix Faber war.

Meine Bemühungen, mehr über seine wahre Identität herauszufinden, liefen von Anfang an ins Leere. Weder kannte ich seinen Namen, noch wusste ich, wo er gelebt hatte. Das Durchforsten von Todesanzeigen konnte mir daher kaum weiterhelfen. Trotzdem besorgte ich mir auf dem Postweg ein halbes Dutzend Tageszeitungen. Alle aus dem süddeutschen Raum. Weil ich glaubte, irgendwann in seiner Aussprache einen Hauch Schwäbisch herausgehört zu haben. Ich fand mehrere Anzeigen, deren Text mich aufmerken ließ, aber nur einen echten Favoriten. *Der Tod kommt immer von da, wo man ihn nicht vermutet hätte,* lautete der Text, und ich kann mich noch gut daran erinnern, dass sich – als ich ihn zum ersten Mal las – die Haut auf meinen Armen kräuselte. Joachim Frisch – aus Reutlingen. Max Frisch, Homo Faber … war das nur ein Zufall? Auch das Alter schien zu passen. Als ich das Inserat in einem Hotel in Südfrankreich las, hatte man Frisch allerdings schon längst begraben. Also fuhr ich tags darauf zu dem Friedhof, wo er laut Zeitung bestattet worden war. An dem Grab traf ich auf eine junge hübsche Frau. Ihr

Gesicht war von Trauer gezeichnet. Wie sich herausstellte, war sie die Tochter des Toten, dem – wie ich erfuhr – auf einer Kreuzung von einem Lastwagen die Vorfahrt genommen worden war. Ob ich ihren Vater denn gekannt habe, wollte sie wissen. Nein, das nicht, antwortete ich wahrheitsgemäß, aber sie habe an dem Grab so unglaublich verloren gewirkt, dass ich sie geradezu habe ansprechen *müssen.* Sie lächelte hintergründig, so als glaubte sie mir kein Wort, aber als spielte das gerade jetzt keine Rolle, und dankte mir freundlich für meine Anteilnahme. Ihr Lächeln weckte in meinem Innern ein verschüttetes Gefühl, das ich längst für tot gehalten hatte. Ganz anders als das, was ich für all die Frauen nach Julia empfand. Ein fast übermächtiger Impuls, sich fallen zu lassen. Aber hier – zurück in Deutschland – fehlte mir dazu der Mut. Also verabschiedete ich mich stattdessen und ging zurück zu meinem Wagen. In meinem Rücken deutlich spürbar ihr Blick.

Danach fuhr ich nach Stuttgart und zum Gebäude des LKA. Auch von Bernhard Braun wusste ich weder, wer er war, noch, wo er wohnte. Aber gegenüber den Kriminellen, die er tagtäglich fürchten musste, war ich entscheidend im Vorteil: Ich kannte sein Gesicht! Auf dem Friedhof war mir klargeworden, dass ich Fabers Grab niemals finden würde. Weil ich den Dingen optimistisch ihren Lauf gelassen hatte. Weil ich nicht schon lange *vor* seinem Tod versucht hatte, mehr über ihn herauszufinden. Dieser Fehler würde mir mit Sicherheit kein zweites Mal unterlaufen.

Zwei Stunden lang vor dem LKA zu parken und vom Fahrersitz aus den Haupteingang zu beobachten war extrem riskant. Hätte man mich entdeckt, hätte ich aber immer noch behaupten können, ich sei hergekommen, um mit Braun zu reden. So wie er es mir selbst vorgeschlagen hatte. Aber ich wurde nicht entdeckt. Auch nicht von Bernhard Braun, als er gegen Abend das Gebäude verließ und gedankenverloren zu seinem Wagen schlenderte. Er bemerkte mich auch nicht, als er losfuhr und ich ihm vom Parkplatz aus folgte, immer darauf bedacht, ausreichend Abstand zu halten und einige Wagen zwischen uns zu lassen.

Seit diesem Tag weiß ich, wie Bernhard Braun wirklich heißt. Und wo er wohnt.

Ich will in dem, was ich hier berichte, nicht unsympathisch wirken. Wer will das schon? Natürlich könnte ich lügen, aber wenn ich mich vor der Wahrheit drücke, wieso sollte ich es dann überhaupt erzählen? Ich habe Denise niemals geliebt. Ich fand sie nett – das schon –, durchaus auch attraktiv, aber dabei blieb es leider auch. Genau genommen habe ich sie eiskalt benutzt. Wie ein Flüchtling, der sich durch die Hochzeit mit einer Einheimischen eine Aufenthaltsgenehmigung erschleicht. Nur dass es in meinem Fall eher das Gegenteil war: eine Art Nicht-Aufenthalt. Wenn ich heute an Denise denke, an die Art, wie sie mich anzuschauen und sich an mich zu schmiegen pflegte, tut sie mir immer noch leid. Dann hoffe ich inständig, zumindest ein guter Heuchler gewesen zu sein. Falls ja, dann hat sie unsere gemeinsame Zeit vielleicht ganz anders in Erinnerung behalten als ich.

Als Rettungsring für einen auf der Flucht befindlichen Zeugen jedenfalls war sie perfekt. Ich lernte sie unmittelbar nach meiner Ankunft in Lille kennen, in einem – ja im Ernst – Waschsalon. Ich fragte sie nach einer netten Pension, und *sie* bot *mir* an, bei ihr zu übernachten (so viel zu Flirtratgebern!). Da ich zu diesem Zeitpunkt noch nirgendwo eingecheckt hatte, verlor sich meine Spur in Maastricht, und nichts deutete darauf hin, dass ich mich in Lille aufhielt. Denise war meine Rettung. Dank Denise war ich erneut unsichtbar geworden.

Noch heute könnte ich an Denise nichts finden, was es mir tatsächlich unmöglich gemacht hätte, sie zu lieben. Sie war hübsch, fast schon schön. Draußen auf der Straße folgten ihr die Blicke der Männer wie hungrige Hunde. Sie hatte langes braunes Haar, welches sie meist zu einem kunstvollen Knoten flocht, und der Blick ihrer Augen war weich wie Samt. Unsere Interessen schienen sich in vielen Punkten zu überschneiden, unsere Gespräche waren anregend und amüsant, und in ihrer Gesellschaft langweilte ich mich nie. Mit Denise hatte ich so viel Sex wie nie zuvor in meinem Leben. Sie war fasziniert von meinem Körper. Nicht von dem Körper an sich, sondern von dem, was er erzählte. Von der in den Muskeln und Narben gespeicherten Biographie. Denise war Psychologin und arbeitete in einer Beratungsstelle. Darauf trainiert, hinter die Dinge zu sehen. Trotzdem durchschaute sie *mich* nie. Während der Zeit mit Denise wurde mir erstmals klar, wie sehr ich mich seit Beginn meiner Flucht verändert hatte. Dass ich von einem dicklichen Rechtsanwalt zu einem durchtrainierten Afghanistanveteranen geworden war. Dass ich inzwischen auf manche Frauen eine Wirkung ausübte, von der ich früher nur hatte träumen können. Alles wäre perfekt gewesen, hätte ich Denise geliebt. Dabei wäre es vermutlich ganz einfach gewesen. Ich hätte ihr nur die Wahrheit sagen müssen.

Seit der Sache mit Torrini habe ich viel dazugelernt. Denke ich an die Jahre meiner Flucht zurück, stoße ich immer wieder auf Situationen, in denen ich mich aus heutiger Sicht falsch verhalten habe. Meine Beziehung mit Denise zählt sicherlich dazu. Ich denke, Liebe kann nur unter Zugabe von Ehrlichkeit entstehen. Nicht, wenn man sich tagaus, tagein belügt und dem Partner nichts weiter als eine eingeübte Rolle präsentiert. Ohne sich wirklich fallen zu lassen. Hinein in die Liebe, den Sex, in die eigenen Schwächen und vor allem: hinein in die Wahrheit.

Wissen Sie, was ich mich häufig frage? Ob ich – falls nichts dazwischengekommen wäre – noch immer mit Denise zusammenleben würde. Ohne Liebe und auf einem Fundament aus Lügen. Weil es inzwischen längst zu spät wäre, nach so langer Zeit doch noch die Wahrheit zu riskieren. Weil eine um Monate verzögerte Wahrheit nur noch als unverzeihliche Kränkung wahrgenommen werden kann. Wahrscheinlich würde ich schon allein aus Feigheit weiterlügen, aus Angst, sie könnte wütend meine Tarnung auffliegen lassen. Was aber, wenn ich ihr von Anfang an alles erzählt hätte? Ich glaube, ich hätte mich unweigerlich in sie verliebt.

Trotz allem verbrachte ich in Lille eine schöne Zeit. Denise stellte mich schon bald ihrer Familie und ihren (vielen) Freunden vor. Wir gingen häufig aus und hatten eine Menge Spaß. Schon bald nach meiner Ankunft meldete ich mich erneut in einer Kampfsportschule an, wo ich wie ein Wahnsinniger trainierte. Denises Bruder Julien versuchte, mich so lange für das Boulespiel zu begeistern, bis ich schließlich aufgab und mich in die Regeln und die technischen Feinheiten einführen ließ. Am Ende umgab mich wieder eine Aura von Normalität, fast so wie in Zaragoza, nur dass ich die Haie niemals vergaß.

Manchmal quält mich der Gedanke, ich könnte mich Denise gegenüber genauso mies verhalten haben wie Julia sich gegenüber mir. Ich hoffe, Denise sieht das anders. Am Ende habe ich es ihr immerhin zu erklären versucht. In einem zurückgelassenen Brief. Aber hat sie mir auch geglaubt?

Seitdem ich in Lille lebte, arbeitete ich an dem Buch. Irgendwann einmal hatte ich – eher im Spaß – den Gedanken geäußert, einen Roman schreiben zu wollen. Weniger aus einem inneren Bedürfnis als aus einer logischen Notwendigkeit heraus. Immer nur untätig in den Tag hineinzuleben kommt bei den Mitmenschen nämlich nicht allzu gut an. Selbst mein angebliches Trauma reichte als Entschuldigung langfristig nicht aus. Also musste ich mir irgendeine Beschäftigung suchen, auch, um Denise nicht misstrauisch werden zu lassen. Als ich ihr von meinem Plan erzählte, war sie sofort Feuer und Flamme.

Glücklicherweise verstand sie kein Deutsch. Daher konnte sie nicht ahnen, dass die Seiten meines angeblichen Manuskripts nicht mehr enthielten als eine Aneinanderreihung sinnloser Phrasen. *Ich werde noch verrückt. Diesem verdammten Torrini würde ich gerne mal kräftig in die Fresse schlagen. Morgenstund hat Gold im Mund. Lebensgemeinschaften von Kannibalen und Veganern stellen Eheberater vor schwierige Herausforderungen.* So etwa in der Art. Als ich die ersten zwanzig Seiten in den Computer getippt hatte, feierten wir diesen literarischen

Meilenstein mit einer Flasche Rotwein samt anschließendem Sex. Danach fühlte ich mich derart beschissen, dass ich beschloss, mit dem Roman nachträglich ernst zu machen. Natürlich konnte ich die zwanzig Seiten Sprachmüll nicht einfach so löschen, denn das hätte Denise zwangsläufig misstrauisch werden lassen.

Also beließ ich den Anfang, wie er war, und begann Seite einundzwanzig nach längerem Grübeln mit dem folgenden Satz: *Seit der Sache mit Torrini hat man dreimal versucht, mich zu töten.* Nur eine einzige Zeile, die ich minutenlang anstarrte wie ein giftiges Insekt.

Wollte ich das wirklich tun? Über meine Flucht berichten? Über mein eigenes aus den Fugen geratenes Leben? Würde das irgendjemanden interessieren? Würde man mir glauben? Und wie um alles in der Welt sollte ich die Story ausgehen lassen? Wie *würde* sie ausgehen? Momentan war noch alles offen. Ich lebte unentdeckt in Lille, bei einer tollen Frau, die ich nicht liebte. Was, wenn das bereits das Ende war? Und was, wenn nicht? Wenn mich Torrinis Killer irgendwann doch noch zur Strecke bringen würden? Wer würde dann das Buch zu Ende schreiben? Ruth? Vielleicht Conrad? Oder irgendjemand anderes? Würde ich das Buch vor meinem Tod überhaupt jemandem vorlegen können? Ohne mich selbst und meine Bezugspersonen zu gefährden?

Ich würde die meisten der Namen abändern müssen. Selbstverständlich dürfte Ruth auf keinen Fall Ruth heißen, und Conrad nicht Conrad. Brauns und Fabers Namen dagegen würde ich problemlos verwenden können. Bei Julia und bei Kai und Roland war ich mir in diesem

Punkt noch unsicher, aber der Gedanke, sie unverändert zu übernehmen, begann mir zu gefallen. Auch andere Details würde ich abändern müssen, wie zum Beispiel Berufe oder Städte und Schauplätze, dies aber nur dann, wenn ihre Erwähnung ein Risiko barg.

Den eigentlichen Kern jedoch musste ich auf jeden Fall bewahren: Wie sich jemand wie ich in einem solchen Leben fühlt. Manchmal glaube ich, mit der Arbeit an dem Buch habe ich nur begonnen, um den verblassten Jonas Keller nicht für immer zu verlieren. Ich hätte Denise gern gefragt, was sie von dieser Theorie hielt – schließlich war sie auf diesem Feld Expertin –, aber wie gesagt: Denise sollte Jonas Keller nie persönlich kennenlernen.

Das Schreiben macht komische Dinge mit dir (was ich damals noch nicht ahnte!), und so sah ich mir staunend dabei zu, wie ich den ersten Satz wieder löschte und eine Alternative in die Tasten tippte: *Im Oktober 1983 verlor auf der Autobahn kurz vor Kassel ein Lastwagen seine komplette Ladung*

Danach war ich mir – mit Tränen in den Augen – sicher, dass Jonas Keller noch immer lebte.

Wenn ich Geld brauchte, fuhr ich grundsätzlich nach Holland oder Belgien. Brüssel, Antwerpen, Maastricht, je nachdem. Einmal sogar zwei Stunden bis nach Eindhoven. Um auf keinen Fall meinen wirklichen Aufenthaltsort zu verraten, nahm ich die Fahrtzeiten bereitwillig in Kauf. Schwierig war nur, die Fahrten so zu planen, dass Denise nichts bemerkte. Monatelang ging alles gut. Mein Leben verlief fast schon normal. Dann aber – von einer Sekunde zur nächsten – drohte ich es erneut zu verlieren.

Ich bemerkte ihn westlich von Brüssel. An einer Tankstelle. Während der Rückfahrt nach Lille. Er sprach mich lächelnd an, aber er konnte mir nichts vormachen, denn da war irgendetwas in seinen Augen, das ihn sofort verriet. Ob ich Tourist sei, wollte er wissen – ohne erkennbaren Grund. Mein Puls raste, aber ich blieb freundlich und bejahte seine Frage. Wie mir Belgien gefalle, setzte er nach. Ich behauptete, erst vor einigen Tagen in Brüssel angekommen zu sein und die Stadt besichtigt zu haben. Jetzt aber sei ich auf dem Weg nach Calais. Um Freunde zu besuchen. Er lobte mein flüssiges Französisch. Ein

Kompliment, das ich durchaus annehmen konnte, denn innerhalb weniger Monate hatten sich meine Grammatik und Aussprache erheblich verbessert. Wo in Deutschland ich wohnte, fragte er noch. Stuttgart, log ich ihn an, und er gab achselzuckend zu, nie dort gewesen zu sein. Kein großer Verlust, tröstete ich ihn. Er versprach, er werde es sich merken.

Ein Typ Mitte Dreißig. Gut angezogen. Nicht unsympathisch.

Ruhig bleiben, schärfte ich mir ein.

Hier an der Tankstelle, umgeben von Zeugen, konnte er mich schließlich kaum erledigen. Es sei denn auf dem Klo. Also holte ich mir erst einmal einen Kaffee aus dem Automaten und versuchte, meine Gedanken zu ordnen. Ob er aus der Gegend stamme, erkundigte ich mich, und er schüttelte lächelnd den Kopf. Er lebe in Amiens, erklärte er mir freundlich, und habe hier in der Nähe Kunden besucht. Als Vertreter einer Firma für Landwirtschaftsmaschinen.

Das klang einerseits schlüssig, überzeugte mich aber nicht, denn nach Amiens gab es eine direktere Verbindung. Wahrscheinlich war er mir schon von Brüssel aus gefolgt. Aber wie hatte dieser Mistkerl mich gefunden? Immerhin suchte ich den gleichen Geldautomaten grundsätzlich nie zweimal unmittelbar nacheinander auf. War er mir vielleicht nur zufällig über den Weg gelaufen? Hatte er darauf spekuliert, dass ich derzeit in Brüssel lebte, und dort schon tagelang erfolglos nach mir gesucht? In einer Stadt mit über einer Million Einwohnern? Dass ich in Wirklichkeit in Lille wohnte, schien er jedenfalls nicht zu ahnen, denn sonst hätte er mich mit Sicherheit gleich dort erledigt.

Ich nippte nachdenklich an meinem Plastikbecher. Der Kaffee war höllisch heiß, und ich verbrannte mir prompt die Oberlippe.

Was, wenn ich mich täuschte? Dann würde er irgendwann aufbrechen und mich allein an der Raststätte zurücklassen. Ich musste nur in Ruhe meinen Kaffee trinken und abwarten. Aber auch nach zehn Minuten unternahm er noch immer keine Anstalten weiterzufahren. Stattdessen blätterte er interessiert in den ausgelegten Zeitungen.

Na schön … wie du willst, dachte ich voller Wut.

Als ich das Gebäude verließ, wünschte er mir lachend eine angenehme Zeit. Selbst als ich losfuhr, tat er jenseits der Glasscheibe weiterhin so, als sei er nicht in Eile, aber ich war mir sicher, dass ich ihn schon bald darauf wiedertreffen würde. Sobald ich die Tankstelle hinter mir gelassen hatte, drückte ich aufs Gas. Er fuhr einen Alfa Romeo, ich dagegen nur einen Corsa. Wenn er es darauf anlegte, würde er mich problemlos einholen können. Aber legte er es auch wirklich darauf an? Das würde ich nur herausfinden können, wenn ich mich nicht um Geschwindigkeitsbegrenzungen scherte. Sollte ich mich in ihm getäuscht haben, würde er sich an die belgischen Vorgaben halten, und ich würde ihn nie mehr wiedersehen. Die nächste Ausfahrt war dreißig Kilometer entfernt. Dort würde ich auf die kleineren Landstraßen wechseln. Mit mehr als einhundertfünfzig Stundenkilometern überschritt ich das belgische Limit beträchtlich. Doch kurz bevor ich endlich die Ausfahrt erreichte, tauchte er als kleiner roter Punkt in meinem Rückspiegel auf.

Verflucht!

Ohne den Blinker zu setzen, wechselte ich die Spur und bog nach Norden ab – mit auch weiterhin deutlich überhöhtem Tempo. Kurz vor Lessines wechselte ich an einer Kreuzung erneut die Richtung. Erst etwa einen Kilometer weiter verlangsamte ich erstmals die Geschwindigkeit. Ich hatte fast schon die Hoffnung, ihn abgehängt zu haben, aber dann konnte ich ihn erneut im Rückspiegel sehen.

»Du verdammter Scheißkerl«, brüllte ich los. »Ich mach dich kalt«. (Das habe ich zugegebenermaßen genau so gesagt!)

Meine Versuche, ihn hakenschlagend loszuwerden, hatten uns auf eine abgelegene Nebenstraße geführt. Falls er plante, mich bis zu meinem Ziel zu verfolgen, so würde er den Abstand auf keinen Fall verringern, in der Hoffnung, nicht von mir entdeckt zu werden. Also auf keinen Fall Gas geben und sich an die vorgegebene Geschwindigkeit halten!

Wie ich befürchtet hatte, kam er jedoch beständig näher. Er wollte mich also tatsächlich erledigen. Entweder er würde versuchen, mich von der Straße zu drängen, oder aber er würde aus dem Wagen heraus auf mich schießen. Sollte er sich für die zweite Möglichkeit entscheiden, musste er das Fenster auf der Beifahrerseite öffnen. Schon kurz darauf hatte er mich eingeholt. Indem er den Blinker setzte, scherte er seitlich aus und setzte zum Überholen an. Mit einem Mal konnte ich meinen Herzschlag hören, und meine Atmung geriet ins Stocken. Als unsere Wagen auf gleicher Höhe waren, schaute ich zur Seite. Sein Beifahrerfenster war nur noch ein Rahmen ohne Scheibe, aber ich sah keine Waffe. Er grinste mich an und rief mir etwas zu, aber mein Fenster war geschlossen, so dass ich ihn nicht verstand. Meine Hände umklammerten das Lenkrad, so fest, dass sich die Knöchel weiß verfärbten.

Wo war die verfluchte Waffe? Oder täuschte ich mich, und das alles war nur ein verdammter Zufall? *Zieh endlich vorbei, du Idiot,* dachte ich wütend, aber er fuhr noch immer neben mir.

Er schaute spöttisch zu mir herüber, und seine Hand verschwand nach unten, in Richtung Beifahrersitz. Noch bevor sie wieder zum Vorschein kam, riss ich das Steuer nach links. Als ich mit voller Wucht seinen Kotflügel rammte, schaute er mich immer noch an. Die Verwunderung in seinem Blick habe ich bis heute nicht vergessen. Aber ich hatte keine Wahl. Mit nur einer Hand am Steuer blieb ihm nicht der Hauch einer Chance. Der Alfa driftete abrupt nach links und schoss mit rund achtzig Stundenkilometern die Böschung hinab, auf eine unscheinbare Erhebung zu, kein ernstzunehmendes Hindernis, nur eine kleine Bodenwelle, über die er spielend hätte hinwegspringen können wie die Wagen in einer Fernsehserie, nicht allzu bedrohlich, schon tausendmal gesehen, aber er sprang nicht, sondern bohrte sich stattdessen in die Erde, unerklärlich, aufgehalten von einem winzigen Hügelchen, und mit einem Mal wurde seine Energie in eine brutale Drehbewegung umgelenkt, und während er sich überschlug, einmal, zweimal, dreimal, wahnsinnig schnell und in Zeitlupe, lösten sich ständig Teile von ihm ab, mit jeder Drehung mehr, so als werfe er Ballast ab: Metallteile, Scheiben, Räder. Das Ganze mit Musikbegleitung, einem Song von Robbie Williams, der aus meinem Autoradio drang. Wie ein Stummfilm in Farbe.

Wenn ich an diese Szene zurückdenke, sehe ich immer die Krähen. Einen großen Schwarm von schwarzen Vögeln, der weit hinten am Horizont hinter dem sich überschlagenden Wagen aufsteigt und sich aufgeregt kreischend am Himmel verteilt. Wie ein düsteres Omen. Ein beeindruckendes Bild. Irgendwann musste ich mir allerdings eingestehen, dass da überhaupt keine Krähen gewesen waren. Dass mein Gedächtnis mir offenbar einen Streich zu spielen versuchte, indem es dieses visuelle Accessoire nachträglich zu der Szene hinzugefügt hatte. Ohne mein Einverständnis. Aus welchem Grund auch immer. Vielleicht um die Dramaturgie des Todes noch zusätzlich zu unterstreichen. Doch obwohl ich mir inzwischen sicher bin, mir die Krähen von Anfang an nur eingebildet zu haben, kann ich dennoch nicht die Augen schließen und mich an den Unfall zurückerinnern, ohne einen mit schwarzem Geflatter übersäten Himmel vor mir zu sehen.

Vieles von dem, was ich in den letzten Jahren erlebt habe, war schrecklich. Dennoch scheint mein Gehirn nicht in der Lage zu sein, das Erlebte vor der Erosion zu bewahren. Alles beginnt zu verschwimmen und wird unscharf und vage.

Schon unmittelbar nach dem Crash, während der Rückfahrt nach Lille, versuchte ich mir jedes noch so kleine Detail in Erinnerung zu rufen. Hatte der Franzose die Pistole bereits umklammert, als ich ihn rammte? War da überhaupt eine Waffe gewesen? Schon nach wenigen Kilometern glaubte ich, mich dunkel daran erinnern zu können, dass ich unmittelbar über dem unteren Rand des Seitenfensters Metall aufblitzen sah. Also doch! Schließlich hatte er behauptet, er sei nach Amiens unterwegs. Wieso also sollte er mir in die Gegenrichtung folgen, um mich dann zu überholen und sich genau neben mir zu halten? Und um bei Tempo achtzig das Steuer loszulassen und in Richtung Beifahrersitz zu greifen?

Heute bin ich mir nahezu sicher, einen Teil der Waffe gesehen zu haben. Aber kann ich mir in diesem Punkt wirklich trauen? Obwohl ich mich auch bezüglich der Krähen täuschte?

Irgendwann werden sich meine Erinnerungen aufgelöst haben, und es wird nichts weiter übrig bleiben als ein erodiertes Gerüst, dessen Lücken ich durch Halbwahrheiten auszubessern versuche. Dann aber wird es nicht mehr die Wahrheit, sondern nur noch meine Geschichte sein, geflickt mit erfundenen Details. Dabei sind es doch gerade die Feinheiten, die es uns ermöglichen, zwischen Original und Fälschung zu unterscheiden, und die einem Ereignis seine endgültige Bedeutung verleihen.

Irgendwann werde ich mir nicht mehr sicher sein können, ob ich Denise bei meinem überstürzten Aufbruch aus

Lille tatsächlich einen Brief zurückgelassen habe. Oder ob ich mich im letzten Moment doch noch anders entschied und ihn zurück in meine Tasche steckte. Alles wird mehr und mehr verschwimmen und sich verändern, bis ich es völlig vergessen habe oder es zu mir oder zu meinen ethischen Grundsätzen passend erscheint.

Genau deshalb muss ich es auch aufschreiben. Bevor ich es nicht mehr aus meinem Gedächtnis abrufen kann – so wie den Unfall bei Kassel und den Tod meiner Eltern, und bevor ich mich frage: *Habe ich das wirklich erlebt?*

Aber welche Details sind wichtig? Alle? Wohl kaum. Was aber, wenn ich ausgerechnet die wichtigen übersehe oder auslasse und mir somit die entscheidende Bedeutung doch entgeht?

Habe ich die Waffe im Fenster aufblitzen sehen? Oder nicht?

Waren da Krähen? Oder nicht?

Hat er davon gesprochen, nach Amiens zurückfahren zu wollen? Oder sprach er nur davon, dass er dort wohnte?

Als ich weiterfuhr, starrte ich wie hypnotisiert auf den zerbeulten linken Kotflügel. Ich konnte die Beschädigung vom Fahrersitz aus sehen und dachte immer, dass auch alle anderen es sähen und dass es meine Schuld beweise und dass ich den Schaden dringend ausbessern lassen müsse. An einem Ort weit weg von hier.

Ich dachte an Denise.

Was, wenn ich trotz allem in Lille bliebe? Mein Verfolger war tot, und niemand wusste, wo ich wohnte. Nein, das war einfach zu riskant!

Wenn ich nach Lille zurückkäme, um wieder einmal eilig meine Habseligkeiten zusammenzupacken, würde Denise nicht da sein. Ich würde nicht einmal auf sie warten können, sondern ohne ein Wort verschwinden müssen. Ich glaube, mich zu erinnern, dass mir der Gedanke daran einen Stich versetzte … ganz ehrlich … ich glaube, ich habe sogar geweint.

Ich weiß noch, dass mich auf der ganzen Rückfahrt nach Lille die Sonne blendete und dass ich – als ich nach meiner Sonnenbrille griff – bemerkte, dass sie verschwunden war. Vermutlich hatte ich sie an der Raststätte vergessen. Vielleicht auch schon neben dem Bankautomaten in Brüssel. Noch so ein Detail, das ich nicht mehr sicher abrufen kann.

Die Wohnung, in der ich gemeinsam mit Denise fast ein Jahr lang gelebt hatte, lag nahe dem Zoologischen Garten im zweiten Stock eines Mietshauses in der Rue de la Barre. Ich parkte den Corsa in einer Seitenstraße und ging den Rest der Strecke zu Fuß. Als ich die schwere Eingangstür öffnete und in das Halbdunkel des Treppenhauses eintauchte, beschlichen mich plötzlich Zweifel. Was, wenn ich mich täuschte? Was, wenn sie doch meine Adresse kannten? Wenn der Fahrer des Alfas nicht allein, sondern wie die Russen in Zaragoza als Teil eines Teams gehandelt hatte? Wenn ich gerade dabei war, wie ein Idiot in die Falle zu tappen?

Das bildest du dir nur ein, versuchte ich mich zu beruhigen. Entschlossen setzte ich den Fuß auf die erste Stufe. Die kühle Luft im Innern des Hauses schien meinen Körper zu fluten, so als stellte meine Haut für sie keine Barriere mehr dar. Ich ließ meine Hand in die rechte Sakkotasche gleiten, griff nach dem Klappmesser und entriegelte den Sicherungshebel. Im selben Moment hörte ich über mir Schritte. Ohne dass zuvor eine Tür ins Schloss gefallen wäre. Während ich noch überlegte, ob ich umkehren oder weitergehen sollte, kam mir auch schon eine Frau entgegen. Eine schlanke Brünette Ende zwanzig, die ich noch nie zuvor gesehen hatte. Keine Mitbewohnerin also. Sie trug Jeans und eine rötliche Lederjacke, und an ihrer rechten Schulter baumelte eine cremefarbene Umhängetasche. Sie starrte mich abweisend an, auf eine Art, die mich misstrauisch werden ließ. Trotzdem! *Eine Frau?* Ich zögerte, unsicher, wie ich die Situation einordnen sollte. War es tatsächlich denkbar, dass sich auch Frauen an meine Fersen hefteten?

Falls ja, so würde sie auf jeden Fall in die Tasche greifen müssen. Wenn ich es darauf ankommen ließ, so lange abzuwarten, bliebe mir kaum noch Zeit für eine Gegenreaktion. Maximal zwei Sekunden. Ich nickte ihr lächelnd zu, aber eine Reaktion ihrerseits blieb aus. Sie hatte schöne braune Augen, aber was hieß das schon?

Falls nein …? Meine Gedanken rasten, in dem verzweifelten Versuch, selbst unter extremem Zeitdruck die richtige Entscheidung zu treffen. Hatte sie oben im Treppenhaus vom Fenster aus die Straße beobachtet und auf meine Rückkehr gewartet? Möglich. Aber wäre es nicht besser gewesen, draußen auf der Straße zu bleiben und mir von dort aus ins Innere des Hauses zu folgen?

Augen, auf eine geradezu zarte Weise braun, inmitten eines extrem harten und missmutigen Gesichts.

Genau in dem Moment, in dem wir uns passierten, griff sie in die Tasche. Ich sah es aus dem Augenwinkel. Natürlich würde sie die Waffe nicht herausziehen. Zu auffällig und kompliziert. Stattdessen würde sie durch den Stoff hindurch schießen. Vielleicht sogar mit Schalldämpfer.

Ich zog das Messer aus der Tasche. Seitlich, so dass sie es unmöglich sehen konnte. Den Daumen auf dem Auslöseknopf, aber ohne ihn zu drücken.

Wenn du nicht endlich reagierst, wird sie dich töten, dachte ich, und: *Leg sie um!*, aber irgendetwas in meinem Kopf schrie herrisch: *Nein!*

Wäre sie eine Killerin, hätte sie mich angelächelt!

Fifty-fifty.

Ich weiß nicht, ob ich sie – hätte sie geschossen und ich gleichzeitig zugestochen – noch rechtzeitig erwischt hätte. Vermutlich schon. Das Einzige, was ich rückblickend sicher weiß, ist, dass nicht ich, sondern sie gestorben wäre. Nicht etwa, weil ich am Ende doch um Sekundenbruchteile schneller gewesen wäre, sondern weil sie nicht schoss.

Stattdessen stieg sie weiter die Treppe hinab, bis ganz nach unten. Ohne sich noch einmal umzudrehen. Ahnungslos, wie viel Glück sie hatte, noch am Leben zu sein.

Die Dinge, die ich aus der Wohnung in Lille mitnahm, passten in einen einzigen großen Koffer. Um sie zusammenzupacken, benötigte ich keine halbe Stunde. Danach setzte ich mich an den Küchentisch, vor mir ein Blatt Papier und ein Stift, und suchte nach Worten, die das, was ich Denise gleich antun würde, erklären und abmildern konnten. Auf rund vierzig Zeilen schilderte ich ihr knapp die Wahrheit. Nicht, ohne ihr einzuschärfen, sie in ihrem eigenen Interesse für sich zu behalten. Ich entschuldigte mich für all die Lügen und versicherte ihr, dass ich sie trotz allem liebte. Der Gedanke, Denise ohne Abschied zurückzulassen und sie anschließend nie wiederzusehen, hatte etwas Surreales. Ich hatte mich ihr gegenüber stets verstellen müssen, aber die Tage und Nächte mit ihr würden mir dennoch fehlen. Sie war mir ein guter Freund geworden, der beste Freund, der mir in diesem verdammten Leben geblieben war, und so wie ich sollte man einen Freund auf keinen Fall behandeln.

Aber es lässt sich nicht leugnen: Ich habe es dennoch getan.

Schon bald darauf war ich am Steuer des zerbeulten

Corsas in Richtung Deutschland unterwegs. Ohne klares Ziel. Eher willkürlich entschied ich mich für Wiesbaden. Dort stellte ich den Wagen am Straßenrand ab. Unverschlossen. Den Zündschlüssel ließ ich stecken. Bis heute weiß ich nicht, was aus dem Corsa wurde. Ob jemand – wie ich hoffte – die Gelegenheit nutzte und ihn stahl. Oder ob es stattdessen der Polizei gelang, ihn ausfindig zu machen und eine Verbindung zu dem Unfall bei Lille herzustellen. Die Idee, den Wagen in Wiesbaden zurückzulassen und eine falsche Spur zu legen, erscheint mir rückblickend naiv, aber den Versuch war es sicherlich wert.

Von Wiesbaden aus fuhr ich mit dem nächsten Zug nach Frankfurt, wo ich mir ein Ticket für eine Nachtfahrt nach Florenz besorgte. Erster Klasse. An einem Tag wie diesem hatte ich mir ein wenig Komfort und Beinfreiheit redlich verdient. Dennoch versank ich noch während der Abfahrt in eine tiefe Depression. Der Gedanke, erneut ganz von vorn anfangen zu müssen, raubte mir jegliche Energie. Die Fahrt nach Florenz würde über zehn Stunden dauern. Danach würde ich mir eine neue Bleibe suchen müssen. Die Wahrscheinlichkeit, gleich in Florenz auf jemanden zu stoßen, der mich aufnahm und bei sich unterschlüpfen ließ, war verschwindend gering. Ich dachte an die Odyssee von Zaragoza nach Lille. An die demütigende Erfahrung, wildfremde Frauen anzusprechen und sich genervt abweisen lassen zu müssen.

Andererseits …

Wenn man so lebt wie ich, gewinnt man irgendwann die Überzeugung, dass sich selbst für das beschissenste Problem letztendlich doch noch eine Lösung finden wird.

Natürlich war Sisyphos ein armes Schwein. Natürlich war es ein hartes Los, den Felsblock wieder und wieder keuchend auf einen Hügel hinaufzuwälzen, nur um am Ende hilflos dabei zuschauen zu müssen, wie er sich erneut in Bewegung setzte und ins Tal hinunterpolterte. Andererseits wurde Sisyphos ab einem bestimmten Punkt garantiert nicht mehr von Zweifeln gequält, seiner grotesken Aufgabe gewachsen zu sein. Seine Muskulatur wurde von Tag zu Tag stärker und der Fels ständig leichter. Die Arbeit war zweifellos frustrierend, wurde gleichzeitig aber auch zunehmend zur Routine.

Wissen Sie, wofür Sisyphos seine Bestrafung auferlegt wurde?

Dafür, dass er den Gott Thanatos überlistete und sich gleich mehrmals dem eigenen Tod entzog. Irgendwie witzig, finden Sie nicht? Was mich betrifft, so würde ich gewiss nicht so weit gehen wie Camus, mir Sisyphos als einen glücklichen Menschen vorzustellen. Was mir aber auf der Fahrt nach Florenz schlagartig klarwurde: Früher oder später würde ich es auch dieses Mal wieder schaffen. In einem Waschsalon, in einer Bar oder in einer öffentlichen Bücherei. So wie ich es bisher immer geschafft hatte.

Trotz meiner neugewonnenen optimistischen Einstellung hätte ich mich jedoch gewundert, wenn ich geahnt hätte, dass ich für einen Neubeginn nach meiner Ankunft in Florenz nicht einmal eine halbe Stunde benötigen würde.

Nach dem Tod des Franzosen und der Begegnung mit der Frau in Lille stellte ich mir erstmals eine Frage, die fortan wie eine Hyäne um mich herumschleichen sollte:

War es das wert? Oder präziser: War ICH das wert?

Hätte ich die Russen in Zaragoza widerstandslos ihren Job machen lassen, wäre ich längst mausetot und meine Gegner auch weiterhin am Leben. Stattdessen hatte ich inzwischen drei Männer getötet. Nur mit dem Ziel, meine eigene Existenz zu erhalten und nicht vorzeitig abtreten zu müssen. Klar, die drei waren Killer gewesen, aber schloss das aus, dass sie weinende Frauen und Kinder hinterließen oder Eltern und Geschwister?

Wie steht es mit Ihnen? Wie viele Menschen würden *Sie* töten, um sich selbst zu retten?

Einen? Drei? Zehn? Fünfhundert? Zuzüglich trauernder Eltern, traumatisierter Halbwaisen und trauernder Witwen?

Wäre darin ab einer bestimmten Anzahl von Toten noch irgendeine Form von Sinn zu erkennen? Oder wäre es nicht besser, sich der Ökonomie des Leids zu beugen und sich aus rein statistischen Gründen geschlagen zu geben?

Andersherum gefragt: Angenommen, Sie könnten dadurch, dass Sie selbst den Tod wählten, eine bestimmte Anzahl von Leben retten – wie viele müssten das sein, damit Sie so einen Schritt in Erwägung ziehen würden?

Ich denke, wenn Sie jetzt »*eins*« antworten, dann sind Sie vermutlich dumm – es sei denn, es geht um Ihr Kind oder Ihre geliebte Frau oder um eine Person von immenser historischer Bedeutung. Wenn Sie sich allerdings *nie* opfern würden, so sind Sie zweifellos ein Feigling. Für alles dazwischen hängt Ihre Entscheidung vermutlich unter anderem davon ab, ob es sich bei den Geretteten um Schuldige oder Unschuldige handelt. Dass ist durchaus logisch. Ich selbst zum Beispiel würde es für tausend Taliban nicht einmal riskieren, mir eine fiebrige Erkältung zuzuziehen. Aber ist das wirklich bereits die Antwort auf meine Frage?

Bis heute weiß ich nicht, wo ich Torrinis Killer einordnen soll. Den großen »Not afraid!« rufenden Russen und seinen »Njet!« schreienden Komplizen. Und den entsetzt zu mir herüberblickenden Franzosen.

Allesamt menschlich!

Ich und Meister Wu, kurz nach meiner Ankunft in Lille:

»*Du trainierst sehr, sehr hart. Fast täglich. Erklär mir: warum?*«

»*Um meine Fähigkeiten zu verbessern und um von Ihnen zu lernen. Wieso? Ist das falsch?*«

»*Mich beunruhigt nicht dein Fleiß. Mich beunruhigen deine Ziele. Nicht dein Streben nach Perfektion und dein Wunsch zu lernen. Deine* wahren *Ziele.*«

»Meine wahren Ziele? Was meinen Sie damit?«

»Wenn du hier kämpfst, kämpfst du wie ein Wahnsinniger … mit Hass und Tod in deinem Blick. Das macht mir Angst. Wenn du schon umgeben von Freunden so kämpfst, wie wirst du dann erst deine Feinde behandeln?«

»Heißt das, Sie halten für mich für gefährlich?«

»Hältst du dich für gefährlich?«

(Schweigen)

»Wenn du jemanden tötest, tötest du immer auch ein Stück von dir selbst. Vergiss das nie! Wenn du ihn aber nur besiegst und verschonst, macht dich das mit jedem Sieg stärker.«

»Aber was, wenn ich mich dafür entscheide, jemanden zu verschonen, und dafür bitter bezahle?«

»Das ist eine gute Frage. Aber gleichzeitig ist sie auch dumm und überflüssig.«

»Wieso?«

»Wenn man dieses Risiko sicher ausschließen will, bleibt einem nur ein einziger Weg. Man muss alle seine Gegner ausnahmslos vernichten.«

Nach meiner Ankunft in Florenz gab ich meinen Koffer bei der Gepäckaufbewahrung ab und verließ das Gebäude in Richtung Osten. Im Gegensatz zu den meisten anderen Orten, an welchen ich auf meiner Flucht haltgemacht hatte, kannte ich Florenz recht gut. Vor etwas mehr als zwei Jahren hatte ich hier mit Julia fünf glückliche Tage verbracht, in einer kleinen Pension in der Via Faenza, Tage, die unsere gemeinsame Zukunft endgültig zu besiegeln schienen. In diesem Stadtteil war relativ wenig los. Im Süden dagegen würde ich schon bald auf das von Touristen verseuchte Zentrum stoßen, und mindestens jede zweite Frau, die ich dort anspräche, stammte mit Sicherheit nicht von hier. Insofern wählte ich bewusst die andere Richtung, weg von den touristischen Hauptattraktionen der Stadt.

Die Wahrscheinlichkeit, dass es mir gelänge, noch vor Einbruch der Dunkelheit auf eine Frau zu stoßen, die mich zukünftig bei sich wohnen lassen würde, lag knapp über null. Viel wahrscheinlicher war es, dass ich mehrfach abblitzen und anschließend in einem Hotel oder in einer Pension stranden würde. Warum also nicht in derselben Pension, in der ich mich in der Vergangenheit schon mit

Julia eingemietet hatte? Falls ich gezwungen wäre, meinen Ausweis vorzulegen, würde ich Florenz nach spätestens zwei Tagen wieder den Rücken kehren müssen. Die Zeit bis dahin könnte ich aber immerhin nutzen. Um von Florenz aus andere Städte anzusteuern und mein Glück dort zu versuchen. Ich würde mir lediglich einen Wagen mieten müssen. So weit der Plan!

Auf der Ostseite des Bahnhofs wechselten die ankommenden und abfahrenden Busse unentwegt ihre Positionen. Ich nutzte eine Lücke, um rennend die Straße zu überqueren. Auf der gegenüberliegenden Straßenseite betrat ich eine Bar und bestellte mir einen Espresso und ein Dolce mit Mandeln. Da ich kein Italienisch sprach, auf Englisch, was für den an Fremden gewöhnten Wirt erwartungsgemäß kein Problem darstellte. Genau neben mir diskutierten drei Männer wild gestikulierend über Fußball. Wie gesagt: Zu diesem Zeitpunkt sprach ich noch kein Italienisch, aber die Ähnlichkeiten zum Spanischen sind derart frappierend, dass man die Hälfte der Wörter problemlos versteht. Und Spanisch sprach ich seit Zaragoza perfekt. Zwei Wochen zuvor hatte Deutschland die Fußballweltmeisterschaft gewonnen, während die Italiener schon in der Gruppenphase ausgeschieden waren. Trotzdem war ich froh, dass sie mich nicht auf dieses Thema anzusprechen versuchten. Für Gespräche über Sport war ich derzeit nicht in der Stimmung. Außer dem Wirt und den aufgeregten Fußballexperten war die Bar menschenleer. Kein potentielles weibliches Opfer in Sicht, das ich hätte in ein Gespräch verwickeln können. Das wäre auch wirklich zu einfach gewesen!

Während ich an meinem Espresso nippte, beobachtete ich durch die Scheibe hindurch das Treiben auf der Straße. Aus den Türen eines roten Busses quoll ein buntes Gemisch von Menschen ins Freie, wo es sich eilig in alle Richtungen verteilte. Die meisten von ihnen steuerten das Bahnhofsgebäude an, andere wechselten die Buslinie, wieder andere suchten als Orientierungspunkt die Silhouette von Santa Maria Novella, um sich erst dann in Bewegung zu setzen, wenn sie den Turm der Kirche zwischen den Bäumen ausgemacht hatten. Als Letzter stieg ein Mann aus, dem der Tourist schon auf hundert Meter Entfernung problemlos anzusehen war. Kamera, Rucksack, Mütze, für italienische Verhältnisse scheiße gekleidet. Er schaute sich unentschlossen um, bemüht herauszufinden, wo er sich befand. Dann wandte er sich in Richtung Dom. Gerade als er sich in Bewegung setzte, stieß er mit einem jungen Mann zusammen, der – von dem Zusammenprall aus dem Gleichgewicht gebracht – rücklings zu Boden stürzte. Der Tourist, vermutlich ein Deutscher, entschuldigte sich erschrocken. Der junge Mann (Anfang zwanzig, Jeans, T-Shirt und Rappermütze) kam fluchend zurück auf die Füße und griff sich mit schmerzverzerrter Miene an den Ellenbogen. Es folgte ein kurzer Wortwechsel, dem Eindruck nach trotz allem versöhnlicher Natur, denn der junge Italiener schüttelte lächelnd den Kopf, drückte den Deutschen freundschaftlich an sich und trottete davon. Sein Unfallgegner ebenfalls, allerdings in die entgegengesetzte Richtung, erkennbar erleichtert, dass seine Tolpatschigkeit ohne ernsthafte Folgen geblieben war. Seine Erleichterung würde mit Sicherheit nicht lange anhalten.

Zwei Minuten später zahlte ich meine Rechnung, verließ die Bar und wandte mich in die gleiche Richtung wie der Kerl mit der Rappermütze. Nicht etwa, um ihm zu folgen, sondern weil es zufällig die gleiche Richtung war, die ich von Anfang an eh hatte einschlagen wollen. Als ich zweihundert Meter weiter die Via Fiume passierte, sah ich ihn rennen. Genau auf mich zu. Dicht hinter ihm zwei kräftige Burschen in knallbunter Kleidung und kurzen Hosen, deren wütende Gesichter nichts Gutes verhießen. In seinem Gesicht panische Angst. Nicht unbegründet, wie ich fand, denn einer seiner Verfolger rannte eindeutig schneller als er. Ich dachte schon, er würde mich rammen, aber im letzten Moment schlug er einen Haken nach links und flüchtete sich – nur wenige Schritte vor seinen Verfolgern – durch eine offene Tür ins Innere eines Hauses. *Schlechter Plan,* dachte ich. Kurz darauf hörte ich ihn auch schon aufschreien. Voller Angst, und das wohl zu Recht, wiederholt unterbrochen durch ein amerikanisch gefärbtes Englisch und untermalt von den Geräuschen dumpfer Schläge und Tritte.

Er ist nur ein Taschendieb, und das hier hat nichts mit dir zu tun, redete ich mir ein, doch ein unsichtbares Band zog mich dennoch in Richtung der offen stehenden Tür. Als ich ins Innere des Gebäudes spähte, sah ich ihn blutend am Boden liegen. Vor und hinter ihm seine beiden Verfolger, die wütend auf ihn eintraten und offenbar noch lange nicht von ihm ablassen wollten. Das Treppenhaus war schön. Marmorstufen, die majestätisch nach oben führten. Herum um einen alten Fahrstuhlschacht, der nicht geschlossen war, sondern aus einem Metallgeflecht bestand, durch das man auch während der Fahrt ins Freie schauen konnte.

»Closed!«, schrie einer der Amerikaner, als er erkannte, dass er von der Eingangstür aus beobachtet wurde. Gleichzeitig trat er nochmals auf sein am Boden liegendes Opfer ein. Mir fiel meine Schulzeit ein. Die Prügeleien, bei denen ich regelmäßig den Kürzeren gezogen hatte. Die Amerikaner waren groß und kräftig. Keinesfalls leichte Gegner. Vermutlich mit Kampferfahrung. Gut möglich, dass ich mir eine blutige Nase holen würde.

»He's got enough«, rief ich zurück, um meinen Standpunkt zu erläutern. Zweifellos hatte der Italiener sich eine Abreibung verdient. Aber was die beiden Amerikaner mit ihm anstellten, war deutlich übertrieben.

Der größere der beiden – er trug ein T-Shirt mit der Aufschrift *Princeton* – kam genau auf mich zu und starrte mir feindselig direkt in die Augen. »Closed«, wiederholte er drohend. »You better get out.«

Dabei packte er mich mit der Rechten am Kragen meines Sakkos und schob mich mit beeindruckender Kraft zur Tür.

Ein guter Rat: Sollten Sie jemals in eine körperliche Auseinandersetzung verwickelt werden, so stehen Ihnen eine Menge Möglichkeiten zur Verfügung, wie Sie Ihrem Gegner Schaden zufügen können. Sie können ihn schlagen. Oder treten. Beides an einer Vielzahl von Stellen. Zur Not können Sie ihm mit voller Wucht einen Kopfstoß verpassen. Aber eines dürfen Sie auf keinen Fall tun! Fassen Sie ihn unter keinen Umständen an! Nicht am Kragen! Nicht am Hals! Legen Sie ihm auch niemals drohend Ihre Hand auf die Schulter!

Sollte ihr Gegner nämlich über das gleiche Wissen verfügen wie ich, ist eine derartige Berührung absolut fatal. Selbst einem trainierten Kämpfer wie mir fällt es schwer, einen ansatzlos ausgeführten Tritt oder eine auf mich zurasende Faust abzuwehren. Packt mich aber jemand einfach nur am Kragen, bieten sich mir von einer Sekunde zur nächsten Dutzende von Möglichkeiten, meinem Gegenüber schlimmste Schmerzen zuzufügen. Also ganz egal, wie klein und schwächlich Ihr Gegner in solch einer Situation auch immer auf Sie wirken mag: Lassen Sie es in Ihrem eigenen Interesse sein!

Ohne lange nachzudenken, entschied ich mich für die sogenannte Daumenpresse. Dabei setzt man einen Fuß nach hinten, greift sich von oben den im Stoff verkrallten Daumen und drückt ihn ruckartig nach unten. Der durch dieses Manöver einschießende Schmerz ist gewaltig. Wie eine Explosion. So extrem, dass er alle anderen Gedanken wie eine Lawine unter sich begräbt. Das Denken des Gegners wird schlagartig auf eine Ausweichbewegung zentriert, weg vom Schmerz, das heißt so schnell wie nur möglich nach unten. Auf die eigenen Knie. Dass man dies – logisch betrachtet – vermeiden sollte, da man nämlich dadurch sein Gesicht wie eine fleischige Zielscheibe direkt vor dem Knie seines Widersachers platziert, darüber denkt man in diesem Moment nicht nach. Und selbst falls doch, so wird dieser durchaus vernünftig wirkende Einwand von der Wucht des Schmerzes wie ein Grashalm überrollt.

So ähnlich entging es auch dem gereizten Amerikaner. Er war sicher einen halben Kopf größer als ich, aber als ich seinen rechten Daumen in sich selbst zusammenfaltete, mit einem kurzen entschlossenen Ruck, stürzte er – als hätte ihn ein Stromschlag getroffen – schreiend auf die Knie. Ich konnte seine Kniescheiben dumpf auf dem Boden aufschlagen hören. Noch bevor er ausweichen konnte, riss ich das linke Bein hoch und traf ihn mitten ins Gesicht. Er verdrehte die Augen, so dass nur noch das Weiße zu sehen war, kippte nach hinten, landete genau auf dem Hinterkopf und blieb bewegungslos liegen.

Sein Kumpel, der in mir bis jetzt nichts weiter als eine kleine ärgerliche Störung gesehen hatte, wirkte einen Moment lang verblüfft. Aber er war mit Sicherheit kein

Feigling. Ohne zu zögern, löste er sich aus seiner Erstarrung und rannte wie ein gedopter Footballspieler mit Riesenschritten auf mich zu.

Ein weiterer Tipp: Wenn Sie zuschlagen, niemals mit geschlossener Faust ins Gesicht! Gesichtsknochen sind hart und kantig, und die Wahrscheinlichkeit, dass Sie sich die Finger brechen und anschließend nicht weiterkämpfen könnten, ist bei weitem zu hoch, als dass Sie dieses Risiko eingehen sollten. Wählen Sie stattdessen einen Handkantenschlag, einen Schlag mit dem Handrücken oder – so wie ich – einen Handballenstoß. Am besten von schräg unten auf die Nase oder das Kinn.

In meinem Fall entschied ich mich für das Kinn. Ich setzte meinen linken Fuß extrem weit nach hinten, um seinem Ansturm ausreichend Stabilität entgegensetzen zu können, behielt alle seine Extremitäten gleichzeitig im Auge und schlug erst im letzten Moment zu. Gleichzeitig ließ ich meine Hüfte nach vorn schnappen, spannte alle Muskeln gleichzeitig an und atmete mit einem lauten Schrei aus. Die in dem Stoß gebündelte Energie war zweifellos enorm. Mein Angreifer wurde brutal gestoppt, taumelte irritiert nach hinten und schaffte es kaum noch, sich auf den Beinen zu halten. Aber zu meiner Überraschung fiel er nicht um. Offenbar war er hart im Nehmen. Aber dennoch so angeschlagen, dass er keine Chance hatte, den unmittelbar folgenden Fußstoß abzuwehren, der krachend auf sein Brustbein traf und ihn erneut nach hinten schleuderte. Als er am Boden lag, trat ich ihm zur Sicherheit noch ein letztes Mal zwischen die Beine. Nicht zu fest, aber kräftig genug, um ihn für die nächsten Minuten sicher unten zu halten. Sein Mund öffnete sich zu einem Schrei, aber ihm gelang nur noch ein gurgelndes Stöhnen.

Während er sich jammernd von einer Seite zur anderen wälzte, ging ich hinüber zu Angreifer Nummer eins und tastete nach seiner Halsschlagader. Deutlich fühlbarer Puls. Er war noch am Leben. Danach wandte ich mich dem jungen Dieb zu, der mich ungläubig anstarrte. Sein Gesicht war geschwollen und blutrot verschmiert, wie eine bizarre Kriegsbemalung. Seine Mütze schräg verrutscht, so dass links ein Sidecut sichtbar wurde. Er versuchte aufzustehen, schaffte es aber nicht.

Ich streckte ihm aufmunternd meine Hand entgegen. »Time to go«, sagte ich lächelnd und um einen ruhigen Tonfall bemüht.

Er griff zögernd zu und kam mit meiner Hilfe stöhnend auf die Füße. Während wir zur Tür gingen, hielt er sich humpelnd an mir fest. Im Hinausgehen schaute ich mich noch ein letztes Mal um. Angreifer Nummer eins schien gerade wieder das Bewusstsein zu erlangen, Angreifer Nummer zwei wälzte sich noch immer gekrümmt am Boden.

Niemand war tot!

So wenig wie möglich, so viel wie nötig! Meister Wu wäre mit Sicherheit stolz auf mich gewesen.

»Mi chiamo Michele«, offenbarte mir der Dieb, ein fast schon rührender Versuch, persönliche Nähe herzustellen.

Gerade jetzt hatte ich allerdings andere Sorgen. Zum Beispiel, möglichst schnell von der Via Fiume wegzukommen, ohne Aufsehen zu erregen. Micheles Gesicht sah aus, als sei er gegen eine Betonwand gelaufen, und während wir uns Meter um Meter auf dem Gehweg vorankämpften, hing er an meiner Schulter wie ein zentnerschwerer Sack. Unter seinem Gewicht drohte ich bei jedem Schritt einzuknicken, aber glücklicherweise war ich gut trainiert, also biss ich die Zähne zusammen und ignorierte den Schmerz. Nicht zuletzt in meinem eigenen Interesse, denn verständlicherweise verspürte ich nur wenig Lust, auf eine Gruppe neugieriger Carabinieri zu stoßen und mit zwei übel zugerichteten Amerikanern in Verbindung gebracht zu werden. Vermutlich hatte Michele die beiden kurz vor unserem Zusammentreffen um ihre Urlaubskasse erleichtert. Als sein Begleiter würde ich daher bei einer Vernehmung ziemlich blöd dastehen.

»I am Frank«, erwiderte ich keuchend, noch unschlüssig, wie ich mich ihm gegenüber verhalten sollte.

Von der gegenüberliegenden Straßenseite starrte uns ein kleines Mädchen neugierig an. Die Spitze ihres winzigen Zeigefingers schien uns aufspießen zu wollen. In ihrem Engelsgesicht ein Ausdruck ungläubigen Staunens. Sie bewegte die Lippen, aber alles, was ich hörte, war Micheles pfeifender Atem. Die Mutter des Kindes schüttelte missbilligend den Kopf, vermied es bewusst, meinem Blick zu begegnen, und zog ihre Tochter eilig an der Hand mit sich fort. Inzwischen hatten wir humpelnd die nächste Kreuzung erreicht. Ich schaute mich suchend um.

Warum sollte ich den Kerl nicht einfach hier zurücklassen? Seine Verfolger würden bestimmt keine Lust verspüren, ihn erneut zu jagen. Fürs Erste würden sie es vorziehen, sich nicht unnötig zu bewegen, und falls doch, dann nur sehr, sehr vorsichtig. Insofern befand er sich da, wo wir jetzt waren, in Sicherheit. Es gab folglich keinen Grund, ihn weiterhin durch Florenz zu schleifen. Wie unnötiger Ballast an meiner Schulter hängend, brachte er mich unweigerlich in Gefahr, doch noch von der Polizei aufgegriffen zu werden und mich ausweisen und rechtfertigen zu müssen. Michele war nichts weiter als ein Fremder. Ein Taschendieb. Gemessen daran war das, was ich für ihn getan hatte, schon mehr als genug. Dennoch hatte ich Skrupel, ihn sich selbst zu überlassen. Offenbar fiel es ihm schwer zu atmen. Wahrscheinlich waren einige seiner Rippen gebrochen. Sein rechtes Auge war komplett zugeschwollen, und seine Oberlippe wirkte wie aufgepumpt – völlig asymmetrisch. Wenn wir uns anschauten, waren unsere Gesichter nur wenige Zentimeter voneinander entfernt, und aus der Nähe betrachtet sah er aus wie ein Monster.

Ob ich ihn in ein Krankenhaus bringen solle, fragte ich ihn besorgt auf Spanisch.

Wie ich erwartet hatte, verstand er, was ich sagte, und wie erwartet war er von dem Vorschlag nicht begeistert. »No, no«, widersprach er erschrocken und eine Spur zu laut. Unter Schmerzen hob er den Arm und deutete nach vorn. Im ersten Moment begriff ich nicht, was er zitternd anzuvisieren versuchte. Dann aber realisierte ich verblüfft, dass sich sein Finger auf eine Vespa richtete, cremefarben und schon etwas in die Jahre gekommen.

Das sei seine, erklärte er mir stolz, doch die monströs geschwollene Oberlippe verwandelte die Worte in ein nur schwerverständliches Nuscheln.

Ich schüttelte verblüfft den Kopf. Das werde er in seinem Zustand niemals schaffen, stellte ich fest. Womit ich zweifellos recht hatte, denn ein Einäugiger ohne räumliches Sehen hat im dichten Verkehr von Florenz nicht den Hauch einer Chance.

Er nicht, aber ich, stieß er keuchend hervor.

»Sorry! Das wird leider nicht klappen. Ich bin in meinem Leben noch nie einen Roller gefahren.« (Erst auf Spanisch, dann auf Englisch, weil er mich im ersten Anlauf nicht verstand.)

Das Argument schien ihn nicht wirklich zu überzeugen. »Kein Problem! Eine Vespa zu fahren ist leicht.«

Erneutes Kopfschütteln meinerseits. »Ich werde uns beide umbringen.«

Er lachte rasselnd auf. »No risk, no fun!«

Keine Ahnung, warum ich mich darauf einließ. Keine Ahnung, warum ich ihn damals nicht stehenließ und ging. Vielleicht, weil es der einzige Weg war, der sich mir an diesem Tag auftat. Weil ich vermutlich wissen wollte, wohin mich all das führen würde. Nach Lille stand ich einmal mehr vor dem Nichts. Verglichen damit war die Vespa nebensächlich. Ich glaube, ab einem bestimmten Punkt spielt die Frage, ob man etwas kann oder nicht, keinerlei Rolle mehr. In den zurückliegenden achtundvierzig Stunden hatte ich einen von Torrinis Killern getötet, Denise verlassen und zwei aufgebrachte amerikanische Touristen krankenhausreif geprügelt. Da würde ich ja wohl zur Not auch noch eine verdammte Vespa fahren können!

Ich kratzte mich nachdenklich am Kinn. Mein Koffer lag noch immer in der Gepäckaufbewahrung. Ihn würde ich jetzt unmöglich mitnehmen können. »Okay«, sagte ich leise. »Wie du willst.«

Michele erklärte mir erleichtert nuschelnd, was ich zu tun hatte. Dass ich beim Drücken des Startknopfes die Handbremse anziehen musste. Weil der Roller ansonsten nicht anspringen würde. *Und dann nur langsam, sehr langsam Gas geben!* Das sei eigentlich schon alles. Und irgendwie war es das dann auch. Kurz darauf fuhren wir hoppelnd los. Trotz seiner Ermahnungen gab ich anfangs zu viel Gas, und natürlich bremste ich auch zu abrupt ab und brachte uns mehrmals beinahe zu Fall. Im dichten Vormittagsverkehr kamen uns die anderen bedrohlich nahe – und wir den anderen. Wiederholt erntete ich wüste Beschimpfungen, mit den für Italien typischen Gesten unterlegt. Aber mit jeder Minute, die ich fuhr, hatte ich die Vespa besser unter Kontrolle, so dass sich Micheles Arme, die mich anfangs noch ängstlich umklammert hatten, zunehmend lockerten. Während der ganzen Fahrt befürchtete ich, er könnte hinter mir das Bewusstsein verlieren und in einer Kurve erschlafft von der Rückbank kippen, aber er hielt tapfer durch. Immer wieder rief er mir Vorgaben zu, »Right« oder »Left« oder »Go on! Go on!«. Als wir auf der Ponte alla Carraia den Arno überquerten, fiel die anfängliche Anspannung endgültig von mir ab und wich einem Gefühl der Euphorie. Ich fuhr mit einer Vespa durch Florenz! Das Leben war einfach unglaublich! Eine riesige Wundertüte!

Michele wohnte in einem Stadtteil, dem die gewaltigen Touristenströme seine Ursprünglichkeit noch nicht hatten rauben können. Südlich des Flusses in der Via Santa Maria nahe dem Teatro Goldoni. Wir stellten die Vespa auf dem Gehsteig ab und schleppten uns mit letzter Kraft bis vor die Haustür. Sie stand weit offen.

»Zweites Obergeschoss«, nuschelte er kraftlos.

Kein Fahrstuhl! Mir war klar, dass er das unmöglich würde schaffen können. Stattdessen setzte er seinen Fuß auf die erste Treppenstufe, stöhnte noch einmal kurz auf und verlor schlagartig das Bewusstsein. Ich schaffte es gerade noch, in die Hocke zu gehen, tief unter seinen Schwerpunkt, um mir den erschlafften Körper auf die Schulter zu laden. Michele war klein, unter eins siebzig, aber er brachte mindestens sechzig Kilo auf die Waage. Als ich oben ankam, war ich daher völlig außer Atem. Auf der Etage gab es nur eine einzige Tür. Daran hing ein vergilbter Zettel: *Michele + Francesca.* Aus der Wohnung drang leise Musik durch die Tür. *Let her go* von Passenger.

Ich drückte energisch auf den Klingelknopf. Sekunden

später hörte ich Schritte. Kurz darauf öffnete sich die Tür, und ich sah in die Augen einer Frau, die mich misstrauisch taxierten, mich und die Last auf meinen Schultern, und dann verschob sich ihre Mimik zu einem Ausdruck des Entsetzens, und ich begriff, dass ich mich in dieses Gesicht unwiderruflich verlieben würde.

Die Wohnung war riesig. Viel größer, als ich es mir nach Micheles jämmerlichem Auftritt ausgemalt hatte. Nicht unbedingt die Wohnung eines Taschendiebs, eher das Domizil eines Arztes oder Rechtsanwalts. Das Erste, was mir auffiel, war der endlos lange Flur. Zehn Meter mindestens. Steinboden und abgewetzte Perserteppiche. Zwei Türen links, zwei rechts und eine fünfte am Ende. Von letzterer war allerdings nur der untere Teil zu sehen. Der Rest wurde von einer quadratischen Holzplatte verdeckt, in deren Mitte eine kreisrunde Zielscheibe aus Stroh befestigt war. Mit Ketten an der Stuckdecke aufgehängt, schwebte sie mitten im Flur. Etwa in Kopfhöhe und mindestens einen Quadratmeter groß, so dass man sich – wollte man die hinteren drei Türen erreichen, seitlich an ihr vorbeiwinden musste. Im rot gefärbten Zentrum der Zielscheibe steckten mehrere Pfeile, um sie herum war das Holz mit Hunderten von Löchern übersät. Auch die hintere Wand schien in der Vergangenheit den einen oder anderen Treffer abbekommen zu haben.

Die Frau, in die ich mich – wie ich bereits ahnte – schon bald verlieben würde, wies mich an, ihr zu folgen. Durch die erste Tür links. Beim Betreten des Zimmers zuckte ich unwillkürlich zusammen. Mitten im Raum stand Lara Croft und richtete die Mündung ihrer Waffe auf mich. Sie trug das gleiche Outfit wie in den *Tomb-Raider*-Spielen: schwarze Stiefel mit weißen Schnürsenkeln, ultrakurze Shorts, Pistolenhalfter und ein mintfarbenes Top, welches über ihrer monströsen Oberweite zu platzen drohte. Die lebensgroße Nachbildung funkelte mich kampflustig an. Ohne mich weiter um sie kümmern, näherte ich mich dem an der Wand stehenden Bett, beugte mich nach vorn und ließ Michele auf die Matratze gleiten. Da er noch immer ohnmächtig war, verpasste ich ihm einen leichten Schlag auf die Wange. Unmittelbar danach noch einen weiteren, dieses Mal aber schon wesentlich kräftiger. Prompt schlug er die Augen auf und grinste mich dämlich an.

»Ouch!«

Francesca bombardierte ihn umgehend mit Fragen, die er auffällig kleinlaut beantwortete. Beide redeten unglaublich schnell, so dass ich schon nach Sekunden den Anschluss verlor, also schaute ich mich neugierig um. Die Wände des Raumes waren fast vollständig mit Filmplakaten beklebt. Auffällig viele Kung-Fu-Streifen, aber auch Anspruchsvolleres wie *Trainspotting*, *Cinema Paradiso* und *La Strada*. Ein großes Stück Wand wurde von drei alten Metallspinden eingenommen, auf welchen sprungbereit Spiderman kauerte, allerdings nicht lebensgroß, sondern bei weitem kleiner als Lara Croft. An der Zimmerdecke hing ein großer Fallschirm, vergilbt und mit Einschusslöchern übersät, der durchaus so wirkte, als könnte er original aus dem Zweiten Weltkrieg stammen.

Was mir weiterhin ins Auge stach, waren ein Samuraischwert und ein gewaltiger Morgenstern sowie ein großes rundes Eisenschild, wie es mittelalterliche Ritter getragen hatten. Auf einem mit Graffiti besprühten Schreibtisch stapelten sich Dutzende von Büchern und Comics.

»Parli italiano?«, hörte ich Francesca fragen, während ich noch überlegte, ob Michele das alles gekauft oder es irgendwo gestohlen hatte.

»No«, antworte ich mit bedauerndem Schulterzucken. »Solo Deutsch, English, Espagnol o Français.«

»Non male«, stellte sie anerkennend fest und entschied sich für Englisch, das sie – wie rasch deutlich wurde – flüssig beherrschte. Um Längen besser als ich. Sie müsse die Wohnung kurz verlassen, erklärte sie nervös, aber ich solle unbedingt noch bleiben. Als sie eilig aus dem Zimmer lief, ertappte ich meine Augen dabei, wie sie ihrem Hintern folgten.

Schon nach wenigen Minuten kehrte Francesca zurück. In Begleitung eines grauhaarigen Mannes um die sechzig, der leicht humpelte. In seiner Rechten hielt er eine braune Ledertasche, wie sie in der Regel nur Ärzte bei sich tragen. Auch er und Francesca unterhielten sich in atemberaubendem Tempo miteinander, so schnell, dass die Worte zu verschmelzen schienen und ich sie nicht mehr auseinanderhalten konnte. Wiederholt fiel das Wort *ospedale,* aber jedes Mal schüttelte Francesca energisch den Kopf. Es war offensichtlich, dass die beiden sich sehr gut kannten. Vermutlich wusste der Arzt sogar Bescheid, womit Michele sich sein Leben finanzierte. Er massierte skeptisch sein Kinn und sah plötzlich aus, als schössen ihm ähnliche Gedanken durch den Kopf wie mir beim Anblick der cremefarbenen Vespa. Offenbar zögerte er noch immer, ob er sich auf eine Behandlung einlassen sollte.

Der Grauhaarige schaute mich abschätzend an. »Sie waren dabei, als es passierte?«, fragte er in fast akzentfreiem Deutsch.

»Ja«, antwortete ich überrascht.

»Ich habe in Berlin Medizin studiert«, erklärte er lächelnd. »Mein Name ist Dottore Mattei. Ich wohne im ersten Stock und praktiziere ganz unten im Erdgeschoss. War Michele bewusstlos?«

Ich dachte kurz nach. »Kollabiert ist er erst unten im Treppenhaus. Vermutlich aufgrund der Anstrengung. Aber bis dahin war er durchgängig ansprechbar.«

»Sind Sie sich sicher? Er hatte während der Schlägerei zu keinem Zeitpunkt das Bewusstsein verloren?«

»Nein. Das weiß ich genau. Er hat die ganze Zeit über geschrien.«

Meine Aussage schien ihn zu beruhigen, und er wandte sich wieder Francesca zu. Sie begannen, Michele aus seiner blutverschmierten Kleidung herauszuschälen, wodurch ein Dutzend eindrucksvoller Hämatome sichtbar wurde.

»Meine Güte«, schimpfte Mattei. »Was hatten diese Idioten vor? Ihn umzubringen?«

Als sie Michele die Mütze vom Kopf zogen, begriff ich, warum er sie trug. Sein Schädel war nahezu kahlrasiert, bis auf einen Streifen knallgrüner Haare, welcher die Kopfhaut in zwei Hälften zu teilen schien. Eindeutig zu auffällig für einen Dieb. Die Untersuchung dauerte eine halbe Stunde. Abschließend legte Mattei seinem lädierten

Nachbarn einen merkwürdig aussehenden Verband an, der wohl die Rippen stabilisieren sollte. Noch während der Prozedur schlief Michele ein.

»Der wird schon wieder«, prophezeite der Dottore, während er seine Sachen zusammenpackte. »Wie sagt ihr in Deutschland? Unkraut vergeht nicht. Zur Sicherheit schaue ich aber in zwei Stunden noch einmal bei euch vorbei.« Dann drückte er Francesca eine paar Schmerztabletten in die Hand, nickte mir freundlich zu und verließ hinkend den Raum.

»Es ist wohl besser, ich verschwinde jetzt auch«, schlug ich halbherzig vor, aber Francesca ignorierte die Bemerkung.

»Michele hat mir erzählt, du hättest ihm das Leben gerettet«, sagte sie leise. Ihr Haar war rabenschwarz, eine zerzauste Kurzhaarfrisur, die gut zu ihrem Nasenpiercing passte. Sie sah irgendwie französisch aus, um einiges französischer als Denise. Sie trug Shorts und ein schwarzes Tanktop, und ihre rechte Schulter war mit einem tätowierten Gecko verziert.

»Also ... nein ... so toll war es nun auch wieder nicht«, widersprach ich verlegen. »Die Amerikaner haben zweifellos übertrieben, aber ich glaube nicht, dass sie ihn umgebracht hätten.

»Mein Bruder sieht das wohl anders.«

Ihr Bruder? Bis jetzt hatte ich sie für Micheles Freundin gehalten. Sie war ein paar Jahre älter als er, aber was hieß das schon? Dass sie Micheles Schwester war, machte alles übersichtlicher. Sie schien mir meine Erleichterung anzumerken.

»Er meinte, du hättest gekämpft wie Jason Bourne«, hakte sie nach. Ganz offensichtlich war ich an zwei eingefleischte Cineasten geraten. Ihr Blick scannte prüfend meinen Körper. »Bist du Soldat?«

»Aber nein!« Ich zögerte, liebäugelte kurz mit der Wahrheit, log dann aber doch. »Nun ja … nicht mehr.«

»Warum hast du meinem Bruder geholfen?«

Tja … warum? Ich dachte an Maria Brancati. An ihren flehenden Blick und an die endlos langen Sekunden, in denen ich nicht gewagt hatte einzugreifen. »Weil es in dieser Situation einfach getan werden *musste.*«

Sie hob erstaunt die Augenbrauen. »Aber für dich war er doch nichts weiter als ein Fremder?«

»Stimmt. Ein fremder Dieb, der gerade zwei Ausländer um ihr Geld erleichtert hatte.« Francescas Brauen wanderten wieder in ihre ursprüngliche Position zurück, und ihre Augen verengten sich zu schmalen Schlitzen. So viel Direktheit hatte sie nicht erwartet. »Ein bis drei Schläge hatte er sich insofern verdient«, fügte ich bissig hinzu. »Das wäre der Situation angemessen gewesen. Aber was die Amerikaner mit ihm anstellten, war dann doch eindeutig übertrieben. Wieso fragst du? Findest du das derart abwegig? Jemandem zu helfen, auf den, auch wenn er am Boden liegt, weiterhin heftig eingetreten wird?«

»Nicht abwegig. Ungewöhnlich«, antwortete Francesca. Ohne das Thema weiter zu vertiefen, delegierte sie mich in die Küche (zweites Zimmer hinten rechts!) und wies mich an, mich an den Esstisch zu setzen. Danach stellte sie zwei Schnapsgläser auf die Tischplatte, zog eine Flasche vom Regal und goss randvoll ein.

»Grappa«, erklärte sie ruhig.

Die Küche wirkte ebenfalls riesig. Trotz der üblichen Geräte, mehrerer Schränke und eines von vier Stühlen umlagerten Holztischs bot sie noch immer ausreichend Platz, um sich frei zu bewegen. Terrazzoboden. Neben dem Holztisch stand in einem riesigen Kübel eine üppige Palme, die mit einigen Ausläufern die mindestens dreieinhalb Meter hohe Decke berührte.

Francescas Blick bohrte sich zart in meine Augen. »Danke.«

»Keine Ursache.« Ich spürte irritiert, wie ich rot wurde.

Dann kippten wir uns gleichzeitig den Grappa in die Kehlen, genossen die sich ausbreitende Wärme und schauten uns abwartend an.

»Ich kann dich zu deinem Hotel fahren ... wenn du willst«, bot sie mir nach längerem Schweigen an.

Inzwischen wollte ich das längst nicht mehr, aber ich unternahm dennoch keinen Versuch, sie einzuwickeln. »Nein, danke, nicht nötig. Als ich deinen Bruder traf, war ich gerade angekommen und auf der Suche nach einer preiswerten Pension. Mein Koffer liegt noch immer im Bahnhof bei der Gepäckaufbewahrung.«

Ihr Blick wirkte mit einem Mal intensiver. »Verstehe. Wie lange wirst du in Florenz bleiben?«

»Keine Ahnung. Vielleicht für Tage, vielleicht für immer.«

Es war seltsam. Das ganze zurückliegende Jahr hatte ich in Lille verbracht und immer nur Französisch gesprochen, und jetzt saß ich in einer Küche in Florenz und formulierte auf Englisch einen Satz, der noch vor zwei Tagen keinerlei Sinn ergeben hätte.

»Das klingt extrem flexibel«, sagte sie irritiert. »Du bist kein Tourist, stimmt's?«

»Nein. Eher nicht.«

»Bist du gefährlich?«

»Nicht für dich.«

Sie schien nachzudenken. »Wenn du möchtest, kannst du vorerst bei uns übernachten. Wahrscheinlich nicht für immer, aber zumindest für die nächsten paar Tage.« Sie lächelte ein unwiderstehliches Lächeln. »Was hältst du davon?«

»Danke. Das klingt echt toll«, sagte ich, während ich überlegte, ob dem *wahrscheinlich* irgendeine Bedeutung beizumessen war. »Keine Sorge! Ich werde euch auf keinen Fall Umstände machen. Ich kann auch gerne auf dem Boden oder auf irgendeinem Sofa schlafen.«

»Quatsch!«, widersprach sie streng. »Du schläfst bei mir! Mein Bett ist breit genug für drei, und wir beide sind alt genug, um nichts zu tun, was wir nicht sowieso tun *wollen*. Oder siehst du das etwa anders?«

»Nein«, stimmte ich ihr zu, war mir aber meiner Antwort nicht wirklich sicher.

»Schön«, sagte sie lachend. »Dann können wir ja jetzt losziehen und deinen Koffer holen.«

So viel zum Nutzen von Flirt-Ratgebern!

Die Nacht nach unserem ersten Zusammentreffen verbrachte Francesca im Zimmer ihres Bruders. Dottore Mattei hatte sie angewiesen, in regelmäßigen Abständen Puls und Blutdruck zu kontrollieren und auch die Weite der Pupillen. Im Fall von Komplikationen sollte sie ihn umgehend aus dem Bett klingeln. Ich fragte mich, ob Mattei bei Bedarf auch eine Stichwunde vernäht oder aus Michele eine Kugel herausgeschnitten hätte. Jemanden wie ihn zu kennen war jedenfalls kein Nachteil.

Francescas Zimmer lag am Ende des Flurs hinter der fünften Tür und war nicht weniger extravagant eingerichtet als das ihres Bruders. Die Wände waren mit einer zerknitterten goldfarbenen Folie tapeziert, und an der stuckverzierten Decke hing ein beeindruckender mehrarmiger Kronleuchter. Um ihn herum zog an einem eigens dafür installierten Schienensystem ein großer Zeppelin schnurrend seine Bahnen. Das Luftschiff ließ sich per Fernbedienung steuern und verfügte sogar über eine Innenbeleuchtung, die man stufenlos dimmen konnte. Die Einrichtung war überwiegend in Schwarz gehalten: ein mit schwarzer Hochglanzfarbe gestrichener

Kleiderschrank, ein schwarzes Metallbett, eine gewaltige (schwarz gestrichene) Arbeitsplatte, davor ein schwarzer Stuhl auf einem schwarzen Teppich. An der Wand zahlreiche (bunte) Öl- und Acrylbilder und großformatige Schwarzweißfotos, vorwiegend Porträts. Außer den Bildern und der Tapete lehnten sich lediglich zwei mit goldenem Stoff bezogene Ohrenbackensessel gegen die Farbgebung auf. Sowie Hunderte von Büchern, die sich in einem schwarzen Holzregal drängten und die Francesca allesamt in goldenes Papier eingebunden und nachträglich beschriftet hatte. In der Mitte des Raumes stand, mit einem schwarzen Anzug bekleidet, eine männliche Schaufensterpuppe. Neben dem Kleiderschrank an die Wand gelehnt ein großer professionell wirkender Bogen und ein Köcher mit Pfeilen.

Alles nicht billig! Womit Michele sein Geld verdiente, wusste ich bereits. Aber wovon lebte wohl Francesca? Während ich in ihr schwarzes Metallbett kroch und müde die schwarze Decke über mich zog, blieb mir nur wenig Zeit, darüber nachzudenken, denn schon wenige Sekunden später fiel ich in einen tiefen dunklen Schlaf.

Bereits am nächsten Tag ging es Michele eindeutig besser. Zwar sah er aus, als hätte er in der falschen Gewichtsklasse geboxt, aber ansonsten wirkte sein Zustand uberraschend stabil. Dass er keinen Zahn verloren hatte, war angesichts seiner Verletzungen ein kleines Wunder. Interessanterweise schien er davon auszugehen, dass ich länger bleiben würde, denn am Abend kochte er mir zu Ehren eigens ein, wie er es nannte, Welcome-Dinner. Wir aßen zu dritt in der Küche, und aus verschiedenen Gründen wird mir dieser Abend dauerhaft in Erinnerung bleiben. Michele hatte Penne mit Kaninchenragout gekocht. Extrem lecker, ohne jeden Zweifel. Aber die Besonderheit des Essens lag nicht etwa im Geschmack, sondern in der Art, wie Michele es präsentierte. Er hatte das gesamte Menü mit Lebensmittelfarben eingefärbt. Die Penne in knalligem Grün, das Kaninchenragout in Kobaltblau, den Rotwein golden, das Wasser gelb. Er hatte es sich nicht einmal nehmen lassen, dem Parmesan ein unnatürlich knalliges Rot zu verpassen. Die Tomatensuppe wiederum, von der man sich traditionellerweise ein Rot erwartet hätte, servierte er als flüssiges Quecksilber, die Panna cotta paradoxerweise schwarz mit einer purpurfarbenen Vanillesoße. Es war das mit Abstand merkwürdigste Essen, das ich jemals zu mir genommen habe. Fast schon surreal. Jedes Mal, wenn ich mir einen Bissen in den Mund schob, hatte mein Verstand Mühe, Geschmack und Farbe in Übereinstimmung zu bringen, aber dennoch schmeckte das blaue Ragout unverkennbar nach Kaninchen, und auch die grünen Nudeln blieben trotz allem Penne.

»Woran denkst du, Frank?«, erkundigte sich Francesca nach dem Dessert. Als ich sie fragend anschaute, fügte sie hinzu: »Du siehst traurig aus.«

Nachdenklich nippte ich an meinem neonpinkfarbenen Espresso. Ich dachte an Lille. An die vielen Lügen, die Denise und mich wie eine unsichtbare Wand auf Abstand gehalten hatten. So etwas sollte sich auf keinen Fall wiederholen. Aber war die Wahrheit das Risiko auch wert? Was, wenn ich Florenz schon bald wieder verlassen musste? Wenn sich das, was ich in Francesca zu sehen glaubte, am

Ende doch nicht erfüllen würde? Was, wenn meine Gastgeber mich schon bald wieder an die Luft setzen oder mich an meine Feinde verraten würden? Aber wie ich schon sagte: Manchmal muss man Dinge einfach *tun*. Denn tut man sie nicht, so bleibt eine Zukunft, die unter Umständen möglich gewesen wäre, dauerhaft aus.

Während Francesca noch immer auf eine Antwort wartete, erhob ich mich langsam von meinem Stuhl. Gemeinsam hatten wir zwei Liter des goldenen Rotweins vernichtet, und so hatte ich Mühe, das Gleichgewicht zu halten. Ungeschickt zog ich mir das T-Shirt über den Kopf.

»Mein Gott ... sind das Schussverletzungen?«, fragte Michele mit Blick auf die Narben auf meinem Oberkörper.

»Ja.«

»Warst du im Krieg?«, wollte Francesca wissen.

Auf meiner Zunge lag einsatzbereit die gut erprobte Lüge. Gar nicht so leicht, sie dennoch zurückzuhalten, aber dieses Mal war ich entschlossen, einen anderen Weg zu gehen.

»Das wurde ich schon oft gefragt. Und bisher habe ich immer gelogen und behauptet, dass es so sei.« Ich schluckte, so laut, dass auch die anderen es hören konnten. »Aber euch beide will ich nicht belügen.« Mein Herz schlug wie wild gegen die Innenseite der Rippen, so als wollte es gegen mein Vorhaben lautstark protestieren.

Rückblickend betrachtet war damals alles ganz einfach. Ich saß betrunken in Florenz, bei den einzigen Menschen, bei denen ich möglicherweise bleiben konnte, und mein Leben begann von vorn. RESET! So als hätte es Lille und Denise niemals gegeben. Und es lag an mir zu bestimmen, in welche Richtung dieses Leben von nun an weiterverlaufen sollte. Ich erinnere mich daran, noch einmal tief Luft geholt zu haben. Wie ein Taucher, bevor er vertrauensvoll die den Rand des Bootes umklammernde Hand öffnet und sich in die Tiefe des Meeres hinabsinken lässt. Um ihn herum nur Dunkelheit und Stille.

Die Angst, seine Existenz und das, was man hat, zu verlieren, wird allgemein überschätzt. Schon allein deswegen, weil das, was man für die eigene Existenz hält, auf einer Vielzahl von Irrtümern basiert. Blendet man nämlich die Zukunft völlig aus und erkennt an, dass in der eigenen Biographie das Konzept der Linearität nicht länger funktioniert, dann wirkt mit einem Mal alles ganz einfach.

Irgendwann habe ich jemanden (in einem Film?) sagen hören, das Leben sei dazu da, Dinge zu erleben, an die man nach seinem Tod zurückdenken kann. So betrachtet gibt es an meinem Leben wenig auszusetzen. Inzwischen ist mir das klar. Dieses anfängliche Jammern, alles verloren zu haben, beruhte – wie der Glaube an das Konstrukt der eigenen Existenz – auf nichts weiter als einem Irrtum. Stattdessen war eher das Gegenteil der Fall.

Wäre ich nicht auf Luca Torrini getroffen, würde ich wahrscheinlich noch mit Julia zusammenleben. In dem Glauben, dass sie – ganz gleich was käme – bedingungslos zu mir halten würde. Ich wäre noch immer Jonas Keller, vermutlich etwas pummelig, und ich hätte dennoch das Gefühl, im Leben am richtigen Platz angekommen zu sein. Der Gedanke, sich mit einer Italienerin und einem grünhaarigen Punk in Florenz eine Wohnung zu teilen und jeden Moment damit zu rechnen, weiterziehen zu müssen, käme mir mit Sicherheit merkwürdig vor.

Natürlich war ich damals verzweifelt, alles verloren zu haben und erneut von vorn beginnen zu müssen. Wer wäre das in einer derartigen Situation nicht? Das wirklich Schlimmste aber, was mir nach dem Erlebnis im Wald widerfuhr, war nicht der Verlust meines bisherigen Lebens. Das wirklich Schlimme war die Erkenntnis, dass das, was ich für mein bisheriges Leben gehalten hatte, nichts weiter gewesen war als eine Täuschung. Nur eine dünnhäutige Fassade, welche die grausame Wahrheit verbarg, dass da in Wahrheit nichts war. Nichts! Dass meine Freunde nicht etwa mein Leben mit mir teilten, sondern lediglich eine Idee, wie mein Leben *IHRER* Ansicht nach auszusehen hatte, und dass eine Veränderung meines Lebens diese Vorstellung so sehr erschüttern konnte, dass die Freundschaft daran zerbrach.

Was für ein niederschmetternder Gedanke! Oder nicht? Ist vielleicht doch das Gegenteil der Fall? Sind vielleicht gerade kindliche Naivität und Ahnungslosigkeit entscheidende Zutaten des Glücks? Womöglich existiert ja beides schnittmengenfrei nebeneinander, und diese beiden Alternativen schließen sich keineswegs aus: Glück durch dauerhafte Täuschung und Glück durch den Verlust der gleichen Illusion, mit welcher die meisten anderen Menschen glücklich weiterleben.

Wie auch immer: Ich bin Julia nicht mehr böse. Weil ich auf meiner Flucht etwas Entscheidendes begriffen habe. Dass auch sie mich nie geliebt hat, sondern nur ihre Erwartungen in mich. Für sie war ich nicht Jonas Keller. Sondern ich war Kinder, ein geregeltes Einkommen, ein Haus und ein Hund. Bis zu dem Tag, an dem mir, ausgelöst durch Torrinis Tat, brutal die Augen geöffnet wurden.

Heute lebe ich nicht mehr für eine Erwartung. Heute lebe ich das, was ist.

Das Jahr in Florenz war – abgesehen von den letzten Stunden – die schönste Zeit meines Lebens. Ich fürchte, das wird auch so bleiben. Eine Art Zenit, zu dem man – hat man ihn überschritten – nie mehr zurückfinden wird. Vielleicht kennen Sie ja diesen Spruch? *Ich will einmal in meinem Leben der werden, der ich bin.* Genau das war für mich Florenz. Eine Zeit, in der Jonas Keller der war, der er ist.

In der Nacht nach Micheles knallbuntem Abendessen und einem etwa zehnminütigen Monolog, in dessen Verlauf ich meinen neuen Bekannten von Luca Torrini und Maria Brancati berichtet hatte, lagen Francesca und ich dicht nebeneinander in ihrem Bett, erstmals gemeinsam und nach wie vor platonisch. Als ich glaubte, sie sei längst eingeschlafen, fragte sie plötzlich: »Warum wolltest du ausgerechnet dieses Mal nicht lügen?«

Bevor ich antwortete, dachte ich sorgfältig nach. Ich kannte die Antwort, aber wenn ich sie aussprach, würde das gewiss nicht ohne Folgen bleiben. »Bevor ich nach Florenz kam, war ich ein Jahr lang mit einer Französin zusammen. Im Gegensatz zu euch habe ich sie von Anfang an belogen. Was angesichts meiner Situation irgendwie naheliegend war. Aber die Lügen lagen über unserer Beziehung wie ein Fluch.«

»Hast du sie geliebt?«

»Nein. Aber heute glaube ich, hätte ich ihr die Wahrheit gesagt, hätte ich es vermutlich getan. Dass ich so wenig für sie empfand, hatte sie einfach nicht verdient.«

In der Dunkelheit des Raumes lieferte mir mein Gehirn prompt das passende Bild: Denise am frühen Morgen, in ein weißes Bettlaken gehüllt. Sie strich sich lachend die Haare aus der Stirn, und in ihren Augen lag all das, was ich ihr nicht hatte geben können.

»Verstehe«, hörte ich Francesca flüstern. »Oder … vielleicht verstehe ich es auch nicht.«

»Ich wollte mir auf keinen Fall die Möglichkeit nehmen, *dich* zu lieben«, fügte ich melancholisch hinzu. »Das mag vielleicht verrückt klingen, aber das war mir schon klar, als ich dich zum ersten Mal sah. Dass ich es ungehindert geschehen lassen *wollte.*«

Wenn ich heute an meine Gespräche mit Frauen zurückdenke, und damit meine ich *alle* meine Gespräche mit Frauen, inklusive sämtlicher Tipps in Flirtratgebern, so will mir keines einfallen, das besser gewesen wäre und welches eine größere Wirkung entfaltet hätte als genau diese Abfolge von Wörtern und Sätzen, damals in meiner zweiten Nacht in der Via Santa Maria. Und ich sagte sogar die Wahrheit! Glücklicherweise kam ich nicht in die Verlegenheit, diesem einen entscheidenden Satz noch weitere hinzufügen zu müssen, die den Moment womöglich doch noch verwässert oder gar völlig verdorben hätten, denn

Francesca war plötzlich über mir und küsste mich zärtlich auf den Mund. Danach setzte sie mit der Fernbedienung den Zeppelin in Gang, und während dieser hoch über uns schwach leuchtend durch die Dunkelheit schwebte, schliefen wir miteinander, so wild und verzweifelt, als sei es für uns beide das erste und letzte Mal.

Francesca war die Frau meines Lebens. Das klingt mit Sicherheit theatralisch, und natürlich widerspricht es auch meiner Skepsis gegenüber zwischenmenschlichen Beziehungen. Aber als ich am nächsten Morgen neben ihr aufwachte, wusste ich längst, dass es für mich kein Zurück mehr geben würde. Und Francesca – da bin ich mir sicher – wusste es auch. Darauf bin ich noch heute unglaublich stolz, und obwohl ich inzwischen auch um das traurige Ende weiß, würde ich den Satz mit Sicherheit wiederholen, immer wieder, ganz gleich, wie oft mich eine Zeitmaschine an exakt diesen Punkt zurückbefördern würde. Nach meinem Outing quälte mich tagelang die Furcht, sie würden die aufregenden Neuigkeiten doch nicht für sich behalten können und mich versehentlich verraten. Bald schon gestand ich mir aber ein, dass es eine der besten Entscheidungen gewesen war, die ich in meinem Leben getroffen hatte.

Francesca arbeitete an drei Tagen pro Woche als Verkäuferin in einer Buchhandlung nahe dem Ponte Vecchio. Was ihr einerseits Spaß zu machen schien, ihr aber andererseits auch als Tarnung diente. Um ihren Lebensstandard zur Not durch ein Einkommen erklären zu können. Wie sich nämlich herausstellte, war auch Francesca als Taschendiebin unterwegs, meist gemeinsam mit Michele. Die beiden waren in einem Heim in Neapel aufgewachsen und hatten schon frühzeitig gelernt, gut aufeinander aufzupassen. Unzertrennlich wie Zwillinge, wie Francesca mir gestand. Ihren Vater hatten sie niemals kennengelernt, und ihre Mutter hatte bei einem Raubüberfall einen Tankstellenbesitzer erschossen, wurde anschließend zu einer lebenslänglichen Haft verurteilt und Jahre später bei einem Streit mit Mithäftlingen erstochen. Mit zehn Jahren nahm eine ältere Frau die beiden Geschwister in Pflege, und erst Jahre später kehrten sie Neapel den Rücken und zogen gemeinsam nach Florenz. Vorerst in eine winzig kleine Wohnung. Schon bald aber waren sie in der Lage, sich etwas Größeres zu leisten.

Michele und Francesca waren von meiner Biographie

geradezu begeistert. So als wäre das alles nur ein spannendes Spiel. Von Beginn an taten sie alles, um mich nach Kräften zu unterstützen. Aufgrund ihrer speziellen Talente verfügten die beiden auch durchaus über Mittel, um mich erfolgreich unsichtbar werden zu lassen. Schon frühzeitig hatte mir Francesca mehrere Ausweise organisiert. Nicht etwa, indem sie diese fälschte oder diesen Job an einen Dritten delegierte. Stattdessen nahm sie einen verblüffend einfachen Weg.

»Ich picke mir aus der Menge der Touristen einfach jemanden heraus, der dir vom Äußeren her ähnelt«, weihte sie mich in ihr Vorgehen ein. »Idealerweise einen Deutschen. Habe ich erst einmal eine passende Zielperson gefunden, schnappe ich mir seine Brieftasche, und schon bist du im Besitz eines neuen Ausweises. Mit einem zu deinem Gesicht passenden Bild.«

»Aber ist das nicht riskant? Schließlich wurde dieser Ausweis von seinem Besitzer als gestohlen gemeldet.«

»Theoretisch schon. Denn natürlich hat der Bestohlene inzwischen einen neuen Ausweis beantragt. Zwangsläufig unter einer anderen Nummer. Insofern ergeben sich da gewisse Unstimmigkeiten. Aber das muss dich nicht beunruhigen. Sei ehrlich! Wann bist du zuletzt in eine Polizeikontrolle geraten? Und wann du wurdest zuletzt gründlich kontrolliert?«

»Nach dem Tod von Maria Brancati«, antwortete ich wahrheitsgemäß. »Aber ich verstehe, was du meinst. Davon abgesehen liegt die letzte Kontrolle schon Jahre zurück.«

»Genau. Für den Alltagsgebrauch wird das jedenfalls

ausreichen. Davon abgesehen kannst du den geklauten Ausweis dazu benutzen, um dir weitere Dokumente zu beschaffen. Fahrerlaubnisse. Monatstickets. Büchereiausweise. Sollten dich die Bullen dann irgendwann doch kontrollieren, kannst du dich immer noch dumm stellen, behaupten, du hättest deinen Ausweis vergessen, und ihnen stattdessen ein halbes Dutzend anderer Dokumente vor die Nase halten.«

Ganz ähnlich gingen die beiden übrigens auch dann ans Werk, wenn sie ein Fahrzeug stehlen wollten. Sie hielten Ausschau nach jemandem, der sein Auto parkte, hängten sich an seine Fersen, stahlen den Schlüssel und anschließend den Wagen und umgingen somit das Problem mit der Wegfahrsperre. Ein Fahrzeug zu stehlen hatten wir allerdings vorerst nicht nötig. Michele hatte mir schon früh eine gebrauchte Vespa besorgt und sie auf Francescas Namen registriert.

Francesca las unglaublich viel. Wenn sie nicht las, übte sie mit ihrem Bogen und verschoss stundenlang Pfeile auf die Zielscheibe im Flur. Von der Eingangstür aus. In diesen Zeiten war es lebenswichtig, nicht einfach gedankenverloren sein Zimmer zu verlassen, sondern sich zuvor lautstark zu melden. Francesca hatte als Jugendliche zahlreiche Meisterschaften gewonnen, mit realistischen Chancen, in den Nationalkader aufzusteigen. Irgendwann hatte sie sich jedoch mit ihrem Trainer überworfen und dem aktiven Sport wütend den Rücken gekehrt. Auch ich begann schon bald, ebenfalls zu üben. Wobei ich die Holzplatte zu Beginn wiederholt verfehlte, was der hinteren Wand ein paar zusätzliche Einschusslöcher bescherte. An den Abenden saßen wir meist zu dritt beisammen, aßen (dann allerdings ohne Lebensmittelfarben) und führten stundenlange Gespräche. An den Nachmittagen, wenn die beiden außer Haus waren, lernte ich eifrig Italienisch oder vertrieb mir die Zeit mit dem Zeichnen. An meinem Buch arbeitete ich damals schon lange nicht mehr. Wenn ich glücklich bin, will mir einfach nichts einfallen, was ich zu Papier bringen kann. Beim Zeichnen dagegen spielt mein Befinden kaum eine Rolle. Als ich eines Tages aus dem Gedächtnis ein Porträt von Francesca zeichnete und es ihr abends vorlegte, starrte sie das Bild fassungslos an.

»Du könntest Zeichnungen für die Touristen anfertigen«, schlug sie vor. »Du zeichnest dermaßen gut … sie würden dir die Bilder aus der Hand reißen.«

Anfangs war ich skeptisch. Als Zeichner trifft man in Florenz tagtäglich auf Tausende von Menschen. Was, wenn auch jemand aus Torrinis Clan dort irgendwann zufällig vorbeikommen und mich wiedererkennen würde? Torrini entstammte der Cosa Nostra, die in der Toskana kaum eine Rolle spielte. In Florenz hatten andere Gruppen das Sagen. Aber selbst Mafiosi gehen gelegentlich auf Reisen, und es gab wohl keinen Touristen, der Florenz besuchte, ohne genau an der Stelle vorbeizukommen, wo ich täglich sitzen und zeichnen würde. Und wurde man als Straßenkünstler nicht regelmäßig von der Polizei kontrolliert? Inzwischen war ich als Peter Scheible unterwegs, ein Tourist, welchem kurz nach meiner Ankunft in Florenz die Brieftasche abhandengekommen war und der mir verblüffend ähnlich sah. Was, wenn eine Ausweiskontrolle mich dennoch auffliegen lassen würde? Doch Francesca ließ nicht locker, besorgte mir die notwendige Genehmigung und redete so lange auf mich ein, bis ich schließlich nachgab und mich brav in mein Schicksal fügte. Mit ihrer Prophezeiung sollte sie übrigens recht behalten. Verglichen mit den Porträts und Karikaturen der anderen Zeichner, auf denen sich die Kunden oft kaum wiedererkannten, wirkten meine Bilder authentisch wie Fotografien, und so verdiente ich gutes Geld und litt nicht mehr unter Langeweile. Ich ließ mir einen dichten Vollbart wachsen und auch meine Haare, die ich meist zusammengeknotet am Hinterkopf trug. Durch die Arbeit im Freien war meine Haut dunkelbraun geworden, und wenn ich im Freien meine Sonnenbrille mit den kleinen, runden Gläsern trug, hätte mir niemand mehr geglaubt, dass ihm ein ausgewiesener Experte für Erbrecht gegenübersaß.

Allmählich wurde mein Leben erneut von Regelmäßigkeit bestimmt. Wenn ich gegen neun Uhr morgens aufwachte, war Francesca meist schon zur Buchhandlung aufgebrochen. Gegen halb zehn packte ich meine Ausrüstung zusammen, ging zu Fuß zu den Uffizien und gönnte mir unterwegs ein kurzes Frühstück in einer der vielen Bars. Meist zeichnete ich bis ein Uhr mittags. Danach aß ich irgendwo zu Mittag, und anschließend folgten noch etwa zwei Dutzend Zeichnungen bis siebzehn Uhr. Fast schon normal – irgendwie.

Andererseits …

Seit dem Tod der Russen war ich nie mehr wirklich allein. Selbst dann nicht, wenn ich mich hinter verschlossenen Türen verbarrikadierte. Äußerlich schon, aber nicht in meinem Hirn. Da war immer noch etwas anderes, ein Teil von mir, der früher tief in meinem Inneren eingeschlossen gewesen war (in einem Hochsicherheitstrakt vielleicht) und der in Zaragoza freigelassen wurde. Eine Art Verteidigungsmodus, der seither ständig im Hintergrund mitzulaufen scheint und der schon mit meinem Erwachen per Autostart hochgebootet wird. Ich nenne diesen Teil von mir den Wolf.

Ganz gleich, was ich auch tue, der Wolf ist immer da.

In meinem Kopf werden ununterbrochen Gefahrensituationen simuliert. Sobald ich einen Raum betrete, überprüft ihn der Wolf bereits im Hineingehen auf Fluchtwege und Gegner. Auf Waffen selbstverständlich auch. Auf Messer, Gabeln und andere spitze Gegenstände. Auf kochende Flüssigkeiten und auf Objekte, die schwer und hart genug sind, um damit im Notfall Knochen brechen zu können. Auch die Wohnung in Florenz hatte der Wolf schon am zweiten Tag bis ins Detail analysiert. Wiederholt spielte er die unterschiedlichsten Bedrohungsszenarien durch. Mit einem oder mit mehreren Eindringlingen und mit unterschiedlichen Waffen. Wieder und wieder und wieder. Ich überprüfte, ob es im Falle eines Angriffs möglich wäre, über den Balkon vor dem Wohnzimmer auf die darunterliegende Etage zu gelangen. Zur Wohnung von Dottore Mattei. Prägte mir jedes Detail mehrfach ein. Stellte Bewegungsabläufe nach. Bei jeder sich bietenden Gelegenheit übte ich heimlich mit Francescas Bogen. Mehrfach nahm ich sogar das Samuraischwert von der Wand und betastete prüfend das kalte Metall.

Der Wolf ist gefährlich. Er sieht die Welt um mich herum mit völlig anderen Augen. Wenn ich bei den Uffizien auf meinem Klappschemel saß und eine Porträtzeichnung von einem Touristen anfertigte, vermutete *er* in meinem Gegenüber einen Profikiller, der jederzeit nach seiner Waffe greifen konnte. Während ich verbissen versuchte, mich auf meine Arbeit zu konzentrieren, dachte *er* gleichzeitig darüber nach, wie er sich wirksam zur Wehr setzen konnte. Er entwarf erschreckend brutale Verteidigungsstrategien. Wie zum Beispiel einen Stich mit meinem Bleistift mitten in das direkt vor mir befindliche Auge des Kunden. Wenn sich in einem Restaurant ein Kellner näherte, war der Wolf bereit, aufzuspringen und ihn eiskalt zu töten, ohne Skrupel und mit jeder erreichbaren Waffe. Genau das war auch der Grund, warum ich mich lange Zeit nicht dazu überreden ließ, mir eine Schusswaffe zu besorgen. Weder von Michele noch von meinem kämpferischen Begleiter. »Was willst du tun, wenn sie eines Tages kommen werden, um dich zu holen?«, verhöhnte der Wolf mich oft. »Wie willst du dich und deine Freunde beschützen? Mit einem Schwert etwa oder mit einer Handvoll Pfeile?« Dennoch gab ich seinem Drängen monatelang nicht nach, und das aus gutem Grund. Eine Pistole reagiert bei weitem zu schnell. Mit einer Schusswaffe in der Tasche würde ich den Wolf womöglich nicht mehr rechtzeitig aufhalten können.

Die Sicherheitsmaßnahmen, die ich in der Wohnung traf, wirken rückblickend betrachtet minimal. An einer der Treppenstufen befestigte ich einen unscheinbaren Bewegungsmelder. Gut getarnt und über Bluetooth mit meinem Handy verbunden. Wann immer jemand das erste Obergeschoss passierte, um über die Treppe noch weiter hinaufzusteigen, vermeldete mein Telefon ein kurzes *TOCK*, das an ein Klopfen auf Holz erinnerte. An der Eingangstür brachte ich als zusätzliche Sicherung eine Sperrkette an. Das war alles, und natürlich war es dem Wolf nicht genug. Der Wolf dachte über Sprengfallen nach, über Kontaktgifte, mit Waffen bestückte Geheimfächer und andere Absurditäten, denn der Wolf befand sich ständig im Krieg.

Vermutlich zweifeln Sie spätestens jetzt ernsthaft an meinem Verstand. Ich kann es Ihnen nicht verübeln. Aber keine Sorge! So schlimm, wie es sich anhört, fühlt es sich in Wirklichkeit nicht an. Der Wolf ist nicht etwa eine Halluzination, eine aus einer Ecke des Raumes auf mich einflüsternde Stimme. Der Wolf ist ein Teil von mir selbst. Animalisch und brutal. Mein Alter Ego. Vergleichbar mit einem Totem. Genau genommen meint der Wolf es gut. Mit Sicherheit lauert in jedem von uns so ein Wolf. Sie mögen das für Schwachsinn halten und sich Ihrer eigenen Friedfertigkeit sicher sein, aber spätestens wenn jemand Ihre Familie bedroht oder wenn ein Angreifer mit einer Axt vor Ihnen steht, werden auch *Sie* begreifen: Er ist da.

Mit dem Wolf verhält es sich ähnlich wie mit einem großen Hund. Man muss ihn dauernd kontrollieren. Der Wolf ist nicht gut darin, Gut und Böse zu unterscheiden. Darin liegt seine größte Schwäche. Insofern besteht mein Part in unserem Bündnis hauptsächlich darin, die Leine kurz zu halten und ihn zurückzupfeifen, wenn er vorschnell zu reagieren droht. In friedlichen Zeiten ist das anstrengend. Gleichzeitig war ich mir aber auch immer bewusst, dass ich mich im Falle einer Bedrohung auf ihn verlassen müsste.

Faber und ich, irgendwann während unserer Zeit in Nürnberg:

»Einen Kampf gewinnt in der Regel nicht derjenige, der über die besseren Kampftechniken verfügt.«

»Sondern?«

»Derjenige mit den geringeren Skrupeln. Der nicht zögert, die Regeln zu brechen oder als Erster zuzuschlagen. Der bereit ist, einem unbewaffneten Gegner einen Billardqueue über den Schädel zu ziehen und ihm noch am Boden in die Rippen zu treten.«

(Angewidert) »Aber das ist doch einfach nur noch zum Kotzen!«

»Nicht unbedingt. Wenn Sie sich mit einem Betrunkenen um eine Frau prügeln, dann würde ich Ihnen in diesem Punkt uneingeschränkt zustimmen. Wenn Sie es aber mit mehreren bewaffneten Angreifern zu tun be-

kommen, die Sie ins Jenseits befördern wollen, dann treten alle diese Regeln schlagartig außer Kraft. Verstehen Sie? Alle!«

Der Wolf ist gefährlich. Das war mir schon frühzeitig klar. Aber falls es sich nicht umgehen ließ, würde ich trotzdem nicht zögern, ihn von der Leine zu lassen. Danach würde *er* sich um alles kümmern.

»Bringst du es mir bei?«, fragte ich Francesca eines Tages.

Sie schaute mich misstrauisch an. »Was?«

»Das Stehlen.«

»Wieso? Du verdienst doch mit dem Zeichnen mehr als genug. Um ehrlich zu sein, halte ich das für eine bescheuerte Idee.«

»Aber warum denn? Du stiehlst doch auch.«

»Ja, ich weiß. Aber Michele und ich, wir sind in einem Heim aufgewachsen und hatten keine andere Wahl. Na ja ... sagen wir, fast keine andere Wahl. Jedenfalls gehörte das Stehlen bei uns schon früh zum Alltag. Glaub mir: Ich bin wirklich nicht stolz darauf, mir einen Teil meines Unterhalts mit Diebstählen verdienen zu müssen.«

»Ich will es ja nicht tun. Ich will es nur können.«

»Aber wieso?«

Ich zögerte, ob ich das, was mir durch den Kopf ging, auch wirklich aussprechen sollte. »Francesca, du weißt, ich liebe dich wie verrückt, und wenn es nach mir ginge, würde ich dich und Florenz nie mehr verlassen. Aber es ist trotzdem nicht auszuschließen, dass mich Torrinis Leute eines Tages erneut aufspüren werden. Dann werde ich die Stadt womöglich Hals über Kopf verlassen müssen.«

Ihre Reaktion auf diese Worte werde ich nie vergessen. Dieser fassungslose Blick. So als wäre ihr die Möglichkeit, dass ich sie eines Tages verlassen könnte, noch niemals in den Sinn gekommen. So als hätte ich ihr mit voller Wucht mitten ins Gesicht geschlagen. Noch bevor ich das Gesagte durch irgendeinen Scherz abschwächen konnte, begann sie auch schon zu weinen. Sie stand abrupt auf, verschwand im Bad und schloss sich für zwei Stunden dort ein. Bis heute habe ich keine Ahnung, was ihr in dieser endlos langen Zeit durch den Kopf gegangen sein mag, aber danach schien sie ihre Meinung geändert zu haben, und schon am nächsten Tag begannen wir mit dem Training. Ohne diese quälend langen zwei Stunden jemals wieder zu erwähnen. Nur noch besessen von dem Ehrgeiz, einen guten Taschendieb aus mir zu machen. Rückblickend betrachtet denke ich, sie hat es nur aus Liebe getan. Um mir für die Zukunft optimale Überlebenschancen zu garantieren.

Anfangs übte ich ausschließlich innerhalb der Wohnung. Täglich über mehrere Stunden. Mit ansteigendem Schwierigkeitsgrad. Rucksack → Handtasche → Jacke, Außentasche → Jacke, Innentasche → Hose, Seitentasche. An den ersten Tagen stellte ich mich unglaublich blöd an, doch aufgrund des stundenlangen Trainings blieben Fortschritte nicht aus. Wochenlang bestahl ich Francescas Schaufensterpuppe. Später dann Francesca und Michele. Erst einmal mit deren Wissen und Einverständnis. Abschließend ohne. Zum Beispiel während eines Kusses oder beim gemeinsamen Kochen. Nach vier Monaten nahmen sie mich erstmals zu einem Außeneinsatz mit. Von da an arbeiteten wir öfters als Dreierteam. Meist in Bussen oder Nahverkehrszügen, da ein Taschendieb grundsätzlich auf Körperkontakt angewiesen ist. Lange Zeit übernahm ich fast ausschließlich die Rolle der *Nonna* – des Blockierers. Meine Aufgabe als *Nonna* bestand hauptsächlich darin, die Opfer abzulenken, während der Greifer (meist Francesca) sich die Beute schnappte und sie gleich anschließend an den Schatten (meist Michele) übergab. Später war ich dann selbst der Greifer. Den Moment, als meine Hand erstmals in eine fremde Jackentasche schlüpfte, werde ich niemals vergessen. Mein Puls raste, aber meine Hand blieb dennoch ruhig.

In Florenz nahm ich in meiner Entwicklung eine weitere Hürde. In Florenz wurde ich erstmals kriminell. In der Folgezeit beging ich an die zwanzig Diebstähle. Als schließlich klar war, dass ich das, worauf es ankam, gut genug beherrschte und es auch jederzeit wiederholen konnte, setzte ich mich auf Francescas ausdrücklichen Wunsch umgehend wieder zur Ruhe. Danach versuchte ich mich nur noch gelegentlich an meinen Mitbewohnern und an Francescas männlicher Schaufensterpuppe.

Am 18. April 2015 starben bei einem Bootsunglück im Mittelmeer über siebenhundert Menschen. Ein völlig überladenes Fischerboot hatte mehr als hundert Kilometer von der libyschen Küste und etwa zweihundert Kilometer von Lampedusa entfernt einen Notruf abgesetzt. Als sich ein portugiesischer Frachter daraufhin den in Seenot geratenen Flüchtlingen näherte, geriet der Kapitän des Fischkutters in Panik und verursachte eine fatale Kollision, woraufhin die verängstigten Menschen alle zur selben Seite drängten und das überfüllte Boot kenterte. Es war die bislang größte Flüchtlingskatastrophe auf dem Mittelmeer überhaupt.

Für jemanden wie mich, der einen beträchtlichen Teil der Jahre 2014 und 2015 in Italien zugebracht hat, waren Meldungen über tote und vermisste Flüchtlinge fast schon normal. Während sich die nördlicher gelegenen Staaten mit diesem Problem noch nicht wirklich auseinandersetzen mussten, drängten sich auf Lampedusa oft Tausende von Menschen, und der Rest Europas ließ die italienische Regierung mit der Lösung der Krise allein. In Italien allerdings war es damals kaum möglich, beim

Frühstück eine Zeitung aufzuschlagen, ohne sich mit dem Flüchtlingsthema auseinandersetzen zu müssen.

Im Vergleich zu diesen bedauernswerten Menschen kamen mir meine eigenen Probleme wie Luxusprobleme vor. Ich lebte in einer schönen Wohnung, gemeinsam mit einem guten Freund und einer Frau, die ich liebte, ein fast schon sorgloses Leben. Das Zeichnen brachte mir so viel Geld ein, dass es seit meiner Ankunft in Florenz kein einziges Mal notwendig gewesen war, irgendwo Geld von einem Bankautomaten abzuheben. Insofern hätte ich noch nicht einmal sagen können, ob mir das LKA meine monatlichen Alimente auch weiterhin überwies oder ob es seine Zahlungen längst eingestellt hatte. Zudem stellte ich überrascht fest, dass das in Aktien investierte Geld innerhalb von nur zwei Jahren seinen Wert verdreifacht hatte. Die Boatpeople dagegen ertranken zu Tausenden oder harrten zusammengepfercht in Flüchtlingslagern aus – mit ungewisser Zukunft und unbestimmtem Ziel. Ich war wie sie auf der Flucht, aber uns trennten dennoch Welten.

Trotzdem gab es Tage, an denen ich mich selbst bedauerte. Nur wegen eines einzigen Details, das für mich unerreichbar schien. Ich mochte reicher und privilegierter sein als sie und auch willkommener und bereits voll integriert. Aber während sie die Chance hatten, es vielleicht tatsächlich zu schaffen und eines Tages irgendwo Asyl zu erhalten und bleiben zu dürfen und sich sicher zu fühlen, hatte ich diese Chance ganz eindeutig nicht.

Ganz gleich, wohin ich auch fliehen und was ich tun und über welche finanziellen Mittel ich verfügen würde: Ich würde mich bis zu meinem Tod nie wieder sicher fühlen können. Und wenn das jetzt auch vermessen und merkwürdig klingen mag: In Momenten, in denen mir das klarwurde, beneidete ich sie schon fast und hätte vor Verzweiflung aufschreien können, und dann wäre ich gern einer von ihnen gewesen, entwurzelt, gedemütigt und traumatisiert, verängstigt auf einem schwankenden Boot sitzend, aber zumindest mit der (wenn auch winzigen) Chance auf ein glückliches Ende.

Das letzte Mal, als ich Francesca sah, trug sie ein umwerfend geschnittenes Kleid mit einem zarten Blumenmuster. Wenn Sie sich Francesca vorstellen wollen, dann denken Sie an eine dunkelhaarige Frau mit wilden kurzen Haaren. Mit Augen, in die man nicht hineinblicken kann, ohne dass es auf zarte Weise schmerzt. Ich weiß, das hört sich theatralisch an, aber die Liebe ist letztlich immer theatralisch, und wenn es jemandem zusteht, so über Francesca zu sprechen, dann mit Sicherheit mir.

An jenem Tag wirkte ihre Stimmung gedrückt. Wenige Stunden zuvor hatte sie erfahren, dass die Frau, die Michele und sie als Kinder in Pflege genommen hatte und für die sie beide wie für eine Großmutter empfanden, überraschend erkrankt im Sterben lag. Aus diesem Grund wollten sie so schnell wie möglich nach Neapel. Um Abschied zu nehmen. Aber die Erkrankung ihrer Pflegemutter war nicht der einzige Grund. Schon Tage zuvor hatten Francesca und Michele sich mehrfach heftig gestritten. Was ungewöhnlich war. Nicht kurz und aufflammend mit darauffolgender Versöhnung, wie es bei Italienern an der Tagesordnung ist. Sondern hart und verletzend mit unverkennbaren Folgen. Manchmal wechselten sie über Stunden kein Wort, sondern gingen sich verbittert aus dem Weg. In die Gründe ihres Streits weihten mich die beiden nicht ein. Was gleichfalls ungewöhnlich war. Meines Wissens ging es um Geld. Anscheinend hatte Michele einen Glückstreffer gelandet und war nach dem Diebstahl eines Autoschlüssels im Kofferraum des Wagens auf eine Tasche voller Geldscheine gestoßen. Tags darauf hatte er sich eine neue Stereoanlage gekauft, was prompt den ersten Streit auslöste. Francesca hatte ihn mehrfach gebeten, die Beute eine Zeitlang nicht anzurühren, aber Michele hatte – für ihn nicht untypisch – dem Drang nicht widerstehen können. Als er für Neapel packte, ertappte ich ihn zufällig dabei, wie er eine Plastiktüte zwischen die Kleidungsstücke schob. Er wirkte kurz verlegen, doch dann zwinkerte er mir verschwörerisch zu.

Francesca hatte es mit Michele sicherlich nicht leicht. Obwohl er längst erwachsen war, fühlte sie sich nach wie vor für ihn verantwortlich. Was wiederum ihn regelmäßig nervte. Dass sie dauerhaft zerstritten bleiben könnten, hielt ich dennoch für ausgeschlossen. Sie würden sich gewiss schon bald wieder versöhnen.

»Wie lange werdet ihr bleiben?«, wollte ich wissen.

Francesca hob müde die Schultern. »Keine Ahnung. Vielleicht für ein paar Tage. Vielleicht auch für länger. Das hängt davon ab, wie es um Carla steht.«

Abgesehen von dem Tag, als ich sie darum bat, mir das Stehlen beizubringen, hatte ich sie noch niemals zuvor so traurig gesehen.

»Ich vermisse dich schon jetzt«, sagte ich leise.

Sie lächelte. Zum Abschied nahm sie mich zärtlich in den Arm und hielt mich minutenlang fest. So als ahnte sie voraus, dass wir uns nicht mehr wiedersehen würden. Wenn ich heute an sie denke, sehe ich sie immer genauso vor mir. Traurig lächelnd, fast schon verloren. In einem Kleid mit Blumenmuster.

Sie kamen mitten in der Nacht.

Kurz nach zwei Uhr morgens signalisierte mir der Bewegungsmelder mit einem leisen *TOCK* eine Bewegung im Treppenhaus. In den vergangenen Monaten hatte mich das Gerät wiederholt grundlos alarmiert, womöglich fälschlicherweise ausgelöst durch irgendein Insekt, aber ich konnte es mir dennoch nicht leisten, nachlässig zu sein. Obwohl ich erst nach Mitternacht eingeschlafen war, war ich sofort hellwach. Schon während ich die Beine über die Bettkante schwang, klopfte das Handy erneut. TOCK. Zwei! Ein Fehlalarm war das jedenfalls nicht! Ich schlüpfte leise in meine Hose, suchte in der Dunkelheit nach meinem T-Shirt und zog es mir über den Kopf. Dann griff ich mir Francescas Sportbogen und streifte mir den Köcher mit den Pfeilen über die Schulter.

TOCK.

Drei? Bekam ich es mit einem Sondereinsatzkommando zu tun?

Mit laut pochendem Puls schlich ich in den Flur und weiter in die Küche, wo sich gleich neben der Tür der Sicherungskasten befand. In dem Raum roch es intensiv nach angebratenen Zwiebeln, und ich registrierte irritiert, dass mein Magen knurrte.

TOCK, tönte es leise aus Francescas Zimmer. Vier! Warum hatte ich Trottel mich nicht doch zu einer Schusswaffe überreden lassen?

Entweder werde ich gleich verhaftet, oder ich werde sterben, dachte ich bitter.

In der Küche war es stockfinster. Zum Glück hatte ich derartige Szenarien wiederholt mit geschlossenen Augen geübt. Deswegen fand ich den Schalter für die Hauptsicherung mühelos auch blind. Die Dunkelheit würde mir bei dem, was mir bevorstand, womöglich Vorteile verschaffen, und bei derart vielen Angreifern konnte jeder noch so kleine Vorteil lebensverlängernd sein. Es sei denn, mein Besuch trug Nachtsichtgeräte, und sollte sich im Treppenhaus ein SEK anschleichen, so war dies zweifellos der Fall.

Nachdem ich den Hauptstromkreis unterbrochen hatte, schlich ich auf Zehenspitzen zu der großen Palme in der Mitte des Raums. Ich griff mit der linken Hand in den Pflanzenkübel, verschmierte feuchte Erde auf Hals und Händen und abschließend gründlich in meinem Gesicht. Das T-Shirt, das ich mir eilig übergezogen hatte, war glücklicherweise schwarz. In Kombination mit einer dunklen Jeans und der Schlammschicht auf meiner Haut war ich in der Dunkelheit so gut wie unsichtbar. Ich schob meinen Kopf langsam durch den Türrahmen und spähte mit angehaltenem Atem den Flur entlang. Die Wohnungstür konnte ich in der Dunkelheit gerade noch erahnen, hinter der Buntglasscheibe jedoch war nichts zu sehen als undurchdringliche Schwärze. Wer auch immer sich da draußen befand, hatte bewusst darauf verzichtet, die Treppenhausbeleuchtung einzuschalten. Ein harmloser Besuch war das mit Sicherheit nicht!

Kein weiteres *TOCK*! Vier Mann also! Zu viel für eine vorzeitige Rückkehr meiner Mitbewohner, zu wenig für ein Sondereinsatzkommando der italienischen Polizei. Aber konnte ich mir in diesem Punkt auch wirklich sicher sein? Nicht auszudenken, wenn ich versehentlich die Falschen töten würde. Oder diese mich, was mir um einiges wahrscheinlicher erschien, denn waren es Polizisten, dann wären sie vermutlich nicht nur mit Nachtsichtgeräten ausgestattet, sondern auch mit Blendgranaten und anderen Überraschungen. Obwohl! Bei Italienern weiß man nie.

Ich überdachte sorgfältig die strategische Ausgangssituation – überrascht von der analytischen Gelassenheit in meinem Kopf. Vor mir erstreckte sich bis zur Wohnungstür der dunkle Flur, in Kopfhöhe versperrt von der Holzplatte mit der Zielscheibe aus Stroh. Weiter hinten im Flur stand am Boden eine kleine batteriebetriebene Nachtleuchte, die über einen Bewegungsmelder eingeschaltet wurde. Eine Idee von Francesca, um sich nachts auf dem Weg zum Badezimmer und zurück zurechtzufinden, ohne deswegen gleich die Flurlampe anknipsen zu müssen. Links gingen nacheinander Türen zur Küche und zum Badezimmer ab, rechts die Türen zum Wohnraum und zu Micheles Zimmer, welche wiederum durch eine Durchgangstür miteinander verbunden waren. Wenn ich die Eingangstür der Wohnung erreichen wollte, ohne das

Nachtlicht auszulösen, blieb mir somit nur der Weg durch die Räume zu meiner Rechten.

Ich durchquerte gebückt den Flur, huschte ins Wohnzimmer und von dort aus durch die Verbindungstür hinein in Micheles Reich. Durch die Fenster sickerte von der Straße aus gerade so viel Licht herein, dass ich die Silhouette von Lara Croft erkennen konnte. Die Tür zum Flur stand offen. Um völlige Geräuschlosigkeit bemüht, bewegte ich mich vorsichtig durch den Raum. Vom Türrahmen aus war es mir erstmals möglich, seitlich durch die Scheibe der Wohnungstür zu spähen. Weiter unten im Treppenhaus war durch das Glas hindurch ein schwacher Lichtschein auszumachen, welcher aufgeregt hin und her zu hüpfen schien. So langsam wie nur möglich zog ich Micheles Zimmertür ins Schloss. Bei Zugluft fielen die Türen häufig zu, weswegen er genervt zwei Keile aus Hartgummi besorgt hatte, um sie bei Bedarf blockieren zu können. Irgendwo da unten in der Dunkelheit des Fußbodens musste einer von ihnen liegen. Schon bald fanden meine Finger, wonach sie hektisch suchten. Ich tastete nach dem Spalt unterhalb der Tür und drückte den Keil mit aller Kraft hinein.

Tempo, Tempo, trieb ich mich in Gedanken an und beeilte mich, zurück in den Wohnraum zu kommen. Im Durchgang drehte ich mich noch einmal kurz um. Lara Croft stand bewegungslos in der Mitte des Raums, die Mündung ihrer Waffe konzentriert auf die mit dem Keil gesicherte Tür ausgerichtet. Dann ging ich leise zurück zum Flur, von wo aus ich regungslos die Eingangstür beobachtete.

Nach kurzer Zeit war durch die Scheibe hindurch das

unruhige Hin und Her der Taschenlampe zu erkennen. Sekunden später vernahm ich ein leises Klicken. Die Tür wurde einen Spalt weit geöffnet. Flüstern. Vermutlich hatten sie die Sicherungskette bemerkt. Ich beugte mich behutsam zur Seite, gerade so weit, dass ich an der Holzplatte vorbei den Eingang erkennen konnte, und zog langsam einen Pfeil aus dem Köcher. Ich dachte an Ruths Prophezeiung. Dass ich als runzliger Greis sterben würde. Sollte ich diese Nacht überleben, wäre ich allmählich geneigt, ihr Glauben zu schenken.

Ruhig bleiben! Jetzt bloß nicht die Nerven verlieren!

Wenn sie Nachtsichtgeräte trugen, war ich ohnehin erledigt. Falls nicht, so hatte ich vielleicht trotz allem eine Chance. Wie hoch, hing nicht zuletzt von ihren Waffen ab. Ich war mir immer noch unsicher. Waren die Typen auch wirklich keine Bullen? Als sie die Kette durchtrennten, hörte ich ein kurzes metallisches Knirschen, gefolgt von dem leisen Klackern der herunterfallenden Kettenenden. Unmittelbar danach schwang die Tür langsam auf, und im fahlen Licht der Taschenlampe erkannte ich eine Hand, die eine Pistole mit Schalldämpfer hielt. Dann einen Kopf. Offenbar ohne Kopfbedeckung! Und ohne auffällige Auswüchse!

Schalldämpfer! Hundertprozentig keine Polizeibeamte! Ein Killerkommando! Aber immerhin ohne Nachtsichtgeräte!

Sie schoben sich lautlos in den Flur, vier Männer in dunkler Kleidung und alle mit Schusswaffen in den Händen. Als sich auch der Letzte von ihnen innerhalb der Wohnung befand, schloss er lautlos die Tür. Der Lichtkegel der Taschenlampe richtete sich auf die Türöffnung des Badezimmers. Der Mann, der die Wohnung als Erster betreten hatte und in dem ich den Anführer vermutete, flüsterte etwas und schüttelte kaum sichtbar den Kopf. Dann richtete er die Taschenlampe auf den Lichtschalter. Ein zweiter, auffällig dicker Schatten näherte sich Micheles Zimmer. Die beiden anderen schienen sich vorsichtig nach vorn zu bewegen, mit den Waffen im Anschlag und in die Dunkelheit zielend. So als würden sie ahnen, dass ich dort irgendwo auf sie wartete. Sie liefen blind auf die in der Luft schwebende Holzplatte zu. Bisher hatten sie es vermieden, den Lichtstrahl auf den hinteren Teil des Flurs auszurichten. Um niemanden versehentlich zu wecken.

Mir war längst klar, was sie vorhatten. Sie würde koordiniert vorgehen. Ihr Anführer würde den Lichtschalter drücken. Gleichzeitig würde der Dicke Micheles Zimmertür aufreißen und auf alles schießen, was sich bewegte. Währenddessen würden die beiden anderen durch den Flur stürmen und sich um die hinteren Zimmer kümmern. So weit der Plan.

Was für ein unglaublicher Glücksfall, dass Francesca und ihr Bruder gerade jetzt nach Neapel gefahren waren! Der Anlass ihrer Reise war fraglos traurig, aber indirekt würde ihre todkranke Pflegemutter ihnen das Leben retten. Für mich war der Gedanke, sie in Sicherheit zu wissen, fast schon befreiend. Wahrscheinlich würde ich gleich sterben, aber zumindest starb ich allein und hatte nicht auch noch den Tod meiner Freunde zu verantworten.

Mach jetzt bloß nicht schlapp!, knurrte irgendwo in meinem Kopf der Wolf.

Er hat recht, stimmte ich ihm schweigend zu. *Ich darf mich auf keinen Fall vorzeitig geschlagen geben.* Mit aller Kraft spannte ich die Sehne des Bogens.

»Los!«, hörte ich den Anführer flüstern, und auf sein Stichwort setzten sich alle synchron in Bewegung. Er selbst drückte den Lichtschalter, der Dicke die Türklinke, und auch die zweiköpfige Vorhut lief zielbewusst nach vorn.

Im selben Moment übernahm der Wolf die Kontrolle.

Steht man gleich mehreren Gegnern gegenüber, so ist die Reihenfolge, in der man vorgeht, von entscheidender Bedeutung. Hätte ich den Pfeil auf den Mann am Lichtschalter abgeschossen, so wäre das mit Sicherheit fatal gewesen, denn er war gerade noch beschäftigt und stellte fürs Erste keine Bedrohung für mich dar. Stattdessen konzentrierte ich mich auf den rechten der beiden Stürmer, der – als anstelle des Flurlichts nur das kleine Nachtlicht am Boden Helligkeit verströmte – abrupt stehen blieb und verblüfft auf die unmittelbar vor ihm auftauchende Holzplatte zielte. Micheles Tür stöhnte unter dem Druck des Dicken krachend auf. Der Anführer der Gruppe fluchte. Dies alles innerhalb einer einzigen Sekunde. Ich zielte genau auf den Hals. Wenn man es mit einer Gruppe bewaffneter Angreifer aufnehmen will, hat man auch in diesem Punkt keine Wahl. Als ich die Sehne losließ, war ein kurzes Zischen zu hören, gefolgt von einem lauten Schmatzen und Krachen, als die Metallspitze Muskeln und Knochen durchschlug. Der Killer stieß ein Geräusch aus, das klang, als würde er Schleim hochwürgen, und fiel wie ein Sack um. Als er hart auf dem

Steinboden landete, konnte man deutlich den Schaft des Pfeiles brechen hören.

Einige Sekunden lang herrschte am anderen Ende des Flurs ungläubige Stille, was mir ausreichend Zeit ließ, um den nächsten Pfeil aus dem Köcher zu ziehen. Dann brach im Flackerlicht die Hölle los.

»In Deckung«, schrie der Anführer. Dank des Nachtlichts waren ihre Umrisse für mich gut zu erkennen, während ich im hinteren Teil des Flurs noch immer mit dem Türrahmen verschmolz.

»Heilige Scheiße! Wieso? Was ist passiert?«, keuchte der Dicke und zog ebenfalls eine Taschenlampe aus der Tasche.

Währenddessen warf sich der zweite Stürmer flach auf den Bauch und robbte rückwärts auf das Badezimmer zu. Ich hielt die Sehne bereits gespannt, zögerte aber noch. Die mitten im Flur schwebende Holzplatte schränkte meine Schussmöglichkeiten deutlich ein. Vielleicht war es ja überhaupt nicht notwendig, sie zu töten. Vielleicht suchten sie ja geschockt ihr Heil in der Flucht.

Bist du irre?, schimpfte der Wolf. *Bring sie um! Bring sie alle um!*

Die Lichtkegel der Taschenlampen waren inzwischen auf den Toten gerichtet. Seine verzerrten Züge und die weit aufgerissenen Augen boten angestrahlt einen furchterregenden Anblick. Der Pfeil steckte mitten in seiner Kehle und war nicht zu übersehen. Nahezu gleichzeitig rissen alle drei ihre Waffen nach oben und begannen, wie wild in die Dunkelheit zu feuern. Überall um mich herum splitterte Holz, und an mehreren Stellen löste sich krachend Verputz von den Wänden. Von den Schüssen selbst war wegen der Schalldämpfer nur ein metallisches Klicken zu hören, die Einschläge der Kugeln jedoch verursachten einen höllischen Lärm. Mehrere Geschosse trafen die Holzplatte und versetzten sie in heftige Schwingungen. Ich schaffte es trotzdem noch, den nächsten Pfeil zu verschießen, allerdings inmitten einer hektischen Ausweichbewegung. Fast gleichzeitig hörte ich den Dicken aufschreien, war mir aber nicht sicher, wo ich ihn getroffen hatte.

»Verflucht! Wo steckt der Wichser?«, hörte ich jemanden fragen. Ein starker neapolitanischer Akzent. Von den beiden anderen Stimmen deutlich abgrenzbar. Der dritte Mann. Draußen im Flur tanzten inzwischen drei Lichtkegel umher und streiften in raschem Wechsel die verschiedenen Türöffnungen.

»Ich glaube, er ist im zweiten Raum links«, stöhnte der Dicke – eindeutig verletzt. »Da hat sich etwas bewegt.«

»Hat es dich schlimm erwischt?«, erkundigte sich der Anführer, welcher der Aussprache nach aus der Gegend stammte.

»Reicht ein Pfeil im Bein für *schlimm erwischt* aus?«, erwiderte der Gefragte bissig. Offenbar konnte die Verletzung seinem Humor nichts anhaben. Auch er sprach fast ohne Dialekt, schien also ebenfalls aus der Toskana zu stammen. »Für wen hält sich dieser Arsch? Für Robin Hood?«

»Wieso geht das Licht nicht an?«, fragte der Mann aus Neapel.

»Er hat die Sicherung gekappt«, erklärte der Chef. »Wir müssen den verfluchten Sicherungskasten finden.«

»Tolle Idee!«, schimpfte der Dicke. »Du machst mir Spaß! Und wie sollen wir das anstellen?«

Ich drückte mich außer Sichtweite an den Türrahmen des Wohnzimmers. Die Lichtkegel der Taschenlampen huschten in atemberaubendem Tempo hin und her. Sie ließen keine der Türen länger als eine Sekunde unbeaufsichtigt. Es zu riskieren, einen weiteren Pfeil abzuschießen, lief unter diesen Bedingungen auf Selbstmord hinaus. Ich atmete einmal tief ein. Dann ließ ich meinen Kopf kurz hinaus in den Flur und sofort wieder zurück schnappen. Gerade rechtzeitig, denn ich kollidierte prompt mit einem Lichtkegel. Als ich mein Gesicht blitzartig wieder aus der Schusslinie brachte, zersplitterte unmittelbar neben mir der Türrahmen. Wieder mit einem lauten Krachen. Falls Mattei nicht taub war, musste er das hören. Die Frage war nur, welche Schlüsse er daraus zog. Hoffentlich beging er nicht den Fehler, nach dem Rechten schauen zu wollen. Hatten die Bewohner der gegenüberliegenden Häuser vielleicht ebenfalls etwas gehört? Nicht auszuschließen. Bis auf das Fenster in Francescas Zimmer hatte ich allerdings alle anderen Fenster über Nacht geschlossen.

Soweit ich es innerhalb des kurzen Moments hatte erkennen können, hatten sich der Anführer und der Neapolitaner ins Badezimmer geflüchtet. Zumindest hoffte ich, dass es so war, denn draußen im Flur hatte ich keinen von beiden gesehen. Der Dicke dagegen saß verletzt am Boden. Er drückte sich mit dem Rücken an Micheles Zimmertür und versuchte, so gut es ging die Deckung des Türrahmens auszunutzen.

»He, Scheißkerl«, rief mir der Anführer zu. »Wo stecken die anderen?«

»Verreist und weit weg«, antwortete ich ruhig. »Wenn ihr schlau seid, macht ihr es ihnen möglichst schnell nach.«

Er lachte ein heiseres Lachen. »Ich fürchte, das wird leider nicht möglich sein. Du scheinst ein paar mächtige Leute extrem verärgert zu haben. Wenn wir jetzt einfach gingen, wären diese Leute auch sauer auf *uns.* Was das langfristig für uns bedeuten würde, kannst du dir sicherlich denken.«

»Klar. Darin bin ich Experte.« In der Wohnung war es drückend heiß. Der Schweiß lief mir in dicken Tropfen über die Stirn und tropfte geräuschlos zu Boden.

»Du hast einen merkwürdigen Akzent. Bist du Ausländer?«

»Als ob du das nicht wüsstest«, gab ich bissig zurück. Was sollte die Frage? Versuchte er, Zeit zu gewinnen? Er schien nachzudenken. Vermutlich suchte er nach Möglichkeiten, um doch noch an mich heranzukommen.

»Weißt du«, sagte er schließlich, und seine Stimme klang scharf wie ein Rasiermesser. »Wenn ein Irrer mit einem Bogen auf vier mit Pistolen bewaffnete Profis trifft, hat er nicht den Hauch einer Chance. Oder siehst du das anders?« Als ich nicht antwortete, fuhr er nach kurzem Schweigen fort: »Es sei denn, er hat die Dunkelheit auf seiner Seite.«

»Ihr seid nicht mehr zu viert«, stellte ich klar.

Was sollte das Gelaber? Wollte er mich ablenken, während sich einer der anderen durch den Flur hindurch anschlich? Ich konzentrierte mich auf jedes noch so kleine Geräusch, doch es war nichts Verdächtiges zu hören. Minutenlang blieb es in der Wohnung unheimlich still. Selbst der Dicke hatte aufgehört zu stöhnen. *Vielleicht sollte ich einfach die Polizei anrufen,* dachte ich, aber mir fiel ein, dass ich das Handy in Francescas Zimmer zurückgelassen hatte.

Draußen im Flur war plötzlich ein schabendes Geräusch zu hören, und ein Einmachglas mit einer brennenden Kerze rutschte bis fast vor meine Tür. Im selben Moment wurde mir klar, dass ich etwas Wesentliches übersehen hatte. Francesca liebte es zu baden. Im Badezimmer, wo zwei der Killer Deckung gesucht hatten, stand eine freistehende Badewanne mit Löwenfüßen. Dort hatte sie mindestens dreimal pro Woche gesessen, inmitten von Schaum und angeleuchtet von Dutzenden von Kerzen und Teelichtern, die in kleinen Einmachgläsern standen und bizarre Muster an die Wände zauberten.

»Es geht doch nichts über eine romantische Zimmerbeleuchtung«, frotzelte der Chef.

Kurz darauf folgten ein weiteres Glas und dann noch ein drittes. Immer seitlich an den Teppichen vorbei. Als würden sie Curling spielen. Er lachte böse. »Sieht fast so aus, als würde dein Vorteil schwinden.«

Draußen im Flur war es inzwischen hell genug, um auch ohne Taschenlampe ausreichend zu sehen, um einen gezielten Schuss abzugeben. Wenn es ihnen jetzt noch gelänge, die Tür zu Micheles Zimmer aufzubrechen, würden sie mich von zwei Seiten in die Zange nehmen können. In diesem Fall wäre ich so gut wie erledigt. Ich löste mich lautlos aus meiner Position, schlich zur Durchgangstür und betrat extrem langsam das dahinterliegende Zimmer. An die Tür zum Flur gelehnt saß wahrscheinlich immer noch der Dicke. Vermutlich hielt er seine Waffe auch weiterhin auf die Wohnzimmertür gerichtet, genau auf die Stelle, von der aus ich die zwei Pfeile verschossen hatte. Hochkonzentriert, trotz des Blutverlusts und der Schmerzen, die ihn quälten.

In der Dunkelheit des Raums erkannte ich an der Wand über dem Schreibtisch das Samuraischwert. Daneben den Morgenstern. Die Metallkugel war riesig, und die aus ihr herausragenden Zacken wirkten furchterregend. Behutsam hob ich die Waffe aus ihrer Verankerung. Dann schlich ich auf Zehenspitzen zur Tür und legte mein Ohr dort auf, wo ich den Kopf meines verletzten Gegners vermutete. Tatsächlich hörte ich ihn durch das Holz hindurch stoßweise atmen. Dass die beiden Räume miteinander verbunden waren, konnte er natürlich nicht wissen. Dennoch war es leichtsinnig von ihm, hinter der blockierten Tür keine Bedrohung zu vermuten. Ich versuchte, mir die Position seines Kopfes einzuprägen, und stellte mich seitlich neben den Türrahmen.

Das kannst du nicht tun … der Typ ist bereits verletzt, schoss es mir durch den Kopf.

Ach was! Leg ihn um!, insistierte der Wolf.

»Was ist los? Hat es dir die Sprache verschlagen?«, hörte ich den Anführer im Flur misstrauisch fragen.

Wenn sie Verdacht schöpften, würde mein Vorhaben scheitern. Wie ich inzwischen wusste, hatte Michele die altertümliche Waffe für teures Geld bei einem Antiquitätenhändler erstanden. Ich konnte nur hoffen, dass das Teil auch funktionierte. Was auch immer *funktionieren* in diesem Fall hieß. Ich biss die Zähne zusammen, holte weit aus und schlug mit voller Wucht zu.

Böte sich mir die Möglichkeit, ein paar Szenen aus meinem Leben dauerhaft vergessen zu können, dann zählte dieser Schlag mit Micheles Morgenstern mit Sicherheit dazu. Im Gegensatz zu der mächtigen Tür am Wohnungseingang waren die anderen Türen dünn. Die Eisenkugel drang krachend durch das Holz, als sei es nichts weiter als Pappe. Und durch alles, was dahinter lag, auch.

»Dio mio!«

Wer glaubt, dass Killer nicht verzweifelt aufschreien könnten, der täuscht sich. Das ist auch nur so ein billiges Klischee. Als der Morgenstern mit einem hässlichen Krachen den Schädel seines Kollegen zertrümmerte, klang die Stimme des Anführers, als stünde er kurz davor, zu kollabieren oder sich weinend auf den Flurboden zu übergeben. Aber er blieb trotz allem ein Profi.

»Schieß auf die Tür!«, hörte ich ihn fast schon hysterisch kreischen.

Fast gleichzeitig taten sich im Holz laut klopfend ein halbes Dutzend weiterer Löcher auf. Ich warf mich gerade noch rechtzeitig zur Seite, im Gegensatz zu Lara Croft, die getroffen wurde, bedrohlich schwankte und umzustürzen drohte. Wenig später hörte ich im Wohnzimmer Glas über den Steinboden schlittern, und mir war klar, was das bedeutete.

Echt nicht dumm, dachte ich. Er hatte den Tod seines Kumpels eiskalt dazu benutzt, zur Wohnzimmertür zu sprinten und seine strategische Position entscheidend zu verbessern. Mit großen Schritten rannte ich auf die

Durchgangstür zu und warf sie laut ins Schloss. Prompt durchschlugen auch hier mehrere Kugeln das dünne Holz. Der Keil! Wo war der verdammte Keil? Es dauerte endlos lange, bis ich ihn in der Dunkelheit des Fußbodens endlich zu fassen bekam. Erleichtert schob ich ihn unter die Tür.

Das war's dann wohl!, dachte ich bitter.

Inzwischen erschien mir meine Situation schier aussichtslos. Ein gerissener Gegner wie er wäre bestimmt nicht so dumm, einfach so in den Raum zu stürmen und mir ein leichtes Ziel zu bieten. Hinter der Tür zum Flur wiederum lauerte der Mann aus Neapel und wartete nur darauf, dass ich mich zeigen würde. Mein Handy lag noch immer neben dem Bett in Francescas Zimmer. Blieb nur noch ein Sprung aus dem Fenster, denn der große Balkon, über den man nach unten klettern konnte, war nur vom Wohnzimmer aus zu erreichen. Wenn ich es schaffte, flach mit dem Rücken auf einem Wagendach aufzuschlagen, hatte ich vielleicht eine gewisse Chance, den Sprung zu überstehen. Aber würde ich es auch schaffen, mich irgendwo zu verkriechen, bevor die beiden von oben herab das Feuer auf mich eröffneten? Oder sollte ich einfach laut um Hilfe rufen? Es war fast schon Pech, dass noch keine Kugel das Fenster durchschlagen und das gegenüberliegende Wohnhaus getroffen hatte. Vielleicht hatte ja auch Dottore Mattei, alarmiert von dem Lärm, längst die Polizei verständigt. Was aber, wenn er stattdessen nach oben käme und von der Wohnungstür aus meinen Namen riefe? Dann würde er mit Sicherheit sterben.

Verdammt!

Im selben Moment hatte der Anführer offensichtlich

den Sicherungskasten gefunden, denn jenseits der beiden Zimmertüren wurde es schlagartig hell. Durch die Einschusslöcher drang Licht in den Raum, dünne Lichtkegel, die sich wie Mikadostäbe zu einem ästhetischen Gitter vereinten. Ich schaute auf die Tür zum Flur. In Hüfthöhe klaffte ein zerfleddertes Loch, dahinter waren Haare und Knochen zu erkennen. Dort saß noch immer der Dicke, mit dem Rücken an das durchlöcherte Holz gelehnt. Ob er noch die Pistole in der Hand hielt? Ich robbte langsam in seine Nähe und zog vorsichtig an dem Keil. Schräg hinter mir konnte ich deutlich hören, wie sich quietschend die Klinke der Durchgangstür bewegte. Wenig später hörte ich ein Klicken, eindeutig das Geräusch eines sich öffnenden Klappmessers. Dann ein Schaben von Metall auf Stein. Der Kerl war schlau. Er versuchte, den Keil zu finden. Mir blieb nicht mehr viel Zeit. Ich lief eilig zum Schreibtisch, nahm den runden Eisenschild von der Wand, trat rechts neben die Tür zum Flur und ging tief in die Hocke. Hinter mir erneut ein kaum hörbares Schaben.

Du schaffst das, knurrte trotzig der Wolf. Entschlossen zog ich an der Klinke und riss die Tür ruckartig auf. Jetzt, in der Helligkeit waren die Verletzungen der Schädeldecke deutlich zu erkennen. Der Knochen war eingedrückt, und aus den Öffnungen drang Hirnmasse ins Freie. Der Dicke kippte leblos nach hinten, auf dem Boden neben seiner Hand die Pistole. Der Neapolitaner, der nach wie vor im Badezimmer stand und die Tür vermutlich keine Sekunde aus den Augen gelassen hatte, reagierte sofort. Allerdings – wie ich gehofft hatte – falsch. Was er nämlich von seiner Position aus sah, war ein dunkler Raum und der Schatten einer Frau, welche eine riesige Pistole auf ihn richtete. Während er in Verkennung der Situation mehrere Schüsse auf Lara Croft abfeuerte, warf ich mich nach vorn auf den Bauch (– auf meinen und den des Toten!), hielt mit der Linken schützend den Schild vor mich und griff mit der Rechten beherzt nach der Waffe. Mein Gegner schaffte es zwar noch, die Pistole nach unten zu reißen und dem Eisenschild einen harten Treffer zu verpassen, der sich schmerzhaft in mein Handgelenk fortpflanzte. Doch dann war auch schon ich am Zug. Vorbei am rechten Rand meiner eisernen Deckung legte ich auf ihn an. KLICK. *KLICK*. Die erste Kugel durchschlug die Nase, die zweite sein rechtes Auge. Einen Moment lang stand er ungläubig da, völlig steif, als hätte er einen Stock verschluckt, dann kippte er nach hinten und landete krachend auf den Badezimmerfliesen.

Genau in der gleichen Sekunde bewegte sich die Klinke der Durchgangstür erneut. Ohne Zeit zu verlieren, sprang ich auf die Füße. Ich nutzte den gleichen Trick, den ich von meinem Gegner erst kurz zuvor gelernt hatte. Wenn er sich gerade jetzt an der Durchgangstür befand, war der Flur zwangsläufig clean! Ohne zu zögern, drückte ich mich an der Holzplatte mit der Zielscheibe vorbei, lugte vorsichtig ins Wohnzimmer und fand ihn tatsächlich dort vor, wo ich ihn vermutet hatte. Die Waffe in der Rechten, öffnete er gerade langsam die Tür.

»Falsche Richtung«, sagte ich, die Pistole genau auf seinen Rücken gerichtet.

»Scheiße«, fluchte er leise.

Wie ich es erwartet hatte, warf er sich dennoch herum.

Er war schnell. Aber das war ich auch. Schon als er zu der Bewegung ansetzte, drückte ich den Abzug, und während seine Augen noch panisch nach ihrem Ziel suchten, traf ich ihn einmal in die Seite und zweimal genau in die Brust.

An die Angst in seinen Augen kann ich mich bis heute erinnern.

Auf die letzten Stunden in Florenz bin ich mit Sicherheit nicht stolz.

Nachdem ich mich nochmals davon überzeugt hatte, dass sämtliche Angreifer tot waren (und das waren sie zweifellos!), ging ich hinunter ins erste Obergeschoss und klingelte an der Tür von Dottore Mattei. Schon nach wenigen Sekunden öffnete er mir die Tür, mit einem dunkelroten Pyjama bekleidet, und starrte mich ungläubig an.

»Um Gottes willen, Herr Scheible, was ist passiert? Was war das für ein Lärm? Sind Sie verletzt?«

Er senkte prüfend seinen Blick, von meiner Brust über den Bauch bis hinunter zu den Füßen, und ich tat es ihm gleich. Alles voller Blut. Was kein Wunder war, da ich mich bäuchlings auf einem Toten herumgewälzt hatte. An meinem rechten Hosenbein klebte Hirnmasse, und mein Gesicht war noch immer mit schwarzer Blumenerde verschmiert.

»Nein, so wie es aussieht, geht es mir gut. Tut mir leid. Aber ich benötige Sie dringend als Zeugen.«

Schon während wir die Treppe hinaufstiegen, erklärte ich ihm in knappen Sätzen, wer ich in Wahrheit war und was sich in der Wohnung zugetragen hatte. Meine nackten Füße hatten überall auf den Stufen rote Abdrücke hinterlassen, die meinen Bericht eindrucksvoll untermauerten. Ich versuchte, so gut es ging, Mattei darauf vorzubereiten, was er in der oberen Etage vorfinden würde. Trotz meiner Vorwarnung und trotz seines Berufs wirkte er beim Betreten der Wohnung geschockt. Sein Entsetzen war ihm nicht zu verdenken. Auch nicht sein Blick, mit dem er mich argwöhnisch musterte. Die Wohnung sah aus wie ein Schlachthaus. Und ich – daran bestand kein Zweifel –, ich war der Schlächter.

»Michele und Francesca sind in Neapel«, erklärte ich beschämt. »Bei ihrer kranken Pflegemutter. Sie dürfen auf keinen Fall mit diesem Gemetzel in Verbindung gebracht werden. Die beiden haben mit alldem nicht das Geringste zu tun. Verstehen Sie? Sie müssen unbedingt bezeugen, dass Sie außer mir niemanden in der Wohnung vorgefunden haben. Zur Sicherheit werde ich Francesca aber trotzdem noch anrufen. Damit sie die Polizei in Neapel kontaktieren, um sich ein wasserdichtes Alibi zu verschaffen.«

Er massierte wie in Trance sein Kinn. »Das leuchtet mir ein. Aber was wird jetzt aus Ihnen?«

»Ich muss Florenz sofort verlassen.« Der Satz klang in meinen Ohren merkwürdig fremd. So als hätte nicht ich, sondern ein anderer ihn ausgesprochen. Florenz war alles, was ich hatte. Florenz war das, was ich bin.

»Aber Francesca …?«

»Auch Francesca.« Mir stiegen Tränen in die Augen, und Mattei konnte es sehen. »Bitte! Ich brauche zehn Minuten Vorsprung«, stieß ich fast schon flehend hervor.

»Ich muss noch packen und duschen. Danach können Sie die Polizei anrufen. Würden Sie das für mich tun?«

»Selbstverständlich.« Er schaute mir genau in die Augen. Mit einem Gesichtsausdruck, als hätte ich Krebs und nur noch wenige Wochen zu leben. »Es tut mir leid. Unendlich leid. Für Sie und auch für Francesca. Man kann es in ihren Augen sehen, was Sie ihr bedeuten. Keine Sorge! Ich werde die Polizei erst dann anrufen, wenn Sie alles Notwendige erledigt haben. Geben Sie mir einfach Bescheid!« Dann verließ er gebeugt und leicht hinkend die Wohnung.

Schon seltsam, dachte ich. Es war immer wieder erstaunlich, wie unterschiedlich die Menschen sich angesichts meiner Geschichte positionierten. Während es für die einen selbstverständlich zu sein schien, sich erschrocken von mir abzuwenden, war es für andere ebenso selbstverständlich, mich loyal zu unterstützen.

Ich durchsuchte die Taschen der Toten und fand einige Ersatzmagazine. Auch mehrere hundert Euro, die ich würde gut gebrauchen können. In der Hosentasche meines ersten Opfers stieß ich auf einen Autoschlüssel, den ich ebenfalls an mich nahm. Wieder einmal ein Audi. Danach ging ich ins Bad, stieg über die Leiche des Neapolitaners in die Dusche und schrubbte mir gründlich das Blut von der Haut. Und natürlich auch die Blumenerde. Beim Verlassen des Badezimmers hatte ich Mühe, nicht gleich wieder in die riesige Blutlache zu treten.

... bis Sie alles Notwendige erledigt haben.

Wie ein Automat zog ich mich an, packte das Wichtigste in meinen Reisekoffer, inklusive sämtlicher gestohlener

Ausweise und einer Pistole samt Schalldämpfer. An verschiedenen Stellen in der Wohnung hatte ich insgesamt dreitausend Euro versteckt. Alles mit Zeichnungen ehrlich verdientes Geld. Das Gras, das Michele in der Cornflakes-Dose in der Küche aufbewahrte, warf ich in die Toilette und drückte mehrfach die Spülung. Um der Polizei nichts zu hinterlassen, was die beiden in Schwierigkeiten bringen konnte.

Dann wählte ich die Nummer von Francescas Handy. Mein Herz klopfte wie wild. Es war kurz nach drei Uhr morgens. Sie würde längst schlafen.

»Ja?«, meldete sie sich benommen.

»Ich bin's.«

»Peter? Was ist los? Ist … etwas passiert?«

Ohne sie zu Wort kommen zu lassen, erklärte ich ihr eilig, was ich bereits Mattei berichtet hatte. Dass vier Killer versucht hatten, mich in der Wohnung zu liquidieren, und dass stattdessen ich *sie* getötet hatte.

»Alle vier?«, fragte Francesca entsetzt.

»Ja. Sie sind alle tot.«

»Aber … o mein Gott! Hast du schon die Polizei verständigt?«

»Nein. Das wird Dottore Mattei erledigen. Allerdings erst …« Ich zögerte.

Sie begriff sofort. »Ja?«, hakte sie nach, anscheinend gefasst, aber ich hörte dennoch die Verzweiflung in ihrer Stimme. »Du willst abhauen, stimmt's?«

»Ich *muss.*«

»Peter. Bitte! Tu das nicht! Verlass mich nicht! Nicht einfach so!«

Ich versuchte, mir ihre Stimme einzuprägen. Die ich auf keinen Fall vergessen wollte. So wie die Stimme von Denise, die ich mir nach einem Jahr Italien kaum noch in Erinnerung rufen konnte.

»Wenn ich nicht gehe, werden wir sterben«, entgegnete ich schwach. »Alle drei.«

»Was, wenn sie es überhaupt nicht auf dich abgesehen hatten? Was, wenn es in Wahrheit nur Einbrecher waren?«

»Francesca! Die vier trugen Pistolen. Mit Schalldämpfern. Diese Mistkerle sind sicher nicht hier eingedrungen, um unseren Fernseher zu stehlen. Sie wollten mich töten! Wärt ihr nicht zufällig nach Neapel gefahren, hätten sie bestimmt auch euch nicht verschont.«

Zufällig nach Neapel gefahren. Ich dachte an Micheles mysteriösen Geldkoffer. War es denkbar …? *Reiß dich zusammen!* Allmählich wurde ich wirklich paranoid.

»Aber vielleicht …«

»Francesca! Bitte! Bei dem Gedanken, dich zu verlassen und dich nie mehr wiederzusehen, könnte ich umfallen und sterben. Aber mir bleibt keine andere Wahl.«

»Jonas … » Es war lange her, dass sie mich zuletzt mit meinem wirklichen Namen angesprochen hatte. Stattdessen war es uns allen in Fleisch und Blut übergegangen, mich Peter zu nennen.

»Ihr müsst euch unbedingt bei der Polizei in Neapel melden. Das ist wichtig, hörst du? Du und Michele. Damit sie euch unmöglich mit den Morden in Verbindung bringen können.« Ich stutzte. Hatte ich gerade *Morde* gesagt? »Aber erst in zehn Minuten. Das gibt mir genug Vorsprung, um in Ruhe zu verschwinden.«

Während meine Eingeweide unaufhaltsam zu Eis zu gefrieren schienen, hörte ich sie weinen. Nur ganz leise. Unsäglich traurig. Weit, weit weg. Aber andererseits nahe genug, dass wir uns schon in etwa zwei Stunden auf halber Strecke treffen könnten. »Nimm mich mit, Jonas! Bitte! Ich schaff das schon.«

Es war kaum zu ertragen. Sie klang wie ich selbst. Damals, als ich verzweifelt versucht hatte, Julia umzustimmen. Mir wurde übel. »Das geht nicht. Ich will auf keinen Fall, dass dir etwas zustößt.«

Mit dem Telefon in der Hand lief ich nochmals durch die Wohnung, darauf bedacht, nicht in eine der vielen Blutlachen zu treten. In der Scheibe von Micheles Zimmer erkannte ich zwei kreisrunde Löcher. Anscheinend hatten die letzten Kugeln des Neapolitaners das Glas doch noch durchschlagen. Hinter den Fenstern des gegenüberliegenden Hauses blieb es aber weiterhin dunkel. Außer Mattei schien niemand etwas von der wilden Schießerei bemerkt zu haben.

»Du wirst mich aber wenigstens anrufen, oder?«

»Nein, ich denke, das werde ich nicht. Keine Anrufe, keine E-Mails, nicht einmal eine SMS. Nur wenn meine Verfolger absolut davon überzeugt sind, dass du mir nichts mehr bedeutest, werden sie schon bald das Interesse an euch verlieren.«

»Heißt das, ich werde nie mehr von dir hören?«, fragte sie fassungslos.

»Vermutlich nicht.« Ich schaute hinüber zu Lara Croft. Ein Teil des Kopfes war weggesprengt, und auch der Rest von ihr sah mitleiderregend aus.

Vergiss mich!, dachte ich, und: *Vergiss mich nicht!*

»O mein Gott … Jonas! Tu das nicht!«

Ich suchte verzweifelt nach einem Satz, der alles in Worte fassen konnte. Der mich ähnlich stolz zurücklassen würde wie der Satz, mit dem ich Francesca vor Monaten meine Liebe eingestanden hatte. Aber mir wollte nichts einfallen. Stattdessen überflutete mich ein Gefühl tiefer Scham. Ich war Francesca gegenüber immer ehrlich gewesen. Sie wusste nahezu alles über mich. Lediglich den Vertreter für Landwirtschaftsmaschinen und die beiden Russen hatte ich niemals erwähnt. Weil ich ihr keine Angst machen wollte.

»Ich liebe dich. Mehr als mein Leben. Wäre das nicht so, würde ich jetzt nachgeben. Aber es geht nicht. Ich kann nicht. Es tut mir leid.« Dann legte ich auf.

Auf dem Weg nach unten klopfte ich noch ein letztes Mal an Dottore Matteis Wohnung. Zum Abschied nahm er mich zu meiner Überraschung in den Arm. Während ich wie gelähmt dastand, hörte ich Francesca in meinem Kopf immer noch weinen.

Unten auf der Straße zog ich den Zündschlüssel aus der Tasche und drückte auf *Öffnen*. Etwa dreißig Meter vom Hauseingang entfernt zwinkerten mir von der gegenüberliegenden Straßenseite aus die Scheinwerfer eines schwarzen Audis hilfsbereit zu. Er sah aus wie der Audi, in dem Torrini seinen Widersacher erschossen hatte. Anscheinend erfreute sich die Marke bei Mafiosi großer Beliebtheit. Ich warf meine Reisetasche in den Kofferraum, stieg ein und fuhr ohne zu zögern los. Während ich Florenz hinter mir ließ, durchströmte meinen Körper ein gewaltiger Schmerz. Ein Schmerz, der alles auszulöschen schien. Der bis heute nie mehr wirklich verschwand. In meinem Kopf purzelten immer noch Worte durcheinander, unablässig auf der Suche nach dem einen, dem geeigneten Satz. Stattdessen tauchte eine Frage in mir auf, eine dreiteilige Frage, die mich seither verfolgt. Keine Ahnung, woher sie kam. Sie war plötzlich da, so als hätte eine Abteilung meines Gehirns schon zuvor monatelang dafür geübt und nur auf einen geeigneten Moment gewartet, um sie mir brutal ins Bewusstsein schieben zu können.

Was ist die bessere Entscheidung? Zwei Menschen für die Liebe zu opfern? Oder die Liebe für zwei Menschen?

Von Italien aus legte ich eine Spur nach Norden. Nicht zu übersehen und weg von Florenz. Um Francesca und Michele zu schützen. In Mailand bezahlte ich an einer Tankstelle erstmals seit Monaten wieder mit meiner alten Bankkarte. Ich füllte den Tank des Audis, trank einen doppelten Espresso und aß ein Brötchen mit Schinken. In aller Ruhe und ständig beobachtet von einer Videokamera. Höchstwahrscheinlich würde Braun sich den Clip schon bald anschauen. Vermutlich sogar mehrfach, um ihn auf Hinweise zu analysieren. Trotzdem widerstand ich dem Impuls, in die Kamera zu schauen, sondern konzentrierte mich völlig auf meinen Imbiss.

Während der Fahrt durch die Schweiz spielte ich mehrfach mit dem Gedanken, aufzugeben und den Wagen bei vollem Tempo gegen einen Brückenpfeiler zu lenken. Dem von dieser Idee ausgehenden Sog konnte ich mich kaum noch entziehen. In Momenten, in denen ich durch mein Verhalten niemanden gefährdete, schloss ich wiederholt die Augen und zählte laut und monoton vor mich hin: *eins, zwei, drei, vier,* einmal sogar bis dreißig, aber dennoch ohne Crash. Rückblickend betrachtet denke ich, mir ging es nicht wirklich darum zu sterben. Eher um die Antwort auf eine nicht offen gestellte Frage. In Luzern aß ich ausgiebig zu Mittag und zahlte erneut mit meiner Karte. Auf der Weiterfahrt wurde ich von einer bleiernen Müdigkeit übermannt, aber erst kurz vor der deutschen Grenze gab ich endgültig auf. Ich steuerte den nächstbesten Parkplatz an, senkte die Sitzlehne ab und fiel umgehend in einen tiefen, traumlosen Schlaf. Als ich wieder aufwachte, schlüpfte die Sonne gerade hinter die Gipfel der Berge.

Um zu dem Ort zu gelangen, von dem aus ich erstmals seit Jahren wieder im LKA anrufen wollte, musste ich noch mehrere Stunden fahren. Gegen 1.30 Uhr parkte ich den Audi in einer Straße, deren Namen derart deutsch klang, dass ich ihn mehrmals leise vor mich hin murmelte. Nur um mir zu vergegenwärtigen, dass ich angekommen war und wo ich mich befand. *Bassermannstraße.* Ich öffnete das Seitenfenster, zündete eine Zigarette an und nahm ein paar tiefe Züge. Dann wählte ich die Nummer der Zentrale. Zweimal ertönte das Freizeichen, dann wurde der Anruf angenommen.

»Landeskriminalamt Stuttgart«, meldete sich eine Frauenstimme.

Sofort hörte ich mein Herz klopfen. Was mich selbst überraschte. Mein letzter Kontakt mit dem LKA lag bereits ewig zurück. Dennoch hatte ich nicht erwartet, dass dieser Anruf so viel Adrenalin in meine Blutbahn pumpen würde.

»Hallo?«, fragte die Stimme. »Wer ist denn dran?«

Ich verzichtete bewusst auf Höflichkeiten. »Mein

Name ist Jonas Keller. Ich habe eine Nachricht für Bernhard Braun.«

»Herr Braun ist erst morgen früh wieder zu sprechen«, belehrte sie mich bissig, so als ginge ich ernsthaft davon aus, dass die Beamten des LKA selbst zu dieser späten Stunde noch immer in ihren Büros sitzen würden.

»Ich weiß. Aber es ist dennoch unumgänglich, dass ich ihm die Botschaft *jetzt* hinterlasse. Könnten Sie sich etwas notieren?«

»Hören Sie …«, begann sie, nach wie vor bockig, überlegte es sich dann aber dennoch anders. »Na schön. Unser Gespräch wird eh aufgezeichnet. Sagen Sie einfach, was Sie loswerden wollen!«

»Verstehe. Dann fange ich jetzt einfach an?«

»Wann immer Sie möchten.«

»Okay. Hallo, Braun! Hier spricht Jonas Keller. Keine Ahnung, ob Sie das freuen oder in Sorge versetzen wird. Aber ich bin nach wie vor am Leben. Inzwischen habe ich Florenz für immer verlassen. Die zwei Italiener, mit denen ich dort über ein Jahr lang zusammenlebte, haben mit dem Blutbad in der Wohnung nicht das Geringste zu tun. Verstehen Sie? Absolut nichts! Zum Tatzeitpunkt befanden sich die beiden nicht einmal in der Stadt, sondern zu Besuch bei ihrer Pflegemutter in Neapel. Die Frau liegt im Sterben, und Francesca und Michele wollten sie noch ein letztes Mal sehen. Ich nehme an, das lässt sich problemlos überprüfen. Die vier Toten in der Via Santa Maria gehen somit ausnahmslos auf mein Konto. Außer mir war an dem Gemetzel niemand beteiligt.« Ich hielt inne, unschlüssig, was ich meinem Monolog noch hinzufügen sollte.

Die Stimme aus der Zentrale klang mit einem Mal heiser. »Habe ich Sie richtig verstanden? Sie haben vier Menschen getötet?«

»Ja. Vier Profis. In Notwehr. Das Zeugenschutzprogramm ist auch nicht mehr das, was es mal war. Hören Sie, Braun! Ich habe den Kontakt zu meinen Mitbewohnern dauerhaft abgebrochen und werde somit auch nicht mehr nach Italien zurückkehren. Aber es ist mir wichtig, dass man wegen dem, was ich getan habe, keine Unschuldigen belangt. Sollte das dennoch passieren, werde ich Sie dafür persönlich zur Rechenschaft ziehen. Und glauben Sie mir: Das meine ich bitterernst! Also legen Sie sich gefälligst ins Zeug!«

Während ich nachdachte, konnte ich in meinem Handy deutlich hören, wie die Rezeptionistin angespannt atmete. Mit Sicherheit würde sie Braun unmittelbar nach unserem Gespräch aufgeregt anrufen.

»Und wo sind Sie jetzt?«, fragte sie leise. Natürlich war ihr klar, dass ich diese Frage kaum beantworten würde. Dennoch wäre es unverzeihlich nachlässig gewesen, es nicht zumindest zu versuchen. Meine Telefonnummer war nicht unterdrückt. Sie konnte sie auf dem Display sehen.

»Ich werde jetzt auflegen«, sagte ich freundlich. »Ich wünsche Ihnen noch eine ruhige Nacht.«

»Danke«, entgegnete sie verblüfft..

Ich warf sie aus der Leitung, startete den Motor und ließ die Scheibe auf der Beifahrerseite herunter. Spätestens jetzt würde sie Brauns Nummer wählen. Um ihm atemlos Bericht zu erstatten. An Schlaf war für Bernhard Braun danach nicht mehr zu denken. Stattdessen würde er sofort in Florenz anrufen, um meine Angaben zu überprüfen. Bestimmt wimmelte es in Francescas Wohnung inzwischen von Kriminaltechnikern. Was ihm die italienischen Kollegen berichten würden, würde seine schlimmsten Erwartungen bei weitem übersteigen. Selbstverständlich würden sie auch die Einwahlpunkte des Handys checken. Spätestens dann würde selbst Braun erschrecken und nervös zum Fenster laufen.

Kurz nachdem ich losgefahren war, bremste ich noch einmal kurz ab. Vor einem hellblau gestrichenen Reihenhaus, nur einem von vielen, das sich von den anderen in der Straße kaum abzuheben schien. Bevor ich wieder aufs Gaspedal trat, warf ich mein Handy in weitem Bogen aus dem Beifahrerfenster.

Mitten auf den gepflegten Rasen in Brauns Vorgarten.

Hätte sich mir in den Tagen nach meiner Flucht aus Florenz die Möglichkeit geboten, ich hätte Luca Torrini ohne zu zögern getötet. Egal auf welche Art, aber ich hätte es getan. Zur Not mit bloßen Händen. Nur um es endlich zu Ende zu bringen. Allerdings saß Torrini gut geschützt im Knast, und es gab vorerst keinen Weg, näher an ihn heranzukommen. Seither sind jedoch drei Monate vergangen, und glauben Sie mir: Um Wut abzulassen, sind drei Monate unter Umständen eine verdammt lange Zeit.

Inzwischen bin ich mir meiner Sache weniger sicher: Ob ich ihn auch wirklich umbringen werde. Ich denke schon. Aber da gibt es auch Zweifel. Nicht nur wegen der Unstimmigkeiten. Falls die Nachricht, die mir Ruth bei unserer Begegnung vor drei Wochen in Brauns Auftrag übermittelte, wahr sein sollte, stehe ich heute unmittelbar davor, Torrini doch noch zu treffen. Ist das alles nicht nur ein hinterhältiger Bluff, dann liegt mein Erzfeind jetzt, in diesem Moment irgendwo in dieser Klinik krank in einem Bett. Und mit ihm auch das Wissen um die Wahrheit. Ich habe Fragen und er die Antworten. Also werde ich versuchen müssen, in Ruhe mit ihm zu reden und ihn erst anschließend zu töten. Sollte er allein sein, könnte das womöglich sogar klappen. Wird er aber nicht! Vielmehr werde ich auf bewaffnete Leibwächter treffen, zwei bis vier, schätze ich, die einer ruhigen Unterhaltung erheblich im Wege stehen werden.

Braun ist sicherlich noch wütend wegen der Sache mit dem Anruf. Wegen meiner darin enthaltenen Drohung. Die noch dadurch unterstrichen wurde, dass ich sie nur wenige Meter von seiner Familie entfernt aussprach. Stünde er mir jetzt gegenüber, würde er vermutlich keine Sekunde zögern, mich ins Jenseits zu befördern. Aber vielleicht täusche ich mich ja auch? Vielleicht hat Braun mit dieser ganzen Scheiße überhaupt nichts zu tun.

Wie auch immer: Ich kann hier nicht weiterhin untätig herumstehen und stundenlang grübeln, wie ich in dieses verdammte Gebäude gelange. Die beiden Typen sitzen noch immer in ihrem Daimler. Tommy Lee Jones bewegt gerade jetzt die Lippen, und sein jüngerer Kollege hört ihm aufmerksam zu. Vor einer Stunde ging einer von ihnen pinkeln. Dann unmittelbar nach seiner Rückkehr der andere. Sie lassen den Eingang nicht aus den Augen. Nicht einmal für wenige Sekunden. Vermutlich werden sie auch morgen noch in ihrem beschissenen Daimler sitzen! Oder aber es werden andere kommen, um sie übergangslos abzulösen. Es wird höchste Zeit, eine Entscheidung zu treffen. Also über den Zaun (um die drei Meter hoch mit schmiedeeisernen Spitzen!), durch den (videoüberwachten) Hintereingang oder ohne Umschweife an den beiden Gorillas vorbei zum Vordereingang. Sollte Ruth mit ihrer Prophezeiung, ich würde als Greis sterben, recht behalten, habe ich eh nichts zu befürchten. Ganz gleich, wie auch immer ich mich entscheide, ich werde dieses Selbstmordkommando überleben. Das wäre natürlich toll. Nichts gegen Ruth! Aber ich habe da berechtigte Zweifel.

Vorgestern habe ich wieder einmal diesen Traum geträumt. Einmal mehr schleuderte Torrini einen Speer nach mir, und ich stand wie versteinert da. Wie immer riss sich meine Mutter das Herz aus ihrer Brust, so dass ein paar Rippen blutig nach außen ragten, und hielt es mit beiden Händen mitten in die Flugbahn des in Zeitlupe auf mich zu schwebenden Speers. Bis dahin verlief der Traum wie immer. Doch dann öffnete meine Mutter plötzlich den Mund, und ich erkannte irritiert, dass es nicht Mutter, sondern Ruth war, die da stand. *Es wird Zeit,* sagte sie traurig. Nur diese drei Worte, mehr nicht! *Zeit wofür?,* fragte ich voller Angst, aber anstatt zu antworten, schob sie ihr Herz zurück in den Brustkorb, schloss die Rippen, als seien sie dafür gemacht, und schaute mich voller Bedauern an. *Aber wieso,* rief ich entsetzt, *es ist viel zu früh!,* doch dann blickte ich auf meine Hände und sah entsetzt die Haut. Alt und faltig, wie trockenes Pergament. Die Haut eines Greises. *Es wird Zeit,* sagte Ruth erneut, lächelte mir noch ein letztes Mal tröstend zu, drehte sich um und ging. Im selben Moment drang die Spitze des Speers in meine Brust, immer noch in Zeitlupe, genau in mein Herz, und selbst der vernichtende Schmerz breitete sich in Zeitlupe in mir aus, und ich wachte schweißgebadet auf.

Während ich das Krankenhaus beobachte und über den Traum nachdenke, kommt mir eine abwegige Idee. *Das klappt nie,* widerspreche ich mir selbst, bin aber von meinem Einwand selbst nicht überzeugt und logge mich per Handy ins Internet ein. Innerhalb weniger Minuten finde ich drei vielversprechende Webseiten und telefoniere die genannten Kontaktadressen der Reihe nach durch. Unter der ersten Nummer nimmt niemand ab, und die Frau unter der zweiten Nummer lässt sich ohne Nennung von Gründen nicht auf mein Angebot ein. Hinter der dritten Nummer verbirgt sich erneut eine Frau. Sie heißt Samantha, spricht mit einem breiten schottischen Akzent und zeigt eindeutig Interesse. Allerdings zu einem unverschämt hohen Preis.

»Na schön«, willige ich widerstrebend ein. »Aber es muss absolut überzeugend wirken. Selbst aus kurzer Distanz.«

»Keine Sorge«, antwortet sie schnippisch. »Ich bin Profi. Sie bekommen genau das, was Sie wollen. Versprochen! Sie müssen allerdings sehr viel Zeit mitbringen.«

»Wie viel Zeit?«, frage ich skeptisch.

»Drei bis vier Stunden, schätze ich.«

»Okay. Sieht so aus, als seien wir im Geschäft. In einer Viertelstunde bin ich da.«

Bevor ich gehe, mustere ich noch einmal nachdenklich den Haupteingang der Klinik. Irgendwo da drin liegt womöglich die Lösung für all meine Probleme. Auf die eine oder andere Art. Ein lebender Köder. Schon in vier Stunden werde ich mich nicht länger zurückhalten müssen. Sollte die Frau nicht übertrieben haben, könnte ich es vielleicht sogar schaffen. Ein Mann wie Braun denkt immer mehrdimensional. Aber an das, was ich vorhabe, denkt noch nicht einmal er.

Während ich mich auf den Weg mache, geht mir Ruths Prophezeiung durch den Kopf. Gut möglich, dass ich gerade einen entscheidenden Fehler begehe.

Warum ich schon wenige Tage nach dem Massaker in Florenz nach Alkmaar fuhr?

Keine Ahnung. Ich glaube nicht vorrangig, um zu sterben. Wohl eher, um meine Gedanken zu kanalisieren. Um mir darüber klarzuwerden, wie es jetzt (ohne Francesca) weitergehen sollte. Von Brauns Vorgarten aus hatte ich erst einmal Prag angesteuert. Ohne mich darum zu bemühen, Spuren zu vermeiden. Danach fuhr ich nach Breslau, wo ich als Frank Bühler in einem Hotel eincheckte. Nach Florenz verspürte ich erstmals auch den Wunsch, aufgespürt zu werden. Wenn ich ehrlich bin, wartete ich eher auf Torrinis Killer, als dass ich vor ihnen floh. Um erneut einen oder mehrere von ihnen ins Jenseits zu befördern. In meinem Kopf ständig der Gedanke: *Wenn ihr es nicht anders wollt!* Ich quoll über vor Wut.

Erst unmittelbar vor meiner Abreise nach Holland durchwühlte ich die Papiere, die ich aus Florenz mitgenommen hatte, auf der Suche nach einer neuen Identität. Ich entschied mich für Mark Feldmann, von dem ich einen Ausweis, einen Führerschein und einen Ikea-Familienpass besaß. Danach hob ich erstmals seit einem Jahr wieder Geld von einem Bankautomaten ab. Aus Neugier und obwohl ich jede Menge Bargeld bei mir trug. Das Konto war nicht gesperrt, aber als ich den Kontostand abrief, stellte ich fest, dass er sich seit Monaten nicht mehr erhöht hatte. Wie erwartet hatte das LKA seine Zahlungen an mich eingestellt.

Die Fahrt von Breslau nach Alkmaar zog sich ewig lang hin. Trotzdem tat die Fahrt mir gut. Solange ich mich fortbewegte, hatte ich zumindest theoretisch ein Ziel. Ich kam erst am späten Abend an. Den Wagen stellte ich nahe der Altstadt ab. Danach ging zu Fuß zu dem Café, in dem ich vor mehr als drei Jahren niedergeschossen worden war. Der Tisch, an dem ich damals gesessen hatte, stand noch an exakt der gleichen Stelle und war tatsächlich frei. Also nahm ich auf demselben Stuhl Platz, auf dem ich einst um ein Haar gestorben wäre, und bestellte ein Bier. Über meinem Kopf streckte der Kronleuchter aus Messing gierig seine Tentakel nach mir aus. Selbst die Bedienung war noch dieselbe: Stupsnase, grüne Augen, ein Meer aus roten Locken. Als sie die Bestellung aufnahm, schaute sie mir direkt ins Gesicht, doch sie erkannte mich nicht. Wie auch? Ich saß zwar an derselben Stelle, war aber inzwischen ein anderer geworden. Trotzdem – und das war seltsam – setzte mein Gehirn die Vergangenheit schlagartig frei. Den pochenden Schmerz in meiner Brust. Den Geruch von frischen Pfannkuchen und Blut und feuchtem Holz. Das Warten auf den Schuss in die Stirn. Selbst Katie Melua und ihren Song. *Life is just a slow train crawling up a hill,* sang sie leise in meinem Kopf. Nur eines fehlte: Die Verzweiflung darüber, Julia verloren zu haben. Julia war aus meinem Denken gelöscht. Völlig von Francesca verdrängt.

Das Café bot kostenloses Internet an. Also öffnete ich meinen Laptop, loggte mich ein und suchte nach aktuellen Meldungen aus Florenz. Ich stieß auf mehrere Artikel, die ausführlich über den Fall berichteten. Die genauen Hintergründe des Blutbads lägen vorerst noch im Dunkeln, war in sämtlichen Meldungen übereinstimmend zu lesen. Ganz offensichtlich handle es sich bei den vier Toten aber um Profis, die mit der Mafia in Verbindung gebracht werden konnten. Zwei von ihnen stammten tatsächlich aus der Toskana (Florenz und Lucca), ein Dritter aus Neapel, der Vierte war Veroneser. Dem Mann aus Verona hatte ich offenbar gleich zu Beginn den Pfeil durch den Hals geschossen, so dass ich mir über seinen Dialekt kein Urteil mehr hatte bilden können. Die Berichte waren erstaunlich umfangreich. Was darauf hinwies, dass der Fund der Leichen eine Menge Wirbel verursacht hatte. Francesca und Michele waren nicht zu beneiden. Dem Tod des Franzosen hatte die Presse deutlich weniger Aufmerksamkeit geschenkt (nur ein paar karge Zeilen, in welchen von einem Verkehrsunfall die Rede gewesen war), und auch die Russen hatte man in den spanischen Medien nur zweimal erwähnt. Einer von ihnen war wegen diverser Eigentumsdelikte vorbestraft gewesen, was aber ihren Tod nicht hinreichend erklären konnte, und schon bald war der Fall in Vergessenheit geraten. Ich hätte liebend gern Luca Torrinis Gesicht gesehen, als er von dem Fiasko in Florenz erfuhr. Die Russen in Zaragoza und meinen Verfolger bei Lille hatte er vielleicht gerade noch wegstecken können.

Wahrscheinlich war er zu dem Schluss gekommen, er habe mich unterschätzt. Folgerichtig hatte er aufgerüstet und mir gleich vier erfahrene Profis auf den Hals gehetzt. Dass ich auch dieses Team ausschalten könnte, hatte er mit Sicherheit nicht für möglich gehalten. Er muss geschäumt haben vor Wut.

Immer wenn sich die Tür öffnete, ließ ich meine Hand unter den Tisch gleiten. In die Nähe der Tasche, in der meine Pistole steckte. Mein Körper schwamm in Adrenalin. Schon in Prag und Breslau hatte ich jede mir entgegenkommende Person auf mögliche Bedrohungen analysiert. Jedes laute Geräusch, jede hektische Bewegung setzte Gedankenketten in Gang, die ich kaum noch zu unterdrücken vermochte. Mindestens fünfmal war ich kurz davor gestanden, meine Pistole zu ziehen und abzudrücken, hatte mich im letzten Moment dann aber doch noch anders entschieden. Kein Zweifel, ich war eine tickende Zeitbombe. Unter der Reizüberflutung der Stadt drohte mein Gehirn zu explodieren.

Zu viel Input, dachte ich, und: *Du musst so schnell wie möglich von hier weg.*

Weg aus der Stadt. Irgendwohin, wo ich nicht in jeder Minute neue Gesichter zu analysieren hatte. Irgendwohin, wo das Leben überschaubarer war. Aber wo sollte das sein? Wäre es nicht die bessere Entscheidung, zu bleiben? Hier in Alkmaar? Um in einer gewaltigen Schießerei das Zeitliche zu segnen und um nichts, überhaupt nichts mehr denken zu müssen?

In Stiefeln sterben? Lächerlich!

Die Berge, dachte ich, irgendwo in den Alpen, dort, wo

ich mit Ruth als Kind auf die Gipfel gewandert war. Oder eine Insel. Irgendetwas Übersichtliches. Nur eine Stunde Fahrzeit entfernt lag Texel. Ich schaute auf die Uhr. Kurz nach einundzwanzig Uhr. Zu spät, um in Den Helder die letzte Fähre zu erreichen. Also winkte ich nochmals die Bedienung heran und bestelle mir eine Portion frittierten Kabeljau mit Pommes. Dazu ein weiteres Bier. Das Hotel in Alkmaar würde ich mir sparen. Stattdessen würde ich nach Den Helder fahren, auf dem Parkplatz am Fährhafen schlafen und frühmorgens das erste Schiff nehmen. Das klang nach einem guten Plan.

In Wirklichkeit sollte ich Den Helder gar nicht erst erreichen.

Die Straße nach Den Helder führt fast kerzengerade nach Norden. Zur Rechten durchgängig von einem breiten Kanal flankiert. Als ich kurz vor Mitternacht losfuhr, war ich froh, endlich wieder im Audi zu sitzen. Von allen Geräuschen abgeschottet und ohne Gesichter um mich herum. Meine Reisetasche lag neben mir auf dem Beifahrersitz, meine Lederjacke trug ich noch immer am Körper. So spät war auf der Strecke fast niemand mehr unterwegs, so dass ich nicht mehr zu tun hatte, als geradeaus zu fahren, mich der Wirkung des Alkohols entgegenzustemmen und nicht vor Erschöpfung einzuschlafen.

Mein Intermezzo in Alkmaar wirkte immer noch nach. So als hätte sich auf magische Weise ein Kreis geschlossen. Ich war müde, fühlte mich aber gleichzeitig auch erleichtert und ausgeglichen. Vor mir auf der Straße sah ich Francescas Gesicht. Ob sie um diese Zeit schon schlief? Und falls nicht, ob sie an mich dachte? Wahrscheinlich war sie unglaublich wütend auf mich – wie damals ich auf Julia. Trotz allem hoffte ich, sie würde meine Entscheidung verstehen. Das Gesicht in der Dunkelheit weinte und schwieg.

Während ich meinen Gedanken nachhing, näherte sich im Rückspiegel ein Scheinwerferpaar. Es kam beständig näher, bis auf etwa zwanzig Meter, dann schien der Wagen sein Tempo zu verlangsamen, denn er überholte nicht, sondern hielt konstant den gleichen Abstand. Der Wolf in meinem Kopf war schlagartig wach. *Sollte das etwa …? Ach Quatsch!* Das war unmöglich. Es sei denn, man hätte mich schon in Alkmaar entdeckt und wäre mir von dort aus gefolgt. Trotzdem … die Straße war völlig leer, aber der Wagen schien mich dennoch nicht überholen zu wollen. Die Scheinwerfer lagen deutlich höher als meine. Etwas Großes. Ein Geländewagen oder ein Pick-up vielleicht. Stark genug, um mich von der Straße zu fegen.

Inzwischen trennten uns nur noch knapp zehn Meter. Ich überlegte, ob ich Gas geben und ihn abhängen sollte. Der Audi war dazu vermutlich in der Lage. Stattdessen bremste ich leicht ab, um ihn zum Überholen zu provozieren. Aber er überholte nicht, sondern ging ebenfalls vom Gas. Ich behielt die linke Hand am Steuer, öffnete mit der Rechten schnell den Reißverschluss der Reisetasche und suchte nach der Waffe. Wo war die verdammte *Glock*? Gerade als meine Hand fand, wonach sie suchte, und eilig den Griff umklammerte, setzte der Fahrer hinter mir den Blinker und scherte aus. Als der Wagen an mir vorbeizog, schaute ich nach links. Ein wuchtiger Jeep Renegade. Kein Beifahrer. Vom Gesicht des Fahrers blieb in der Dunkelheit nicht mehr als eine vage Silhouette. Zwei, drei Sekunden lang war ich unschlüssig, ob ich die Waffe in der Hand behalten oder sie lieber wieder beiseitelegen sollte. Zwei, drei Sekunden zu viel. Der Jeep zog unglaublich knapp an mir vorbei und wechselte abrupt wieder nach rechts, wobei er meinen linken Kotflügel streifte. Das Lenkrad wurde hart zur Seite gerissen. Der Audi brach aus, und obwohl ich verbissen versuchte dagegenzuhalten, trieb es den Wagen von der Straße und nach rechts auf den schmalen Streifen Wiese, der den Asphalt vom Wasser trennte. *Genau wie in Frankreich,* dachte ich erstaunt, *nur umgekehrt,* dann klatschte der Audi auch schon wie ein Stein in den Kanal. Die Wagenfront tauchte tief unter die Oberfläche ein, so dass eine Wand aus schwarzem Wasser bis an den oberen Rand der Windschutzscheibe schwappte, dann zog die Luft den Audi wieder nach oben, und der Wagen trieb führerlos dahin. Durch die Seitenscheibe konnte ich erkennen, wie der Renegade fünfzig Meter weiter abbremste.

Der Scheißkerl hatte mich tatsächlich gerammt!

Im Innern des Audis war es dunkel. Daher konnte ich das Wasser nicht sehen. Aber ich konnte es spüren. Es drang bösartig murmelnd durch die Ritzen und stürzte sich kalt auf meine Füße. Der Audi drehte sich leicht nach links und neigte sich ein wenig nach vorn. Innerhalb von Sekunden stand mir das Wasser bis zu den Knien. Ich steckte die *Glock* in die Innentasche der Lederjacke.

Von wegen in Stiefeln sterben! Ich würde ersaufen wie eine Ratte.

Auf dem Gymnasium hatte unser Physiklehrer Herr Runzel uns erklärt, die einzige Chance, aus einem im Wasser versinkenden Auto zu entkommen, bestehe darin, den entscheidenden Moment abzuwarten, in welchem der Innenraum so weit vollgelaufen ist, dass sich die Türen gegen den enormen Wasserdruck öffnen lassen. Bis dieser Zeitpunkt gekommen sei, solle man daher keinesfalls in Panik verfallen, sondern stattdessen versuchen, seinen Kopf in die unter dem Wagendach gefangene Luftblase zu halten, um sich dort möglichst lange mit Sauerstoff zu versorgen. Soviel ich weiß, war das damals noch die gängige Empfehlung. Herr Runzel war ein toller Lehrer, und er meinte es sicherlich gut. Hätte ich allerdings auf ihn gehört, so wäre ich heute tot. Unglücklicherweise kippen nämlich die meisten Wagen wegen des Gewichts des Motors beim Sinken nach vorn. Die Luftblase wandert somit zur Rückbank und von dort aus in den Kofferraum, wo sie den um ihr Leben kämpfenden Insassen verständlicherweise nichts nützt. Erst wenn der Kofferraum komplett vollgelaufen ist, erfolgt im Innern des Wagens ein Druckausgleich, und die Türen lassen sich öffnen. Sollten Sie also in der Lage sein, zwei bis drei Minuten lang die Luft anzuhalten, und dies selbst in kaltem Wasser und in einem Zustand von Todesangst, dann können Sie Herrn Runzels Rat gerne folgen. Ich jedenfalls tat es nicht. Glücklicherweise wusste ich nämlich genau, was zu tun war. Was ich meiner Zeit in Zaragoza zu verdanken hatte. Der Langeweile und der Einsamkeit und meinem exzessiven Fernsehkonsum. Und einem Beitrag, in dem mir die Moderatorin eines spanischen Privatsenders genauestens erklärt hatte, wie man aus einem sinkenden Auto entkommt. Die Chance, das zu schaffen, sei verschwindend gering, hatte sie betont. Aber immerhin konnte ich abrufen, worin diese Chance besteht.

Drüben auf der Straße sah ich die Rücklichter des *Renegade.* Offenbar hatte der Fahrer inzwischen den Rückwärtsgang eingelegt und rollte langsam zurück zu der Stelle, an der ich von der Straße abgekommen war.

Das schaff ich nie, dachte ich, und: *Ich mach dich kalt!*

In der Regel funktionieren elektrische Fensterheber auch noch kurzzeitig unter Wasser. Aber selbst wenn es gut läuft, nur für wenige Minuten! Kommen Sie also bloß nicht auf die Idee, sich mitsamt dem Wagen auf den Grund sinken zu lassen! Erstens ist es dort unten auch bei Tageslicht stockdunkel, so dass Sie vermutlich die Orientierung verlieren werden. Zweitens werden dann die Fensterheber womöglich bereits den Geist aufgegeben haben. Drittens wird der Wasserdruck die Karosserie beständig verformen, so dass – wenn Sie Pech haben – sogar ein Schiebedach klemmt. Da ein Auto grundsätzlich nicht sinkt wie ein Stein (es sei denn, die Schäden sind gewaltig!), bleiben die Seitenfenster noch eine Zeitlang über Wasser, und genau darin liegt Ihre einzige Chance. Also Sicherheitsgurt lösen, Fenster auf und so schnell wie möglich raus! Gewöhnlich bleiben Ihnen dafür zwanzig bis dreißig Sekunden. So weit die Theorie.

Als ich den Verschluss des Sicherheitsgurtes drückte, stand mir das Wasser bereits bis zum Bauch. Die Armaturenbeleuchtung verbreitete im Innern des Wagens nur spärliches Licht. Der Wagen neigte sich schon deutlich nach vorn, und dort, wo sich an der Fahrertür die Schalter befanden, sah ich nichts als schwarzes Wasser. Wo war der Schalter für das linke vordere Seitenfenster? Ich kämpfte gegen die aufsteigende Panik an. Wenn ich versehentlich eines der hinteren Fenster öffnete, würde der Druck, der sich dem eindringenden Wasser entgegenstemmte, schlagartig entweichen, und der Audi würde um einiges schneller sinken. Als ich auf den erstbesten Schalter drückte, den ich fand, konnte ich hören, wie sich die hinteren Türen verriegelten. Die Kindersicherung! Es war August, und der Sommer hatte jede Menge Temperaturrekorde überboten, aber das Wasser war dennoch erstaunlich kalt. Überall um mich herum ein lautes Glucksen und Blubbern, als ob ich in einem Kochtopf säße, dazu das metallische Stöhnen von Blech. *Wenn das Licht leuchtet, funktioniert zumindest die Elektrik noch,* schärfte ich mir ein und versuchte zitternd, mich zu konzentrieren.

Fünf Knöpfe. Zwei vorn, zwei in der Mitte, ein einzelner hinten. Der hintere (breite) Knopf für die Kindersicherung. Also die mittleren für hinten, die vorderen für vorn. Links für links und rechts für rechts.

Endlich fand ich den richtigen Schalter. Als die Scheibe nach unten glitt, war es bereits allerhöchste Zeit. Doch gerade als ich aus meinem sinkenden Sarg fliehen wollte, hörte ich hinter mir auf der Rückbank ein Geräusch. Ich zuckte erschrocken zusammen, und meine Beinmuskeln verwandelten sich in Pudding und versagten mir den Dienst. Hatte ich dort gerade jemanden atmen hören? Drehte ich jetzt völlig durch? Das war absolut unmöglich! Außer mir war niemand im Wagen. Erneut ein Geräusch! Wie ein leises Stöhnen. Ich war gelähmt vor Angst. Hatte dort tatsächlich ein Mensch gestöhnt? Oder nur das sich verformende Metall? *Sie sind da,* dachte ich. *Meine gesamte Familie. Sie sind alle im Wagen. Meine Mutter, mein Vater und Magnus. Um mich abzuholen.* Sekundenlang wagte ich es nicht, mich umzudrehen und nach hinten zu schauen.

Steig aus!, flüsterte die Stimme der Mutter in meinem Kopf. An die ich mich nicht erinnern, aber die ich dennoch aus allen Stimmen der Welt heraushören kann. *Jetzt mach schon! Steig endlich aus!*

Das kalte Kanalwasser schwappte bereits über den unteren Rand der Fensteröffnung ins Wageninnere. Die Armaturenbeleuchtung begann zu flackern und erlosch. Um mich herum nur noch undurchdringliche Schwärze. Mir blieben nur noch wenige Sekunden Zeit. Ich drehte mich mit dem Rücken zur Tür und starrte zum Rücksitz, doch mein Blick prallte an der Dunkelheit ab.

»Mama? Bist du da?«, fragte ich trotzdem, aber ich erhielt keine Antwort.

Eilig griff ich nach der Seitenleiste des Wagendachs

und zog mich mit dem Oberkörper voran ins Freie. Mir fiel die Reisetasche auf dem Beifahrersitz ein. Mit all den gestohlenen Dokumenten. Das spielte gerade jetzt keine Rolle mehr. Inzwischen saß ich auf dem unteren Rand des Seitenfensters, krallte mich mit den Fingerspitzen in die Vertiefung der Dachleiste und drückte mein rechtes Knie gegen die Kopfstütze des Fahrersitzes. Der Sog des in den Wagen eindringenden Wassers war gewaltig, aber ich hielt mich verbissen fest. Der Audi kippte mehr und mehr nach vorn und stöhnte auf wie ein sterbendes Tier. Um mich herum roch es nach Meer. Als sich die Kraft des einströmenden Wasser abschwächte, stieß ich mich, so fest ich nur konnte, ab und kam endlich frei.

Der Wagen ist leer, schärfte ich mir ein. *Verstehst du? Leer!*

Als der Audi direkt neben mir in der Dunkelheit versank, hätte ich dennoch am liebsten losgeschrien. Stattdessen versuchte ich, mich hektisch zu orientieren. Drüben am Ufer stand der Jeep, etwa einen Meter davor sein Fahrer. Er hatte die Taschenlampenfunktion seines Handys geschaltet und ließ den Lichtkegel über die Wasseroberfläche streifen.

Dieses miese Schwein!

Kurz bevor mich das Licht erfasste, tauchte ich eilig ab. Mit Sicherheit hatte er eine Waffe dabei, und mit Sicherheit würde er versuchen, mich vom Ufer aus doch noch zu erledigen. Unterhalb der Wasseroberfläche schwamm ich ein Stück weit nach Norden und brachte dann vorsichtig wieder den Kopf über Wasser. Meine Kleidung und die Lederjacke klebten bleischwer an meinem Körper, so dass ich heftig mit den Beinen treten musste, um von dem Gewicht nicht nach unten gezogen zu werden. Meine Zähne begannen, unkontrolliert aufeinanderzuschlagen. Wie konnte Wasser im August nur so verdammt kalt sein?

Einige Meter von mir entfernt suchte der Lichtkegel des Handys weiterhin nach einem Ziel.

Bleib cool, befahl ich mir selbst und hätte in Anbetracht der unfreiwilligen Komik fast lauthals losgelacht. *Denk nach!*

Möglichkeit eins: Ich floh. Möglichkeit zwei: Ich griff ihn an.

Ich entschied mich für Möglichkeit zwei. Zum einen wollte ich diesen Mistkerl nicht einfach so davonkommen lassen und ihm dadurch die Möglichkeit geben, mich auch weiterhin zu jagen. Zum anderen brauchte ich dringend seinen Wagen. Ich griff in die Lederjacke. Die Pistole steckte noch immer in der Innentasche. Als sich der Lichtkegel näherte, tauchte ich erneut ab und hielt unter Wasser genau auf meinen Verfolger zu. Ich schwamm so weit ich konnte, bis dicht ans Ufer, dann zog ich die Waffe und tauchte nur wenige Meter entfernt von ihm auf. Anscheinend nicht lautlos, denn er schwenkte den Lichtstrahl sofort in meine Richtung und leuchtete mir genau ins Gesicht. Ich war geblendet, sah nur gleißende Helligkeit und irgendwo dahinter die Andeutung einer Silhouette. Er schrie erschrocken auf, irgendetwas Holländisches, was ich nicht verstand. *Was passiert eigentlich, wenn man mit Wasser im Lauf schießt?,* fragte ich mich noch, hob die Mündung in Richtung Handy und drückte zweimal ab. Zweifellos hatte ich ihn getroffen, denn er stürzte kopfüber in den Kanal. Ein kurzer Schrei, ein lautes Platschen, dann war er weg. Ich wartete darauf, dass er wieder auftauchte, aber er blieb verschwunden. Während ich hektisch mit den Beinen strampelte, um mich trotz des Gewichts der Kleidung über Wasser zu halten, drehte ich mich mit vorgehaltener Waffe mehrmals um die eigene Achse. Weiter draußen im Kanal war noch immer ein unheimliches Glucksen zu hören. Die letzten Luftblasen aus dem Innern des Audis. Waren die beiden Treffer tödlich gewesen? Oder war er ertrunken? Egal! Nur noch so schnell wie möglich weg von hier! Völlig außer Atem steckte ich die Waffe zurück in die Innentasche der Lederjacke. Gerade als ich jedoch zum Ufer schwimmen wollte, griff etwas hart nach meinem rechten Fuß. Mir stockte vor Schreck der Atem. Der Kerl lebte noch! Und er war genau unter mir! Ich schluckte Wasser und begann zu husten. Seine Finger umschlossen wie ein Schraubstock meinen Knöchel, und seine Fingernägel bohrten sich scharf in mein Fleisch. Noch während ich aufschrie und auf Vorrat Luft in die Lungen sog, zog er mich auch schon in die Tiefe. Seine Hand krallte sich verzweifelt in meinen Gürtel, und die andere Hand ließ meinen Fuß los und legte sich auf meine Schulter. Im dunklen Wasser konnte ich ihn nicht sehen, aber wir waren uns genau gegenüber. In diesem Moment begriff ich. Er wollte mich nicht töten. Er wollte nur nach oben. Er kämpfte wie ich um sein Leben!

Es wird Zeit, hörte ich Ruths Stimme in meinem Ohr.

Ich griff blind nach vorn und erwischte seine Ohren. Während ich meinen Kopf leicht nach unten neigte, zog ich ihn mit beiden Armen ruckartig an mich heran. Seine

Nase schlug hart gegen meine Stirn, und ich konnte ihn blubbernd schreien hören. Sein Griff lockerte sich ein wenig, so dass ich es schaffte, beide Hände auf seine Schultern zu legen und ihn entschlossen nach unten zu drücken. Oder mich nach oben, was ich – jeder Orientierung beraubt – nicht mehr auseinanderhalten konnte. Mir ging die Luft aus, und der Impuls, umgeben von Wasser einzuatmen, ließ sich kaum noch unterdrücken. Mir blieben nur noch wenige Sekunden Zeit. Inzwischen war ich wieder über ihm, und er klammerte sich mit beiden Armen erneut an mein Bein, dieses Mal an das linke. Ich zog mein rechtes Bein an und trat nach ihm, einmal, zweimal, so fest ich nur konnte. Die ersten beiden Tritte gingen ins Leere, doch beim dritten Versuch traf ich ihn mitten ins Gesicht – ich konnte es deutlich spüren – und während er mich losließ, schob ich ihn mit aller Kraft nach unten, hinunter auf den Grund des Kanals. Mit letzter Kraft schaffte ich es selbst nach oben, schnappte röchelnd nach Luft, und schwamm wie von Sinnen zum Ufer. Ich war völlig erschöpft, aber die Angst, er könnte nochmals nach mir greifen, trieb mich an, und ich zog mich stöhnend aus dem Wasser.

Aber er kam nicht mehr. Dieses Mal blieb er spurlos verschwunden.

Minutenlang lag ich kraftlos im Gras, starrte hinauf in den Sternenhimmel und lauschte in die Nacht. Meine Zähne klapperten noch immer wie wild vor sich hin. Eigenständige Wesen, völlig meiner Kontrolle entzogen. Was nicht mehr durch die Temperaturen zu erklären war, sondern nur noch durch den Schock. Schließlich stand ich schlotternd auf und inspizierte den Jeep. Der Schlüssel steckte im Schloss. Nicht auszudenken, wenn er ihn am Körper getragen hätte. Auf dem Beifahrersitz lag ein Wollmantel mit einem Portemonnaie samt Papieren. Henk Luitjes. Ein Holländer. Im Kofferraum stieß ich auf einen kleinen Reisekoffer. In seinem Innern Kleidung, ein Waschbeutel, ein Laptop und ein Buch. Mehr nicht. Die Kleidung war mir eine Nummer zu groß, aber immerhin war sie warm und trocken. Ich zog mich frierend um. Als sich ein einzelner Wagen näherte und mit hohem Tempo vorbeibrauste, duckte ich mich hinter den Jeep.

»Er hat es verdient«, murmelte ich leise vor mich hin, während ich im Dunkeln die durchnässten Klamotten wechselte. Hatte er das wirklich? Warum nicht ich? Waren wir uns denn so unähnlich? Hatte ich ein solch furchtbares Ende nicht mindestens genauso verdient wie er? Was er wohl gedacht hatte, als ich ihn mit einem Tritt zurück in die Tiefe gestoßen hatte?

Noch etwas, was ich gelernt habe: Es ist ein Fehler, anzunehmen, dass die Täter immer nur Täter seien und die Opfer immer nur Opfer.

Ich schaute ein letztes Mal auf die glitzernde Wasseroberfläche, in der sich kaum wahrnehmbar die Sterne spiegelten. Dann stieg ich in den Jeep, wendete und raste in Richtung Süden davon.

Faber und ich, einige Tage nach dem Attentat in Alkmaar:

»Die raffinierteste Möglichkeit, Sie verschwinden zu lassen, wäre logischerweise, Ihren Tod vorzutäuschen.« (Kurzes Schweigen) »Läge Ihre Aussage vor Gericht bereits hinter Ihnen, würden Sie diese Klinik daher bestimmt nicht lebend verlassen. Stattdessen würden wir Sie für tot erklären, die Presse informieren und ein ergreifendes Begräbnis inszenieren. Aber leider werden Sie noch als Zeuge gebraucht.«

»Und warum nicht nach dem Prozess? Ich könnte in einen Verkehrsunfall verwickelt werden oder auf irgendeine andere Art ums Leben kommen.«

Faber schüttelte energisch den Kopf. »Das würde uns Torrini niemals abkaufen. Es sei denn, die Story wäre extrem überzeugend. Und da ist noch etwas. Sie müssten *alle,* das heißt auch ihre Freunde und Ihre Tante Ruth, dauerhaft im Glauben lassen, es hätte Sie doch noch endgültig erwischt. Würden Sie das durchstehen? Sie alle für immer dieser Trauer auszusetzen?«

Ich dachte lange nach, kam aber zu keinem überzeugenden Ergebnis. »Keine Ahnung. Ich glaube, man ist zu wesentlich mehr in der Lage, als man sich auszumalen vermag.«

Er musterte wachsam mein Gesicht. »Das ist wohl wahr.«

»Wie steht es eigentlich mit Ihnen? Wie werde ich mir Ihren Abgang vorstellen müssen?«

»Was genau meinen Sie damit?«

»Nun ja ... werden Sie einfach so Ihre Sachen zusammenpacken, Ihr Büro räumen und fortan Ihren Hobbys frönen? Oder werden Sie mit einem großen, lauten Knall abtreten und irgendwo wiederauferstehen?«

Er schüttelte grinsend den Kopf. »Meine Güte, Keller. Manchmal machen Sie mir wirklich Angst.«

Die Berge taten mir gut. Sie engten mich ein. Von allen Seiten. Sie nahmen mir Möglichkeiten und ließen mich schrumpfen. Mitsamt meinen verdammten Problemen. Im Hochgebirge erscheint einem alles einfacher als sonst. Im Flachland nimmt man sich oft zu wichtig. Umgeben von gewaltigen Gipfeln dagegen begreift man plötzlich, dass sie auch dann noch unverändert aus dem Boden ragen werden, wenn man selbst längst tot und vergessen sein wird, und dadurch wirkt alles relativ.

An das Ötztal konnte ich mich kaum noch erinnern. Es war an die zwanzig Jahre her, dass Ruth und ich hier unseren Sommerurlaub verbracht hatten. Ursprünglich hatte ich vor, in Sölden zu bleiben, wo wir uns damals einquartiert hatten, entschied mich dann aber spontan weiterzufahren. Bis zum Ende des Tals. Hinein in die Sackgasse nach Obergurgl. Eher aus Neugier. Vielleicht um zu spüren, wie sich eine Sackgasse anfühlt. Zuvor aß ich in Sölden in Ruhe zu Mittag und deckte mich mit allem ein, was ein zünftiger Bergwanderer gewöhnlich so braucht. Ich besaß nicht einmal Wanderschuhe. Entsprechend begeistert war der Verkäufer, den ich damit beauftragte, mir das Nötige zusammenzustellen. Ich kaufte Schuhe, einen Rucksack, wetterfeste Hosen, drei T-Shirts, eine wasserabweisende Outdoor-Jacke, zwei Paar Wandersocken und eine winddichte Softshellweste. Weiterhin einen Wanderführer mit den interessantesten Routen und eine Flasche Sonnencreme (Lichtschutzfaktor 20). Als ich eine Stunde später in Obergurgl eintraf, sah ich aus wie ein typischer Tourist. Viele der Hotels waren auf die Skisaison ausgerichtet und daher im Sommer geschlossen. Dennoch fand ich noch ein Zimmer in einem kleinen Hotel, wo ich mich erst einmal erschöpft aufs Bett fallen ließ und vierzehn Stunden lang schlief.

Am nächsten Tag erkundete ich sorgfältig die Umgebung, unternahm eine erste kleine Wanderung und aß auf einer Hütte zwei Speckknödel mit Kraut. Die Kulisse der mit Schneefeldern bedeckten Dreitausender war gewaltig, und über der Landschaft spannte sich ein grandioser blauer Himmel. Um mich herum unablässig brodelnd das Stimmengewirr der zahlreichen Touristen, die sich mit Sicherheit gewundert hätten, hätten sie geahnt, wer da zwischen ihnen sein Essen kaute. Ich dachte an Francesca und wie schön es wäre, wenn sie neben mir säße und wir die Berge und den kitschigen Postkartenhimmel gemeinsam genießen könnten.

Zurück in meinem Hotel startete ich den Laptop und öffnete erstmals seit Monaten wieder die Datei mit meinem halbfertigen Roman. Nachdem ich ihn nochmals von der ersten bis zur letzten Seite durchgelesen hatte, packte mich eine unbändige Lust weiterzuschreiben, und ich saß bis weit nach Mitternacht vor dem Bildschirm und tippte wie im Wahn vor mich hin. Ein verzweifelter Versuch, das Vergangene zu ordnen und dem Chaos eine fiktive Richtung zu geben. Meiner Zeit in Florenz, der Sache am Kanal, all dem, was mir inzwischen zugestoßen war.

In den nächsten Tagen fand ich mehr und mehr zu meinem eigenen Rhythmus. Schlafen bis punkt acht, Frühstück im Hotel, danach eine mehrstündige Wanderung, unterbrochen von einem kalorienreichen Imbiss auf einer Hütte, abends dann Essen im Hotel oder in einem der Lokale im Ort, abschließend Schreiben bis zur völligen Erschöpfung. Der Rest der Welt war weit, weit weg. In den Nachrichten wurde täglich über die Flüchtlinge berichtet, die über die Balkanroute nach Norden zogen und auf ihrem Weg Österreich zu Fuß durchquerten, immer am Rand der Autobahn entlang. Natürlich auch über die Demonstrationen in Dresden, wo Hunderte von Idioten einen drohenden nationalen Identitätsverlust beklagten, ohne überhaupt zu ahnen, was Identitätsverlust ist. Die Flüchtlinge taten mir leid. Aber erneut beneidete ich sie um ihr Ziel. Viele von ihnen wollten nach Deutschland. Ich dagegen wollte längst nirgendwo mehr hin.

Obergurgl selbst hatte nicht allzu viel zu bieten. Zumindest nicht im Sommer. Aufgrund der Lage am Ende des Tals war die Zahl der Gesichter, die ich in bekannt und fremd zu unterteilen hatte, überschaubarer als sonst, so dass es mir möglich war, Bedrohungen zuverlässig auszusortieren.

Familien mit Kindern (zahlreich vertreten!): harmlos.

Paare jenseits der fünfzig (zahlreich vertreten!): harmlos.

Männer mit offenbar schon jahrelang getragenen Wanderschuhen, Kniebundhosen sowie Aufnähern von einem halben Dutzend Hütten an ihren Rucksäcken: eher unverdächtig.

Männer oder kleine Männergruppen ohne den üblichen alpinen Hardcore-Schnickschnack prägte ich mir ein, aber keiner von ihnen erschien mir wirklich bedrohlich. Meine Kondition wurde von Tag zu Tag besser, und auch die Arbeit an meinem Manuskript schritt erfreulich voran. Das viele Wandern tat mir gut. Während ich zu irgendwelchen Gipfeln aufstieg, keuchend, schwitzend und völlig auf den Boden unter meinen Schuhsohlen konzentriert, vergaß ich alles: Francesca und Ruth, das Massaker in Florenz, meinen Überlebenskampf im Kanal und all die anderen Toten. Die Routine wirkte beruhigend, und der Wolf in meinem Kopf verkroch sich in eine abgelegene neuronale Höhle und schlief gelangweilt ein. Ich bestand nur noch aus Bewegung, Konzentration und Schweiß. Über mir das Ziel, der Himmel und zuweilen ein vereinzelter Adler, und um mich herum Wiesen, Gemsen und warnend pfeifende Murmeltiere.

Doch dann, zwei Wochen nach meiner Ankunft, kam Filippo Mariotti in den Ort. Er war groß und kräftig. Ein Italiener mit wachen Augen, denen nichts zu entgehen schien und die wie quirlige Schakale die Welt durchstreiften.

Der Wolf witterte sofort den Feind.

Ob er sich zu mir setzen könne, fragte er höflich, zwar auf Deutsch, aber mit einem Akzent, welcher den Italiener unschwer verriet.

»Warum nicht?«, antwortete ich, und unterstrich mein Einverständnis, indem ich mit geöffneter Hand auf den mir gegenüberstehenden Stuhl deutete.

Es war kurz nach Mittag, und ich saß am Ende des Ortes an einem Tisch im Freien und hatte mir ein Bier und eine Suppe bestellt. Schon am Tag zuvor war er mir aufgefallen. Ich stand in einem Sportgeschäft, um einen Klettergurt zu kaufen, und schaute durch die Scheiben im ersten Stock hinaus auf die Straße. Er bewegte sich anders als die übrigen Touristen. Geschmeidiger. Zielgerichteter. So als sei er nicht der Erholung wegen hier.

Kaum hatte er lächelnd Platz genommen, bombardierte er mich auch schon mit Fragen. Ob ich Deutscher sei? Wie es mir in Obergurgl gefalle? Ob ich noch lange bliebe?

Wenn man sich in einem Restaurant mit einem Fremden den Tisch teilt, dann verhält sich das Gegenüber meist erst einmal diskret und tut so, als sei man nicht da. Wenn es überhaupt zu einem Gespräch kommt, dann nur abtastend und vorsichtig. Mariotti war eindeutig ein anderer Typ. Er war ein paar Zentimeter größer als ich, durchtrainiert, als triebe er jede Menge Sport. In die Haut seines rechten Unterarms war ein aus fünf Worten bestehender Satz eintätowiert. *Only God can judge me,* die Tätowierung war bereits verblasst. Eine Jugendsünde?

Ja, ich sei Deutscher, erwiderte ich ruhig, und ja, es gefalle mir hier, und ja, ich würde noch mindestens drei Wochen bleiben. Währenddessen löffelte ich weiterhin meine Grießnockerlsuppe.

»Noch drei Wochen? Mindestens? Sie Glücklicher! Lässt Ihr Beruf das denn zu?«

»Erfreulicherweise ja. Und Sie? Wie lange kann man *Sie* entbehren?«

Anscheinend hatte ich mit der Frage einen wunden Punkt getroffen, denn das Lächeln in seinem Gesicht schien mit einem Mal einzufrieren. »Nun ja … ich fürchte, recht lange … das wird sich zeigen.«

»Aha. Klingt geheimnisvoll.«

Vorerst war ich eher neugierig als beunruhigt. Außer an meinem Tisch war in dem Lokal kein einziger Platz mehr frei gewesen, insofern konnte der Kontakt auch auf Zufall beruhen. Dass er mich angesprochen hatte, musste nichts bedeuten. Selbst falls er tatsächlich hinter mir her sein sollte, würde er auf jeden Fall eine günstigere Gelegenheit abwarten müssen. Dass ich mich ganz am Ende des Tals einquartiert hatte, verschaffte mir strategische Vorteile, über die ich mir erst im Nachhinein klargeworden war. Würde er jetzt aufstehen und mir in den Kopf schießen, würde man ihn mit Sicherheit schnappen. Er könnte versuchen, durch den Taleingang zu flüchten, was ihn allerdings fast eine Stunde Fahrzeit kosten würde, genug Zeit für die umgehend alarmierte Polizei, um Straßensperren zu errichten. Alternativ könnte er sich auch für die Passstraße über das Timmelsjoch nach Italien entscheiden, mit zweifellos ähnlich verheerendem Resultat. Sprich: Wenn er tatsächlich plante, mich zu töten, musste er den Mord auf eine Weise begehen, die ihm mindestens eine Stunde Vorsprung ließ, bis seine Tat bemerkt wurde. Dementsprechend konnte ich mich entspannt auf meine Suppe konzentrieren.

»Vor einigen Tagen hat mich meine Frau verlassen«, erklärte er mir traurig. »Sie ist gemeinsam mit meiner Tochter zu einem anderen gezogen. Ziemlich überraschend, zumindest für mich. Ich dachte, ein Trip in die Berge könnte mir guttun. Aber ich bin mir noch nicht sicher, ob mir das auch wirklich weiterhelfen wird.« Er suchte lächelnd meinen Blick, in seinen Augen ein grünliches Braun. »Irgendwie bin ich wohl auf der Flucht. Komisch. Wir beiden kennen uns erst seit wenigen Minuten, und schon belästige ich Sie mit meinen Sorgen. Und Sie? Ausschließlich zum Wandern hier?«

Was er sagte, klang glaubwürdig. Aber was hieß das schon? Die Lügen, die ich den Leuten aufzutischen pflegte, wirkten ähnlich überzeugend. Gerade als ich den Mund öffnete, trat der Kellner an unseren Tisch, und mein neuer Bekannter bestellte sich eine Pizza mit Thunfisch und ein großes Bier.

»Nicht nur. Ich versuche mich gerade als Schriftsteller

und arbeite an einem Roman«, antwortete ich, nachdem sich der Kellner wieder entfernt hatte.

»Im Ernst? Muss ich Sie kennen?«

»Nein, keine Sorge, müssen Sie nicht. Um ehrlich zu sein, ist es mein erstes Buch.«

»Darf ich fragen, wovon es handelt? Oder ist das geheim?«

»Eigentlich schon. Aber ohne allzu viele Details preiszugeben: Es geht um einen Menschen, der sich wehren muss. Gegen Feinde, die nach seinem Leben trachten. Und der dabei mehr und mehr verroht.« Während ich sprach, suchte ich in seinem Gesicht nach Anzeichen von Stress. Ohne Erfolg.

»Klingt spannend«, sagte er und wirkte glaubhaft interessiert. »Klingt allerdings nicht nach einem Happy End.«

»Das muss sich noch zeigen. Bis jetzt habe ich mich noch nicht endgültig festgelegt, wie das Ganze ausgehen soll. Ob am Ende das Gute oder das Böse siegen wird.«

»Das Böse siegt auf Dauer immer«, stellte er zynisch fest. »Sonst wäre die Welt nicht so, wie sie ist. Deswegen erfreuen sich Romane mit Happy End auch so großer Beliebtheit. Weil es in einem sterblichen Leben ein Happy End nicht gibt.«

Das Gespräch fühlte sich zunehmend wie ein Katz-und-Maus-Spiel an. Trotzdem war er mir sympathisch. »Sie unterrichten doch nicht etwa Philosophie?«

Er schüttelte lachend den Kopf. »Nein. Ganz im Gegenteil.«

»Aha? Was genau arbeiten Sie denn?«

Er schien kurz nach den passenden Worten zu suchen.

»Ich merze Fehler aus und beseitige Probleme.« Seine Stimme wirkte nach wie vor freundlich, aber in meinen Ohren klang der Satz eindeutig wie eine Drohung.

»Echt? Kfz-Mechaniker? Steuerberater? Profikiller?«

Er lachte auf, eine Spur zu laut, wie ich fand. »Nein, nicht ganz. Systemanalytiker. Spezialisiert auf Computerviren und andere externe Bedrohungen. Meist für Großkunden tätig.«

»Macht Ihnen der Job denn Spaß?«

»Aber ja! Ich finde es immer wieder faszinierend, wie ein einzelnes winziges Virus es schafft, ein leistungsstarkes und scheinbar sicheres System innerhalb weniger Sekunden lahmzulegen. Dieses Sandkorn im Getriebe bringt alles zum Erliegen, und meine Auftraggeber zahlen mir daher auch fast jeden Preis, um dem System die verlorene Stabilität zurückzugeben oder eine entstandene Lücke wieder sicher zu schließen. Glücklicherweise bin ich sehr gut darin, die Erwartungen unserer gestressten Kunden zu erfüllen.«

Ich war hellwach. Redete er wirklich nur über seinen Job, oder stellte er mich gerade gezielt auf die Probe? Aber warum sollte er das tun? Wenn wirklich *ich* der Schädling war, den es auszumerzen galt, warum dann dieser bizarre Dialog? Schließlich musste ihm klar sein, was er damit riskierte. Ich hatte bereits sieben von Torrinis Männern getötet, und im Gegensatz zu den vier Killern in Florenz war er völlig allein. Letztlich gab es für sein Verhalten nur zwei logische Erklärungen: Entweder der Italiener war harmlos und ich reagierte überzogen und paranoid, oder aber er war sich seiner Sache (ähnlich wie ich) noch nicht hundertprozentig sicher. Schließlich hatte ich mich auf meiner Flucht äußerlich verändert. Daher verfügte er mit Sicherheit über kein aktuelles Foto, mit dem er mich zweifelsfrei identifizieren konnte. Hatte er mich deswegen in ein Gespräch verwickelt? Um auszuschließen, den Falschen umzubringen?

Er seufzte. »Unglücklicherweise kostet mein Beruf aber sehr viel Zeit, und ich bin ständig auf Reisen.«

»Daher auch die Trennung von Ihrer Frau.«

»Ja, genau«, erwiderte er verblüfft.

Ich dachte an die Art, wie Torrini seine Beziehungsprobleme gelöst hatte. Falls er die Geschichte mit der Frau nicht einfach nur erfunden hatte, schien mein Gegenüber einen anderen Weg gewählt zu haben. Als wollte er mich beruhigen, streckte er mir plötzlich die Hand entgegen. »Filippo Mariotti«, sagte er, während ich nach ihr griff.

»Mark Feldmann«, stellte ich mich vor und war trotz allem froh, nicht länger allein am Tisch sitzen zu müssen.

Wenn das alles nur ein Zufall war, musste ich mir keine Sorgen machen. Sollte er aber einer von Torrinis Handlangern sein, so hatte er mich gerade bewusst gewarnt. Vielleicht auch, um das Spiel spannender zu gestalten?

Only God can judge me.

Da täusch dich mal bloß nicht!, hörte ich mich denken, und wie so oft fühlte es sich an, als sei da noch eine zweite Person in meinem Kopf.

Bevor ich etwas dagegen einwenden konnte, winkte er den Kellner heran und bestellte zwei Gläser Marillenschnaps.

»Schon vor dem Schnitzel?«, fragte ich verdutzt.

Er hob lachend die breiten Schultern. »Warum nicht? Das Leben ist kurz.«

Als wir kurz darauf anstießen, kam mir eine Frage in den Sinn. »Gab es auch schon einen Fehler, den Sie nicht beseitigen konnten?«

Er grinste breit. »Nein. Bislang noch nicht.« Und indem er sein Glas gegen meines stieß, so dass ein leises Klirren zu hören war, fügte er lachend hinzu: »Auf den Sieg des Guten!«

»Auf den Sieg des Guten!«, stimmte ich zu, war mir aber nicht sicher, ob wir das Gleiche meinten.

Schon am nächsten Tag traf ich ihn erneut. Oben auf der Hohen Muth, an der Bergstation der Seilbahn auf rund zweitausendsechshundert Metern Höhe, wo ich auf der Aussichtsterrasse saß und meinen Gedanken nachhing. Der Laptop aufgeklappt vor mir stehend und das Gesicht der Sonne zugewandt. Als er an meinen Tisch trat und ich die Augen öffnete, sah ich im ersten Moment nur einen von gleißendem Licht umrandeten Schatten.

»Ich setze mich heute mal an einen anderen Tisch«, begrüßte er mich fröhlich. »Sonst fühlen Sie sich am Ende noch verfolgt. Ich will Ihnen auf keinen Fall auf die Nerven gehen.«

»Ach was!«, widersprach ich ihm blinzelnd. »Etwas Gesellschaft wird mir sicherlich guttun.«

War er mir gefolgt? Hatte er mich beobachtet, wie ich die Seilbahn nach oben nahm, und war in die nächste Kabine eingestiegen? Seit unserer ersten Unterhaltung spielte ich ständig mit dem Gedanken, das Ötztal hinter mir zu lassen, aber gleichzeitig hielt mich etwas hartnäckig zurück. War das Trotz? Oder gab es da noch etwas anderes? Unser neuerliches Aufeinandertreffen würde mir jedenfalls die Chance eröffnen, meine Entscheidung nochmals zu überdenken.

Er bedankte sich strahlend, hängte seinen Wanderrucksack über die Stuhllehne und winkte die Bedienung heran.

Ob er vorhatte, mich allein zu erledigen? Oder hatte er bereits Verstärkung angefordert? Wie damals der Russe in Zaragoza.

Mariotti bestellte ein Weißbier und musterte prüfend mein Outfit. »Und? Heute keine Wanderung auf dem Programm?« Offenbar hatte er es versäumt, sich regelmäßig einzucremen, denn sein Gesicht und sein Nacken waren krebsrot verbrannt. Das Stigma der Neuankömmlinge. Meine Haut dagegen war inzwischen dunkelbraun und von der Farbe der Einheimischen kaum noch zu unterscheiden.

»Nein. Heute lege ich erst einmal eine Pause ein, schreibe fleißig an meinen Roman und sammle Kraft für morgen.«

»Oho! Das klingt so, als hätten Sie etwas Größeres geplant?«

Ich zögerte kurz, ob ich den Köder auslegen sollte. Andererseits – warum nicht? Ich konnte mir es nachträglich immer noch anders überlegen und mich nachts aus dem Hotel schleichen und das Weite suchen. »Ja, vielleicht. Eine Neun-Stunden-Wanderung über das Ramolsjoch nach Vent. Aber nur, wenn das Wetter hält und mich mein innerer Schweinehund nicht doch noch rechtzeitig vom Gegenteil überzeugt.«

Er stieß einen anerkennenden Pfiff aus. Er selbst habe sich für heute den Gaisbergferner vorgenommen, erzählte er fröhlich. Ob ich ihm vielleicht noch weitere Wanderungen empfehlen könne? Ich unterbreitete ihm mehrere Vorschläge, alles leichte bis mittelschwere Touren, die ihn mit Sicherheit nicht überfordern würden.

»Sie sollten meine Kondition nicht unterschätzen«, kommentierte er meine Auswahl ein wenig gekränkt.

»Keine Sorge, das tue ich auf keinen Fall«, erwiderte ich – fast schon geständig. »Aber in dieser Höhe sollte man es in den ersten Tagen auf keinen Fall übertreiben.«

Die Bedienung kehrte mit dem bestellten Bier zurück und stellte es auf der Tischplatte ab. Mariotti setzte es an die Lippen und trank es in einem Zug halb leer. Dann deutete er auf die neben meinem Laptop liegende Tageszeitung.

»Wie stehen Sie eigentlich als Deutscher zu der aktuellen Flüchtlingspolitik?«

Eine Woche zuvor hatte Angela Merkel überraschend angekündigt, die von Viktor Orbáns Grenzzaun zurückgehaltenen Flüchtlinge ausnahmslos aufnehmen zu wollen. Was verständlicherweise für einige Aufregung gesorgt hatte. Ich hatte in meinem Leben noch kein einziges Mal CDU gewählt, aber die Art, wie sie sich gegen die Kleingeister um sie herum durchzusetzen versuchte, hatte mir dennoch imponiert.

»Falls Ihre Frage darauf abzielen sollte, ob ich Merkels Entscheidung für richtig oder falsch halte, muss ich Sie leider enttäuschen. Ich denke, sie war beides. Wie auch die meisten anderen Entscheidungen, die man trifft. Nach meiner Ansicht ist *richtig-falsch* auch nicht der entscheidende Punkt. Viel wichtiger ist die Absicht hinter einer

Entscheidung, und so betrachtet kann ich den Entschluss der Kanzlerin uneingeschränkt befürworten. Selbst wenn die Geschichtsbücher irgendwann zum Entschluss kommen sollten, ihn als Fehler einzustufen.«

»Interessante Einstellung«, murmelte Mariotti. »Wobei ich mir allerdings nicht sicher bin, ob ich Sie wirklich verstanden habe.«

»Wegen der Flüchtlinge mache ich mir keine Sorgen«, antwortete ich wahrheitsgemäß. »Was mir Sorgen macht, ist dieses ständige Schwarzweißgequatsche. Als gäbe es kein Grau. Die Menschen gehen beim Denken immer den einfachen Weg, also bevorzugen sie es, in Extremen zu denken. *Merkels Entscheidung war richtig* gegen *Merkels Entscheidung war falsch. Wir schaffen das* gegen *Wir schaffen das nicht. Alle Flüchtlinge sind schlecht* gegen *Alle Flüchtlinge sind gut.* So als bestünde im Leben alles aus zwei Auswahlmöglichkeiten und als wäre die Welt ein einziger Multiple-Choice-Test für Doofe. Die Wahrheit liegt aber meist zwischen den Extremen. Verstehen Sie? Alles ist schwer und leicht, richtig und falsch, gut und böse gleichzeitig. Wenn ich diese geplagten Menschen sehe, wie sie sich entlang der Autobahn mühsam nach Norden schleppen, dann tun sie mir einerseits leid. Aber andererseits frage ich mich auch: Was hat der eine oder andere von ihnen getan? Nicht die Frauen und Kinder. Ich rede ausschließlich von den Männern. Haben sie gekämpft? Falls ja, für was und gegen wen? Haben sie getötet? Falls ja, wie viele, warum und wie?«

»Heißt das, Sie hätten die Flüchtlinge nicht ins Land gelassen?«

Ich schüttelte den Kopf. »Nein, das heißt es definitiv nicht. Genauso gut könnte ich den Wind aufhalten wollen. Was ich sagen will, ist: Antworten und Entscheidungen sind immer komplex. Nicht binär, wie in den politischen Diskussionen. Ein Wirtschaftsflüchtling aus Rumänien kann ein durch und durch ehrenwerter Mensch sein und ein politischer Flüchtling aus Syrien das krasse Gegenteil. Die Arschlochquote liegt nirgendwo bei null. Auch nicht bei jenen, die irgendwelchen Armeen oder Tyrannen weichen mussten. Nur weil jemand in Not ist und um ein Haar getötet wurde, ist er nicht automatisch ein guter Mensch! Aber auch nicht automatisch ein schlechter.«

Während wir vordergründig über Politik redeten, ließ ich ihn nicht aus den Augen. Wenn er für Torrini arbeitete, würden ihm die in unserem Dialog versteckten Andeutungen nicht entgehen. Aber er verzog keine Miene.

»Wo in Deutschland leben Sie eigentlich?«, wollte er wissen.

»In Nürnberg. Und Sie?«

»In Siena. Kennen Sie Siena?«

Fangfrage, dachte ich und überlegte, ob ich dem Köder ausweichen sollte. Wenn er die Frage allerdings nur gestellt hatte, um bezüglich meiner Identität letzte Zweifel auszuräumen, hatte womöglich auch er gelogen und lebte in Wahrheit woanders. Daher entschied ich mich für den Gegenangriff.

»Im Juli 2014 war ich mit meiner Freundin da, um mir den Palio anzuschauen. Wo in Siena leben Sie denn genau? In der Altstadt? In einer der traditionellen *Contrade*?« Wenn er aus Siena stammte, würde ihn die Frage nach dem alljährlich zweimal stattfindenden Pferderennen gewiss nicht in Verlegenheit bringen.

»Sprechen Sie Italienisch?«, fragte er stattdessen.

»Nein, wieso?«

»Nun ja … Sie sagten *Contrade*. Es gibt nicht viele Nicht-Italiener, die den weiblichen italienischen Plural korrekt bilden können.«

Verflucht!

»Das habe ich einem italienischen Wirt in Nürnberg zu verdanken«, erklärte ich – ein wenig zu hastig. »Der mich, als ich wiederholt *Pizzas* bestellte, so heftig rüffelte, dass ich dieses grammatikalische Detail nie wieder vergaß.«

Er schien nachzudenken. »Ich gehöre zur Nobile Contrada dell'Oca«, sagte er lächelnd. »Hat der strenge Wirt Sie vielleicht auch das Wort *Oca* gelehrt?«

»Leider nein«, antwortete ich – inzwischen wieder ruhig.

»Die Contrada der Gans. Wir haben 2011 und 2013 immerhin jeweils einen der zwei Palios gewonnen. Wie Sie sich denken können, waren wir deswegen alle sehr stolz.« Seine Antwort klang absolut überzeugend, aber ich würde sie zur Sicherheit noch im Internet überprüfen. »Bedauerlicherweise habe ich allerdings beide Siege verpasst. Weil ich beruflich im Ausland war.«

»Hmm … für einen Sieneser klingt das ja fast schon tragisch. Wo wird es denn als Nächstes hingehen? Oder steht das noch nicht fest?«

»Vermutlich nach Nordfrankreich«, erwiderte er leise. »Ein Job von mehreren Wochen. Ich soll dort das System einer Getränkefirma optimieren. Kennen Sie Lille?«

»Nein«, antwortete ich und schaute ihm direkt in die Augen. »Sie?«

»Bisher noch nicht. Soll aber ganz schön sein.«

Bis zu dem Moment, als er Lille erwähnte, hatte ich immer noch gehofft, dass ich mich täuschte. Ich mochte ihn. Weiß der Himmel, warum. Es war einfach so. Insofern tat es mir leid, als ich erkannte, dass ich ihn wahrscheinlich würde töten müssen.

Noch am selben Abend rief ich Dottore Mattei an. Ich hielt es einfach nicht länger aus. Ich musste endlich wissen, wie es um Francesca stand und ob ich mir Sorgen machen musste. Seit meiner überstürzten Flucht aus Florenz hatte ich sie kein einziges Mal angerufen. Aber natürlich hatte ich regelmäßig das Internet durchsucht, und wäre ihr etwas zugestoßen – der Besitzerin einer Wohnung, in der vier Gangster brutal getötet worden waren –, wäre dies in der Presse bestimmt nicht unerwähnt geblieben.

»Ja?« Als ich Matteis Stimme hörte, nur dieses eine Wort, geriet mein Inneres derart in Aufruhr, dass es mir schwerfiel zu sprechen.

»Hallo? Wer ist denn da?« Er klang eher verunsichert als gereizt. Mir fiel der Abend ein, an dem er mich schweigend in den Arm genommen und mich sekundenlang festgehalten hatte. Jetzt, da ich daran dachte, bildete ich mir ein, den Druck seiner Hände auf meinem Rücken spüren zu können.

»Ich bin's«, sagte ich, weil ich mich plötzlich nicht mehr daran erinnern konnte, unter welchem Namen Mattei mich kannte.

Kurze Pause. »Herr Scheible? Sind Sie das?«

»Ja, genau. Peter Scheible. Ich rufe Sie an, um kein Risiko einzugehen. Nur für den Fall, dass man Francescas Telefon noch immer überwacht. Können Sie mir sagen, wie es ihr geht?«

Bevor er antwortete, schien er endlos lang nachzudenken. »Mein Gott, es tut mir leid, aber … Francesca und Michele wohnen nicht mehr hier.«

»Wohnen nicht mehr hier? Aber … was soll das heißen? Was ist passiert?«

»Sie sind weggezogen. Völlig überstürzt. Schon wenige Tage nach dem … äh … Ereignis. Ohne auch nur anzudeuten, wohin.«

Matteis Worte schlugen in mich ein wie kleine vergiftete Nadeln, und meine Gedanken verloren den Halt und stürzten lautlos in die Tiefe. Was sich in mir ausbreitete wie pochende Kälte, war nicht nur Panik. Es war weitaus schlimmer!

»Aber warum das denn? Wurden sie etwa bedroht?« Obwohl ich nur meinen Mund bewegte, war ich plötzlich völlig außer Atem.

»Dazu kann ich leider nichts sagen. Auch für mich kam ihr Auszug völlig überraschend. Ich denke, sie hatten bestimmt ihre Gründe, wahrscheinlich auch Angst, aber mit mir haben sie nicht darüber gesprochen.«

»Aber … sind Sie sich wirklich sicher, dass den beiden nichts zugestoßen ist?«

Ich suchte verzweifelt nach einem Ausweg. Wie eine Maus in einem Tresor auf der Flucht vor einer Katze.

Er schüttelte hörbar den Kopf. »Ich habe sie gemeinsam wegfahren sehen. Allein. Sie wirkten nicht gerade fröhlich, warum auch, immerhin liebten sie die Wohnung, aber es war niemand bei ihnen. Ich denke, sie sind abgetaucht. Herr Scheible? Sind Sie noch da?«

»Ja.«

Hatten Francesca und Michele es mit der Angst bekommen? Hatten sie Grund zu der Annahme gehabt, man wolle sich an ihnen rächen? Hatte man sie bedroht?

»Ich bedauere es wirklich sehr, Ihnen nicht weiterhelfen zu können. Wie steht es mit *Ihnen*? Geht es Ihnen gut?«

»Ja … nein … eigentlich nicht.« Mein Magen schien sich nach außen stülpen zu wollen, und meine Beine begannen, unkontrolliert zu zittern.

»Das tut mir leid. Werden Sie sie suchen?«

»Ich weiß nicht. Vielleicht.«

Abgetaucht? Hatten sie das auf eigene Faust geplant? Oder hatte ihnen jemand dabei geholfen? Jemand wie Braun?

»Ich wünsche Ihnen Glück«, hörte ich Mattei sagen, und er klang wie der Richter in dem Prozess gegen Torrini.

»Danke. Vielen Dank.« Dann legte ich auf.

Gegen den Brechreiz ankämpfend, rief ich Francescas Handy an, aber die Nummer war stillgelegt. Mit Micheles Handynummer erging es mir nicht besser. *Was jetzt?* Inzwischen war ich ganz gut darin, zu fliehen und unsichtbar zu werden. Aber ich hatte keinerlei Erfahrung darin, jemanden, der sich verhielt wie ich, ausfindig zu machen.

Sie war weg!

Warum hätte sie mir auch eine Nachricht hinterlassen

sollen? Schließlich hatte ich selbst darauf bestanden, jeglichen Kontakt für immer abzubrechen. Was hatte ich erwartet? Dass sie das Blut und die Hirnmasse wegwischen, die Einschusslöcher verspachteln und geduldig auf mich warten würde?

Ich würde sie niemals wiederfinden!

Bei Mariotti bin ich mir bis heute nicht sicher. Er war mir von Anfang an sympathisch, und unter anderen Umständen hätten wir vielleicht sogar Freunde werden können. War er wirklich hinter mir her? Dafür schien einiges zu sprechen: seine gesamte Art, die merkwürdige Tätowierung, seine Frage, ob ich Siena kennen würde, die Beschreibung seines Jobs und der fast unglaubliche Zufall mit dem Auftrag in Lille. Aber ergab die Summe all dieser banalen Details auch zwangsläufig einen Beweis? Noch heute bin ich mir nicht sicher, ob er nicht vielleicht doch unschuldig war.

Ich hätte keinen Köder auslegen, sondern einfach abhauen sollen!

Stattdessen stand ich tags darauf um fünf Uhr morgens auf, packte die von der Wirtin vorbereitete Brotzeit ein und machte mich auf den Weg. Ich wollte ihm auf keinen Fall die Gelegenheit geben, schon vor mir loszuziehen und mir irgendwo unterwegs aufzulauern. Im schlechtesten Fall sogar mit einem in Einzelteile zerlegbaren Scharfschützengewehr. Falls ich mich in ihm täuschte, würde er um diese Zeit noch tief und fest schlafen, erst viel später in Ruhe frühstücken und im Anschluss zu einer Wanderung aufbrechen. Ohne auch nur einen Gedanken an mich zu verschwenden. Falls nicht, dann würde er sich die Gelegenheit mit dem Ramolsjoch bestimmt nicht entgehen lassen. Eine solche Chance würde sich ihm vielleicht nie wieder bieten. Er würde mein Hotel beobachten, mir folgen und versuchen, mich irgendwo auf der Strecke zu erledigen. Danach würde er wieder ins Tal absteigen, seine Ferienwohnung unter einem Vorwand vorzeitig kündigen und unauffällig verschwinden.

Der Köder war gut gewählt. Über fünfzehn Kilometer Strecke bei einem Höhenunterschied von rund eintausendzweihundert Metern. Nach etwa vier Stunden würde ich das Ramolhaus erreichen, nach einer weiteren Stunde das Ramolsjoch, danach folgte ein etwa vierstündiger Abstieg in das Seitental nach Vent, von wo aus ich mit dem Bus nach Obergurgl zurückfahren könnte.

Damals glaubte ich, wenn Mariotti mir auf dieser Strecke folgen würde, so wäre dies ein sicherer Beweis. Aber war es das wirklich?

Die entscheidende Stelle lag zwischen dem Ramolhaus und dem Ramolsjoch. Dort gab es jede Menge Stellen, die Trittsicherheit und Schwindelfreiheit erforderten. Stellen, bei denen man sich seiner Schritte bewusst sein musste. Ideal für einen Hinterhalt.

Ich wollte ihn nicht töten! Ich wollte ihn lediglich zur Rede stellen.

Denise und ich, kurz nach meiner Ankunft in Lille:

»Während deiner Zeit bei der Armee … hast du da auch Menschen getötet?«

»Ja.«

»Mehrere?«

»Zwei. Aber darüber möchte ich lieber nicht sprechen.«

»Wenn man jemanden tötet … wie fühlt sich das an?«

Bevor ich antwortete, dachte ich lange nach, mit ihr zugewandtem Rücken am Fenster stehend, und starrte hinunter auf die Straße.

»Wie eine Amputation. Die du anfänglich nicht bemerkst. Als würdest du eines Tages aufwachen, und dir fehlt ein Organ. Von dem du bis dahin nicht einmal wusstest, dass es überhaupt existiert. Und von dem du auch jetzt, da du es tagtäglich vermisst, nur sagen kannst, dass es dir fehlt, aber nicht, was es war.«

Wenn Mariotti nicht für Torrini arbeitete, warum ist dieser Idiot mir dann gefolgt? Was für Gründe hätten ihn sonst noch dazu bewegen können, am selben Tag wie ich zum Ramolsjoch aufzusteigen und sich auf eine neunstündige Wanderung einzulassen, die einem nahezu alles abverlangt, und das am zweiten Tag nach seiner Ankunft in fast zweitausend Meter Höhe? War es Ehrgeiz? Wollte er sich selbst etwas beweisen? *Sie sollten meine Kondition nicht unterschätzen.* Hat er diesen Satz überhaupt gesagt? Oder bilde ich mir das nur nachträglich ein? Wie die Krähen auf der Straße nach Lille? Rein logisch betrachtet erscheinen mir meine Zweifel unbegründet. Warum also lassen sie sich nicht wegwischen? Sein Blick! Ich glaube, es lag an seinem Blick!

Der Aufstieg war steil. Ich war müde und unkonzentriert. Nach dem Telefonat mit Mattei hatte ich noch stundenlang wachgelegen und über Francesca nachgedacht. Der fehlende Schlaf steckte mir tief in den Knochen, und wiederholt trat ich nicht sicher genug auf und kam um ein Haar ins Rutschen. Warum nahm mich der Gedanke, Francescas Aufenthaltsort nicht zu kennen, so sehr mit?

Schließlich hatte ich sie eh nicht wiedersehen wollen. Oder hatte ich mich selbst belogen?

Nach einer halben Stunde kauerte ich mich hinter einen Felsblock, nahm das Fernglas aus dem Rucksack und suchte die zurückliegende Strecke sorgfältig ab. Als ich Mariotti entdeckte, war ich fast schon enttäuscht, wieder einmal hintergangen worden zu sein. Von jemandem, den ich mochte. Ich hatte bestimmt zehn Minuten Vorsprung, aber er legte ein erstaunliches Tempo an den Tag, so dass ich mich würde anstrengen müssen, um die Distanz dauerhaft zu halten. Er durfte mich auf keinen Fall einholen. Der Vorsprung war Teil meines Plans. Als ich endlich auf dreitausend Meter Höhe das Ramolhaus erreichte, lag er nur noch wenige hundert Meter zurück. Anscheinend hatte ich seine Kondition wirklich unterschätzt, denn er wirkte noch erstaunlich fit, ich dagegen war völlig am Ende. Trotzdem gönnte ich mir keine Rast, sondern ging nur kurz zur Toilette, um meine Wasserflasche aufzufüllen. Danach brach ich sofort wieder auf.

Wenn er nicht für Torrini arbeitete, würde er es mir auf keinen Fall gleichtun, sondern erst einmal eine Pause einlegen. Dass er das nicht vorhatte, war schon Minuten später nicht zu übersehen. Ich stieg absichtlich so langsam den Berg hinauf, dass er mich, als er das Ramolhaus erreichte, noch zwischen den Felsen ausmachen konnte. Ich drehte mich sogar zu ihm um, und er schaute zu mir hoch, zog ein Fernglas aus dem Rucksack und visierte mich an. Einen Moment lang schien er zu zögern, dann machte er sich ebenfalls auf den Weg.

Okay! Wie du willst!

Schon nach kurzer Zeit wurde die Strecke zunehmend anspruchsvoller. Berge von Geröll, scharfe Felskanten, rötliche Wände, teils mit Seilen gesichert. Das alles menschenleer. Trotzdem dauerte es eine Weile, bis ich eine Stelle gefunden hatte, die mir für das, was ich vorhatte, geeignet erschien. Einen Felsvorsprung, hinter dem ich für ihn unsichtbar abwarten konnte. Ich zog die *Glock* aus dem Rucksack und schraubte den Schalldämpfer auf den Lauf. Mein Plan war, ihn mit vorgehaltener Pistole zur Rede zu stellen. Ihn zu zwingen, seine Taschen und den Rucksack zu leeren. Falls er – wovon ich ausging – eine Waffe bei sich trug, würde ich diese an mich nehmen. Auch seine Schuhe und Socken. Danach würde ich mich auf den Rückweg machen. Falls ich mich aber täuschte und keine Waffe fände, würde ich mich bei ihm entschuldigen und ihm – wie Francesca und Michele – alles gestehen. Ihn zu töten hatte ich nicht vor. Selbst dann nicht, wenn an seinen Absichten kein Zweifel mehr bestünde. Ich hatte genug vom Töten.

Auf den letzten Metern hatte ich mein Tempo gewollt verlangsamt, so dass er den Abstand deutlich verringern konnte, aber es dauerte dennoch mehrere Minuten, bis er endlich um den Felsvorsprung bog.

Ich richtete die Mündung der *Glock* wortlos auf sein Gesicht, meinen ersten Satz bereits vorformuliert auf den Lippen. Aber ich kam nicht mehr dazu, ihn auszusprechen. Mariottis Augen weiteten sich vor Entsetzen, und indem er unentwegt auf die Pistole starrte, wich er erschrocken zurück. Zwei Schritte nur, doch in einer Landschaft, die nichts verzeiht, sind zwei Schritte bereits mehr als genug.

Er stolperte über einen Stein und geriet ins Straucheln. Sein Arme ruderten auf der Suche nach Gleichgewicht verzweifelt durch die Luft, und sein Blick, der nach mir griff, als könnte er sich an mir festkrallen, war eine einzige Frage.

Dann stürzte er ohne einen Laut in die Tiefe.

In den Wochen nach Österreich?

Bestand mein Leben nicht mehr aus Zielen. Nur noch aus Aufenthaltsorten.

Weder Frauen noch Perspektiven.

Francesca war weg, und die Zeit schleppte sich dahin wie ein krepierendes Tier.

Etwa zwei Dutzend Städte.

Bis Straßburg nichts von Belang.

Auch danach nur Kälte und Leere.

Vor meiner Begegnung mit Ruth nichts, was mich wirklich berührt hätte.

Das Erste, was mir auffiel, war Ruths Haar. Nicht mehr das leuchtende Rot, das ich stets an ihr bewundert hatte, sondern ein kunstvoll geflochtenes Grau. Sie saß in einem grünen Sessel, völlig in ein Buch vertieft, nicht ahnend, dass sie vom Fenster aus schon seit geraumer Zeit beobachtet wurde. Die dreieinhalb Jahre seit unserer letzten Begegnung hatten sich tief in ihr Gesicht eingegraben, und jetzt, als ich sie so dasitzen sah, allein und ihrer Jugend beraubt, stiegen mir Tränen in die Augen. Ich dachte an die Klinik in Alkmaar. An den Abend, als sie über Stunden meine Hand gehalten hatte. An das vernichtende Gefühl, mich zukünftig von ihr fernhalten zu müssen. Zu ihrer eigenen Sicherheit. Um sie auf keinen Fall zur Zielscheibe werden zu lassen. Bis jetzt hatte ich mich stur an diesen Vorsatz gehalten. Kein Anruf. Keine SMS. Nichts! Nicht einmal eine Postkarte hatte ich ihr seither geschickt. Obwohl ich in fast jeder Stadt gegen den Impuls ankämpfen musste, unser Abkommen doch noch zu brechen und ihr davon zu berichten, wo ich war. Am Ende hatte ich mich immer für die scheinbar vernünftigere Lösung entschieden. Jetzt aber, bei ihrem Anblick, wurden mir die Auswirkungen dieser Entscheidung nochmals brutal bewusst. Seit Wochen war da erstmals dieses Gefühl in mir gewesen: dass der Tod mich in Kürze einholen würde, ein Gefühl, das über mich herfiel wie eine unausweichliche Tatsache, und den Gedanken, Ruth nicht noch ein letztes Mal zu sehen, hatte ich einfach nicht länger ertragen können. Also fasste ich fast panisch den Entschluss, endlich zurückzukehren, zurück in das von Weinreben umzingelte Zentrum meiner Kindheit. Getrieben wurde diese Entscheidung von der Befürchtung, dass *ich* sterben würde; an *Ruth* dagegen hatte ich dabei zu keinem Zeitpunkt gedacht. Dass auch sie zwangsläufig gealtert sein musste, hatte ich völlig verdrängt. Stattdessen hatte ich sie in meinem Kopf genauso konserviert, wie ich sie aus unserer letzten Begegnung in Erinnerung behalten hatte: Ruth mit ihrem herrlich roten Haar. Ruth, die mir immer Halt gegeben hatte, ganz gleich, was geschah. Sie sah müde aus, müde und einsam, und ich hoffte, dass es nur an dem Buch lag und nicht etwa an mir: an der Trauer um ihren verlorengegangenen Sohn. Wie war es nur möglich, dass jemand in nur dreieinhalb Jahren so viel Jugend an den Tod abgeben musste?

Ich hatte unweit des Ortes die Dunkelheit abgewartet und mich dann hinter das Haus in den Garten geschlichen. Nur um sie zu sehen. Jetzt aber, während ich sie aus der Dunkelheit heraus beobachtete wie ein Voyeur oder ein Dieb, war ich hin- und hergerissen, ob ich an die Scheibe klopfen oder mich eilig wieder davonmachen sollte. Noch bevor ich mich aber entscheiden konnte, hob sie den Blick und traf genau mein Gesicht. Sie sprang erschrocken auf, und das Buch glitt ihr aus den Händen und fiel flatternd zu Boden. Erst wich sie blass ein paar Schritte zurück, dann aber riss sie all ihren Mut zusammen und näherte sich neugierig der Scheibe. Um ihr die Angst zu nehmen, ging auch ich ein Stück weit nach vorn und schob mein Gesicht vom Schatten ins Licht. Ich dachte an das, was Braun gesagt hatte, damals während unseres Telefonats in Zaragoza: dass nicht einmal meine eigene Mutter mich erkennen würde, und lächelte sie unsicher an. Was, wenn Braun recht behalten und Ruth mich nicht wiedererkennen würde? Mit zitternden Händen öffnete sie das Fenster.

»Jonas? Bist du das?«

»Ja, ich bin es wirklich«, antwortete ich erleichtert, während meine Stimme in sich zusammenzustürzen drohte. Mit Betonung auf *wirklich*, so als müsste ich mir selbst etwas beweisen. »Hallo, Ruth! Schön, dich zu sehen. Ich hab dich echt heftig vermisst.«

Sie schwankte, als müsste sie verzweifelt um ihr Gleichgewicht kämpfen. »O mein Gott! Diese Stimme! Das glaub ich jetzt einfach nicht«, stieß sie atemlos hervor, während ich über die Fensterbank hinweg ins Wohnzimmer kletterte. Danach lagen wir uns minutenlang in den Armen und heulten wie Kinder.

»Meine Güte, Jonas!«, sagte sie schließlich, während sie mich mit gestreckten Armen von sich wegdrückte, um mich besser in Augenschein nehmen zu können. »Du bist ein völlig anderer geworden. Dein Gesicht. Der ganze Körper. So viele Muskeln! Es ist wirklich unglaublich.« Sie starrte mich mit geröteten Augen an. »Ich dachte, wir sehen uns niemals wieder. Anfangs habe ich noch gehofft, dass ich mich täusche, aber irgendwann habe ich mich damit abgefunden und die Hoffnung aufgegeben.«

Mir fiel nichts ein, was ich ihr darauf hätte antworten können. Kein Satz, der das, was ich ihr angetan hatte, nur annähernd aufzuwiegen vermochte. Ich dachte an die Worte, die mir in den letzten Minuten in Florenz durch den Kopf gegangen waren. *Was ist die bessere Entscheidung? Zwei Menschen für die Liebe zu opfern? Oder die Liebe für zwei Menschen?* War es das wirklich wert gewesen? Hätten wir es nicht einfach riskieren und auch weiterhin heimlich in Kontakt bleiben sollen? Vielleicht hatten ja Roland und Uwe und selbst Julia instinktiv die richtige Entscheidung getroffen? Indem sie sich von mir abwandten und sich all diese Gefühle von Anfang an ersparten.

Ruth schien meine Gedanken erraten zu haben. Was nicht schwer war, weil mir immer noch Tränen über die Wangen kullerten. »Mach dir deswegen bloß keine Vorwürfe! Du hattest keine andere Wahl. Ich habe niemals auch nur eine Sekunde lang daran gezweifelt, dass ich dir trotz allem noch viel bedeute.« Sie legte den Kopf leicht schief. »Aber was führt dich nach so langer Zeit hierher? Steckst du in Schwierigkeiten?«

Ich hob müde die Schultern. »Wenn ich ehrlich bin, stecke ich eigentlich immer in Schwierigkeiten.«

»Aber wieso? Ich dachte, die Männer vom Zeugenschutz passen gut auf dich auf?« Während sie sprach, zog sie an sämtlichen Fenstern die Vorhänge zu.

»Ja, das dachte ich anfangs auch«, antwortete ich bissig. Ich ließ mich erschöpft auf ein riesiges Sofa fallen, gelb und sehr bequem, offenbar eine Neuanschaffung, und Ruth setzte sich mir gegenüber in ihren grünen Lesesessel. Hinter ihr an der Wand hingen mehrere Fotografien. Auf einer der Aufnahmen stand sie am Meer, neben ihr ein Mann um die zwanzig. Er lächelte gutgelaunt in die Kamera, nicht ahnend, was für ein Schicksal sich das Leben für ihn ausdenken würde. Sein naives Lächeln rührte mich an. Auf mich wirkte der Mann wie ein Fremder.

»Was ist denn bloß passiert?«, fragte sie besorgt. »Einige Wochen nach dem Prozess rief mich dieser Faber noch ein letztes Mal an. Er ließ mich wissen, es sei alles in Ordnung, du seiest in Sicherheit und ich müsste mir keine Sorgen mehr um dich machen. Falls ich jemals mit dir in Kontakt treten wollte, könnte ich mich jederzeit bei ihm melden. Danach habe ich drei Jahre lang nichts mehr von ihm gehört. Bis dann vor einigen Wochen sein Nachfolger hier auftauchte.«

Ich spürte, wie meine Muskeln sich verspannten. »Sein Nachfolger? Braun?«

»Stimmt. Wieso? Er gehört doch hoffentlich zum LKA, oder etwa nicht?«

»Ja, keine Sorge, er ist Fabers Nachfolger. Was genau wollte er von dir?«

»In erster Linie wollte er wissen, ob wir beide nicht vielleicht doch in Kontakt stünden. Was ich wahrheitsgemäß verneint habe. Allerdings schien er vorauszusehen, dass du früher oder später doch noch hier auftauchen würdest. Daher musste ich ihm versprechen, dir unbedingt etwas auszurichten. Etwas sehr Wichtiges.«

»Aha. Und was?«

»Er sagte, Torrini sei krank. Krebs. Er habe nur noch wenige Monate zu leben. Braun meinte, es sei vorbei. Der Auftrag, dich zu töten, sei schon vor geraumer Zeit erloschen, und du müsstest dich nicht länger vor Luca Torrini verstecken. Er sagte, du sollst dich endlich bei ihm melden. Sonst könne er für nichts mehr garantieren. Glaubst du, das mit Torrini ist wahr? Wenn das wirklich stimmen würde, könntest du endlich wieder ein normales Leben führen.«

Um ein Haar hätte ich lauthals losgelacht. Ein normales Leben? Ich? Nach all dem, was ich getan hatte?

Die Gedanken in meinem Kopf schienen sich ineinander zu verkeilen. Torrini lag im Sterben? Das war unmöglich. Und es ergab überhaupt keinen Sinn. Erst vor wenigen Wochen war ich in Straßburg einem von Torrinis Männern begegnet, Simone Tamburanno, einem seiner gefährlichsten Gefolgsleute überhaupt. Eines der Gesichter, die mir Felix Faber vor meiner Flucht nach Zaragoza vorgelegt und vor dem er mich ausdrücklich gewarnt hatte. *Er ist einer von Torrinis meistbeschäftigten Killern. Sollte er Ihnen jemals begegnen, sind Sie so gut wie tot.* Als Tamburanno nur wenige Minuten nach meiner Ankunft in einem kleinen Weinlokal ebenfalls durch die Eingangstür getreten war, hatte ich ihn sofort erkannt. Er befand sich in Begleitung eines jüngeren Mannes, den ich nicht kannte. Sie setzten sich an den letzten freien Tisch, bestellten sich etwas zu essen und gaben vor, sich nicht im Geringsten für mich zu interessieren. Bis zu dem Zeitpunkt, als ich zahlte, aufstand und die Toiletten im Untergeschoss aufsuchte. Um ihn zu testen. Unten angekommen, betrat ich allerdings nicht die Herrentoilette, sondern die genau gegenüberliegende Frauentoilette. Dort ließ ich die Tür einen Spalt weit offen und wartete ab. Wie ich vermutet hatte, tauchte Tamburanno schon wenig später auf. Vor der Tür der Herrentoilette blieb er kurz stehen und musterte das Symbol. Sein Rücken war mir zugewandt, insofern war es leicht. Ich öffnete leise die Tür, trat ihm hart in die rechte Kniekehle und griff mit beiden Händen nach seinem Kinn. Ein kurzer Ruck, ein lautes Knacken, und Tamburanno war tot. Die Waffe, die er bei sich trug, nahm ich mit. Als ich oben das Lokal durchquerte und mich der Ausgangstür näherte, unterhielt sich Tamburannos Begleiter gerade angeregt mit einer hübschen Bedienung und bemerkte mich daher nicht.

Warum hätte Tamburanno mir folgen sollen, wenn der Auftrag von Torrini nicht mehr galt? Hatte Braun gezielt gelogen? Oder hatte er sich nur getäuscht? Ging er vielleicht davon aus, dass es so sei, und Torrini hatte den Auftrag an seinen Nachfolger übergeben? Oder war Torrini überhaupt nicht krank, und das alles war nichts weiter als eine gottverdammte Falle? Ob Braun Francescas Aufenthaltsort kannte?

»Da gibt es noch etwas anderes, was ich dir ausrichten soll«, hörte ich Ruths Stimme wie durch Watte hindurch sagen.

»Ja?«

»Er sagte, du solltest endlich aufhören. Du wüsstest schon, womit. Hast du eine Ahnung, was Braun damit meint?«

»Nein«, log ich sie an.

Wie hätte ich es ihr auch erklären sollen? Wer ich inzwischen war. Dass ich zehn Menschen getötet hatte. Und dass es eine Rückkehr in ein normales Leben für mich längst nicht mehr gab.

Es ist so weit! Der Köder wartet. Und ich bin bereit, ihn mir zu greifen.

Ich gehe langsam auf das Krankenhaus zu. Endlos langsam, meiner Rolle entsprechend, nur dreißig Meter von den beiden Männern im Daimler entfernt. Vermutlich verfolgen sie aufmerksam jede meiner Bewegungen. Wenn ich Glück habe, nur mit neutralem Interesse.

Nicht zu schnell!, schärfe ich mir ein. *Bloß nicht zu schnell!*

Die Typen starren mich mit Sicherheit an, dringen aber (hoffentlich) nicht zu mir durch. Vermutlich bleiben ihre Blicke an meiner auffälligen Fassade kleben. Zumindest wünsche ich mir, dass es so ist. Vorsichtig setze ich Schritt für Schritt die Füße voreinander, immer auf den Gehstock gestützt. Simuliere Arthrose und chronische Schmerzen.

Kleine schmerzgeplagte Schritte! Immer weiter auf den Haupteingang zu! Nur nichts überstürzen! In Etappen denken! Erst einmal lebend die Pforte erreichen! Sich erkundigen! Dann durch den Haupteingang ins Haus!

Der Mann hinter der Scheibe sieht aus, als habe er einen derart langweiligen Job als Strafe verdient. Ein unförmiger Körper mit einem unfreundlichen Gesicht, gefangen in einer öden Vorhölle aus Glas. Als ich ihn anspreche, bemühe ich mich, meine Stimme um Jahrzehnte älter klingen zu lassen. »Guten Tag. Auf welcher Station finde ich Luca Torrini?«

Er starrt mich ungläubig an. Offenbar überrascht, jemanden wie mich in der Rolle des Besuchers zu erleben. Kurz hat es den Anschein, als spiele er mit dem Gedanken, die Frage zu ignorieren und mir stattdessen den Weg in die Notaufnahme zu schildern. Samantha hat zweifellos gute Arbeit geleistet. Ich befinde mich noch immer in Sichtweite der beiden Wachhunde, vermeide es aber tunlichst, in ihre Richtung zu schauen.

»Station 8 B«, antwortet der Pförtner nach kurzer Suche im Computer. »Gleich nach der Treppe links, dann mit dem Fahrstuhl hoch in den ersten Stock.« Er mustert mich skeptisch, so als habe er Zweifel, ob ich das auch wirklich schaffen werde.

Trotz der in seinem Blick enthaltenen Demütigung bedanke ich mich freundlich für die Auskunft. Noch drei, vier Schritte, dann bin ich für das Daimler-Duo unsichtbar geworden. Hindernis Nummer eins scheine ich somit erfolgreich überwunden zu haben. Zumindest hoffe ich, dass es so ist und dass nicht Braun irgendwo sitzt und jede meiner Bewegungen grinsend verfolgt. Ich wage es, ein wenig schneller zu gehen. Weniger geplagt, aber immer noch so, dass es unverdächtig wirkt. Die Hand, die meinen Gehstock umklammert, ist gelb und alt. Übersät mit Falten und braunen Flecken. Beim Öffnen einer Glastür erschrecke ich kurz vor mir selbst. Mir gegenüber steht ein mindestens neunzig Jahre alter Greis. Ich selbst – kurz vor meinem Tod.

Die Idee mit der Maskenbildnerin finde ich immer noch genial. Sie hat keineswegs übertrieben. Sie ist wirklich gut. Normalerweise arbeite sie für das hiesige Theater, hat Samantha mir redselig erklärt, doch die Bezahlung sei leider ausbaufähig, und mit Privatkunden wie mir verdiene sie sich etwas dazu. Wobei – dabei musterte sie forschend mein Gesicht – ein Auftrag wie meiner eher unüblich sei. Die meisten ihrer Kunden würden sich als Monster schminken lassen, als Werwolf, Vampir oder gelegentlich auch als Mumie. Gewöhnlich um auf Maskenbällen Eindruck zu schinden. Zuweilen würden auch irgendwelche Filmfiguren gewünscht, wie Batman oder Cäsar oder Al Capone. Noch nie aber habe jemand sie ausdrücklich darum gebeten, ihn vorübergehend künstlich altern zu lassen, und schon gar nicht auf so drastische Weise. »Selbst Schauspieler haben nach so einer Verwandlung manchmal Angst, sich im Spiegel anzuschauen«, erklärte sie mir schmunzelnd. »Manche geraten dadurch sogar regelrecht in Panik. So als konfrontiere man sie mit dem eigenen Tod.«

Natürlich wird sich Samantha gefragt haben, was ich vorhatte. Aber sie sprach mich nicht darauf an, sondern konzentrierte sich schweigend auf ihre Arbeit. Mit erstaunlichem Erfolg. Den Pförtner jedenfalls schien meine Aufmachung restlos zu überzeugen. Kein Wunder! Ich sehe aus wie mein eigener Opa. Glatze, nur noch ein sparlicher Rest weißer Haare, im Gesicht eine auffällige Warze, Altersflecken, Falten an der Grenze zur Mumifizierung. Das größte Problem war mein Körperbau. Zu muskulös, um daraus überzeugend einen hinfälligen Greis formen zu können, wie Samantha kopfschüttelnd meinte. Ich nahm es als Kompliment. Am Ende entschied sie sich dafür, mich mit Hilfe eines vor den Bauch geschnallten Polsters dreißig Kilo schwerer wirken zu lassen.

Mit alten Menschen ist es seltsam. Man sieht in ihnen nur noch das Alter. Niemand interessiert sich mehr für den Menschen hinter der Fassade. Für den ehemaligen Abenteurer, die schöne Musikerin oder den einst knallharten Geschäftsmann. Man sieht nur noch den schrulligen Opa oder die ach so süße Oma. Etwas völlig Harmloses. Fast wie bei einer Metamorphose. So als hätten die Wesen vor und nach der Verwandlung nichts miteinander zu tun. In den Menschen, die mir auf dem Weg zum Fahrstuhl begegnen, scheine ich nur noch ein einziges Gefühl auszulösen: Mitleid. Ein uralter fetter Mann mit einem Gehstock. Dem jeder einzelne seiner Schritte unendlich viel Kraft und Überwindung abverlangt. Niemand von ihnen würde mir Glauben schenken, würde ich ihm beichten, dass ich in der Plastiktüte, die ich bei mir trage, nicht nur Pralinen und Handtücher transportiere. Sondern auch eine *Glock 17* mit aufgesetztem Schalldämpfer.

Der Fahrstuhl lässt sich verdammt viel Zeit. Neben mir schiebt ein Pfleger eine Frau im Rollstuhl in Warteposition, zieht sein Handy aus der Tasche und checkt gedankenverloren die neuesten Nachrichten. Die Frau ist Mitte fünfzig und sieht aus, als habe sie ernsthafte Probleme mit ihrer Leber. Sie wirkt traurig und verloren, wie ein Mensch, dem ein paar nette Worte guttun würden. Was ihrem handysüchtigen Begleiter aber entweder entgeht oder ihn schlichtweg nicht interessiert. Ich bin versucht, sie anzulächeln, halte mich jedoch mühsam zurück, um auf keinen Fall ein Gespräch zu beginnen. Meine Stimme wie die eines Neunzigjährigen klingen zu lassen ist alles andere als leicht.

Als der Fahrstuhl endlich ankommt, öffnen sich die Türen mit einem scheppernden KLING. Ich betrete die Kabine als Erster und drücke mich ganz hinten an die Wand, um für den Pfleger und den Rollstuhl ausreichend Platz übrig zu lassen. Während sich die Fahrstuhltüren schließen, überlege ich erstmals, was mich auf Torrinis Etage wohl erwartet. So weit habe ich bis jetzt überhaupt noch nicht gedacht. Noch vor einigen Minuten hing alles davon ab, lebend ins Innere des Gebäudes zu gelangen. Das habe ich inzwischen geschafft. Aber was jetzt? Wenn ich Pech habe, ist der Pförtner angewiesen worden, jeden, der sich nach Torrini erkundigt, umgehend zu melden. Falls das tatsächlich so sein sollte, werde ich dort oben längst erwartet.

Wenn ich ehrlich bin, habe ich nie an Ruths Prophezeiung geglaubt. Sie wissen schon: dass ich frühestens als zerknitterter Greis sterben werde. Falls überhaupt. In Zaragoza hätte ich meine Chancen, Torrini zu überleben, optimistisch auf fifty-fifty eingeschätzt. Später dann, ganz auf mich gestellt, höchstens auf zehn Prozent. Gerade jetzt allerdings ergibt Ruths absurde Voraussage erstmals wirklich Sinn und deckt sich verblüffend mit meinem Bauchgefühl. Vielleicht hätte ich mich doch lieber als Werwolf schminken lassen sollen.

Spätestens auf Station 8 B werde ich auf Torrinis Männer treffen. Oder auf die von Braun. Wie auch immer: Trotz meines biblischen Alters werden sie sicher nicht tatenlos zuschauen, wie ich auf meinen Stock gestützt an ihnen vorbei in sein Zimmer humple. Wie ich dieses Problem zu lösen gedenke, ist mir nach wie vor nicht klar. Obwohl mir für einen brauchbaren Plan nur noch wenige Sekunden bleiben. Erst einmal den schwachen Greis geben und die Lage taxieren? Ich habe nicht die geringste Ahnung.

Genau genommen bin ich ein mieser Heuchler. Wenn ich schon dieses Risiko auf mich nehme, um es hier und jetzt zu Ende zu bringen, muss ich Torrini zwangsläufig töten. Und auch jeden, der versucht, mich an der Ausführung dieses Vorhabens zu hindern. So einfach ist das!

Der Fahrstuhl erreicht ruckelnd den ersten Stock. Der Krankenpfleger tippt noch immer auf seinem Handy herum und schenkt der Frau im Rollstuhl keinerlei Beachtung. So als transportiere er keinen Menschen, sondern irgendein Paket. Würde ich ihm hier und jetzt die Nase brechen, hätte er sich das redlich verdient. Vor etwa zwei Wochen habe ich mich zu einer ähnlichen Aktion schon einmal hinreißen lassen. Ein Mann schrie seinen etwa fünfjährigen Sohn an und verdrehte ihm gleichzeitig brutal das Ohr, so dass dem Jungen Tränen in die Augen stiegen. Der Vorfall ereignete sich auf offener Straße, aber die Passanten wandten sich eilig ab und niemand griff ein. Ich aber ging auf ihn zu und schlug ihm mitten ins Gesicht. Vor einem Dutzend Zeugen (die plötzlich neugierig stehen blieben) und dem verblüfften Kind. Der Getroffene wankte geschockt zurück und versuchte verzweifelt, sich mit seinen Armen zu decken. Allerdings war er wohl eher an Auseinandersetzungen mit Schwächeren gewöhnt. Daher gelangen mir problemlos noch zwei weitere harte Treffer, die ihn endgültig zu Boden schickten. Seinem entsetzten Sohn habe ich mit meiner guten Tat sicherlich keinen Gefallen erwiesen. Nur mir selbst. Aber trotzdem tat mir die spontane Aktion gut. Vielleicht weil es mir das Gefühl gab, mich endlich wieder einmal für jemand anderen eingesetzt zu haben als immer nur für mich selbst.

Die Türen des Fahrstuhls gleiten mit einem unvermeidlichen KLING langsam auseinander. Ich stehe gebeugt an der Rückwand der Kabine, auf das Schlimmste vorbereitet, vollgepumpt mit Adrenalin, ein sprungbereiter Greis. Das Bild, das sich mir jenseits der Türen bietet, übersteigt noch meine schlimmsten Erwartungen. Direkt vor dem Fahrstuhl stehen drei kräftige Männer. Und sie gehören eindeutig *nicht* zu Braun!

Zwei von ihnen kenne ich sogar. Andrea Pasqualetti und Giovanni Perrotta. Bis zu Torrinis Inhaftierung jahrelang für seinen Schutz zuständig. Pasqualetti sagte man schon damals ein halbes Dutzend Morde nach, Perrotta zwei. Der dritte Mann ist mir unbekannt, sieht aber ebenfalls wie ein Südländer aus. Sie stehen genau vor der Türöffnung des Fahrstuhls und schauen uns abwartend an. Mich und den Pfleger und die gelbliche Frau im Rollstuhl. Alle drei tragen Anzüge. Und darunter auch Waffen. Die Ausbeulungen im Stoff sind unschwer zu erkennen. Unwillkürlich umklammere ich die Plastiktüte, versehentlich so fest, dass ich die Pralinenschachtel zerquetsche.

Ich werde sterben, denke ich, aber die drei machen keine Anstalten, nach ihren Waffen zu greifen. Stattdessen weichen sie gelassen ein Stück zurück, um die Frau und den Pfleger vorbeizulassen. Währenddessen stehe ich noch immer wie gelähmt an der Rückwand der Kabine und glotze die Killer blöde an. Unauffälliges Verhalten sieht anders aus. Hätte ich nicht den Teint einer verschrumpelten Kartoffel, wäre ich vermutlich längst durchlöchert wie ein Sieb.

»Willst du auch aussteigen, Opa?«, fragt Pasqualetti ungeduldig.

»Ich suche die Station 8 B«, erkläre ich knarrend, bereue den Satz aber schon, bevor ich ihn ganz ausgesprochen habe.

»Gleich hier um die Ecke«, belehrt er mich sachlich.

Sie haben mich tatsächlich nicht erkannt. Offenbar ist auch der Pförtner nicht bestochen. Keiner von ihnen schöpft Verdacht. Die Summe, die ich der Maskenbildnerin auf den Tisch blättern musste, war mehr als angemessen.

Langsam! Ganz Langsam! Jetzt bloß nicht die Nerven verlieren!

Mit unsicheren Schritten verlasse ich den Fahrstuhl, immer auf den Stock gestützt, mit einem leichten Seufzen, wie es die alten Menschen häufig tun. Die drei Italiener nicken mir höflich zu, dann betreten sie eilig die Kabine und drücken auf einen der Knöpfe.

»Heilige Scheiße! Wie alt ist dieser Kerl?«, höre ich Perrotta auf Italienisch fragen.

»Jedenfalls älter, als Torrini je werden wird«, entgegnet der Dritte, und seine Stimme klingt gefühllos und kalt.

»Ja, verdammt, aber ich könnte kotzen, wenn ich nur daran …«

Dann schließen mich die Türen endgültig aus dem Gespräch der drei Männer aus, und der Fahrstuhl bewegt sich rauschend nach unten. Anscheinend habe ich während der ganzen Zeit den Atem angehalten, denn kaum sind sie weg, schnappe ich wie ein Ertrinkender nach Luft.

Wo wollen diese Scheißkerle hin? Wieso lassen sie ihren Boss hier ohne Schutz zurück? Oder sind noch andere Männer im Gebäude? Ja, genau, so wird es sein. Vermutlich wurden die drei nur abgelöst. Von drei ähnlich harten Burschen, die für die nächsten Stunden ihren Platz einnehmen werden. Wie auch immer: Torrini ist hier! Und so wie es aussieht, nicht ohne Grund. Oder ist das alles nur eine verdammte Falle?

Auf Station 8 B treffe ich nach wenigen Schritten auf eine junge Krankenschwester. »Entschuldigen Sie bitte! Ich suche Luca Torrini«, spreche ich sie an, mit einem leicht italienischen Akzent, der eine persönliche Verbindung suggeriert.

Sie schaut mich misstrauisch an. »Sind Sie ein Verwandter?«

»Ja. Sein Onkel.«

Ihre Mimik verändert sich augenblicklich. Von misstrauisch zu ehrlichem Bedauern. »Zimmer 214«, klärt sie mich auf. »Das Zimmer ganz hinten links im Flur.«

»Grazie.«

Während sie in einem der Zimmer verschwindet, schleicht mein Blick zum hinteren Ende des Gangs. Drei leere Stühle, aber keine Leibwächter. Bestimmt stehen sie gerade bei Torrini am Bett, um ihn über die Ablösung zu informieren.

Ich kann immer noch umkehren, denke ich, während ich mich langsam in Bewegung setze, immer einen Fuß vor den anderen, alles sehr langsam, wie eine menschliche Schildkröte.

Dennoch erreiche ich die Tür, ohne jemandem zu begegnen. Ich fasse prüfend auf einen der leeren Stühle. Die Sitzfläche ist eindeutig noch warm. Vorsichtig lege ich mein Ohr auf die Tür. Im Innern von Torrinis Zimmer ist nichts zu hören. Nicht das leiseste Geräusch. Werde ich vielleicht doch erwartet? Zielen gerade jetzt mehrere Mündungen auf die Tür? Aber wieso hat man mich dann nicht schon im Fahrstuhl erledigt? Ich lehne meinen Gehstock an die Wand, stecke meine rechte Hand tief in die

Plastiktüte und greife nach der *Glock*. Bevor ich sie herausziehe, schaue ich noch einmal kurz nach links. Der lange Flur ist menschenleer. Die Tüte lege ich auf die Sitzfläche eines Stuhls. *Als Greis sterben,* denke ich lächelnd, während ich mit der Linken nach der Türklinke greife, in der Rechten die Waffe mit dem aufgeschraubten Schalldämpfer.

Ich atme noch ein letztes Mal tief durch. *Jeden im Zimmer töten außer Torrini!,* schärfe ich mir ein. Dann reiße ich die Tür auf und springe mit vorgehaltener Pistole in den Raum.

Hätte ich in meinem Leben irgendetwas anders machen sollen?

Um ehrlich zu sein: Ich weiß nicht, was. Denn hätte ich irgendwo auf der Strecke einen anderen Weg gewählt oder irgendetwas ausgelassen, ganz gleich, ob es sich dabei um etwas Gutes oder Schlechtes handelte, dann hätte ich Francesca nie kennengelernt. Und das – da bin ich mir sicher – wäre ein unverzeihlicher Verlust.

Ganz gleich, was man sich auch immer vorzumachen versucht: Das Leben geht niemals gut aus. Das liegt in der Natur der Dinge. Und dass das Ziel – falls es so etwas gibt – ausgerechnet am *Ende* des Weges liegen könnte, ergibt für mich keinerlei Sinn. Warum um alles in der Welt sollte das so sein? Das mag für einen Marathonlauf gelten, aber bestimmt nicht für das Leben. Ich glaube vielmehr, am Ende seines Lebens hat man das Ziel längst passiert. Nicht erreicht, nur passiert. Das Ziel liegt irgendwo auf einem sich dahinschlängelnden Weg und umfasst nur eine gewisse Menge Zeit. Vielleicht Jahre. Vielleicht Monate. Vielleicht nur wenige Minuten. Man erreicht es, genießt es, und natürlich versucht man es auch festzuhalten. Aber man treibt unaufhörlich wieder davon weg. Ohne eine Chance, sich der Strömung des Lebens dauerhaft entgegenstemmen zu können. Alles, was einem bleibt, ist das Wissen, man war da. Wie gesagt: falls es gut läuft. Aber am Ende des Lebens – da bin ich mir sicher – ist man schon längst wieder weit von diesem Höhepunkt einer verschlungenen Biographie entfernt und schaut nur noch wehmütig darauf zurück.

Was ich anders machen würde?

Keine Ahnung!

Vermutlich habe ich diesen Roman hauptsächlich aus dem Grund geschrieben, um trotz allem etwas weiterzugeben: meine Erfahrungen, meine Fehler, meine scheinbaren Erkenntnisse. Wollen wir das nicht irgendwie alle? Etwas an unsere Kinder weitergeben, die es aber meist nicht hören wollen, oder an irgendwelche Leser, welche die Bücher aber gar nicht erst kaufen oder sie eher beiläufig lesen und danach sofort zum nächsten Thema wechseln?

Das soll nicht bitter klingen. Ich denke, das geht völlig in Ordnung.

Vielleicht besteht ja genau darin der eigentliche Sinn des Lebens. Eine endlose Serie von Fehlern zu begehen! Um ständig daraus zu lernen. Wenn man alles schon wüsste, wozu dann noch leben? Wäre ein Leben, in dem man jeden seiner Fehler schon von Anfang an kennt, nicht ein Leben ohne jeden Sinn?

Ich halte die *Glock* weit vor mich, mit fast durchgestreckten Armen, und drehe mich hektisch von links nach rechts, mit rasendem Puls auf der Suche nach einem Ziel. Aber wohin auch immer ich die Mündung richte, da ist nichts, wofür es sich abzudrücken lohnt. Um ganz sicher zu gehen, reiße ich abschließend noch die Tür zum Badezimmer auf, doch der weißgekachelte Raum ist leer. Mit rasendem Puls drücke ich die Tür zurück ins Schloss und drehe mich langsam um.

In dem Raum steht nur ein einziges Bett. Das Wesen, das mir von dort aus entgegenstarrt, ist unfassbar dünn. Mehr ein Skelett als ein Mensch, die Knochen des Schädels deutlich zu erkennen, die Augen übergroß. Das schüttere Haar lässt den Anblick noch um einiges mitleiderregender erscheinen – zu wenig, um noch irgendeine Frisur daraus zu formen, zu viel, um darüber hinwegsehen zu können. Das Kopfteil des Bettes ist angehoben und steht auf mittlerer Position. An einem Metallständer neben dem Bett hängt eine Ansammlung von Glasflaschen. Von dort aus führen Plastikschläuche zu einem blinkenden Apparat. Ein weiterer Schlauch führt zum Arm des Wesens, um dort unter einem weißen Pflaster zu verschwinden. Weiter unten in Richtung des Fußendes tropft Urin dunkelgelb in einen bereits halbvollen Plastikbeutel.

Im ersten Moment glaube ich, mich im Zimmer geirrt zu haben oder von dem Pförtner in eine Falle gelockt worden zu sein, aber dann öffnet das Wesen seinen Mund.

»Sind Sie irre? Was soll das werden?«

Italienischer Akzent. Eher ein Stöhnen als eine Stimme. Nur noch ein Rest von dem, was sie einst war. Aber der Tonfall kommt mir bekannt vor. Ich habe ihn vor Jahren schon einmal gehört.

»Sind Sie Luca Torrini?«, frage ich – völlig geschockt.

»Der Rest von ihm, ja. Wieso? Kennen wir uns?« Man hört jedem seiner Worte an, wie viel Kraft es ihn kostet, es aus dem Körper zu pressen.

Dieses Würmchen soll Torrini sein? Der gnadenlose Mann aus dem Wald? Groß wie ein Berg und bereit, seiner Geliebten direkt vor meinen Augen das Gesicht zu zerschießen? Mehr hat der Krebs nicht von ihm übrig gelassen? Nur ein mit Haut überzogenes Skelett? Neben seiner Hand liegt die Klingel, mit der er im Notfall die Schwester herbeirufen kann. Das andere Ende des Kabels steckt nahe dem Kopfende in der Wand. Er macht keine Anstalten, danach zu greifen. Dennoch laufe ich mit großen Schritten zum Bett, greife nach dem Stecker und ziehe ihn mit einem Ruck aus der Buchse.

Er schaut mich mit riesigen Augen an. »Wären Sie vierzig Jahre jünger, würde mich das ... was Sie hier abziehen ... verdammt misstrauisch werden lassen.« Er schafft immer nur wenige Worte auf einmal, danach kämpft er ausgelaugt um Luft. Sein Blick klebt starr an meiner *Glock*. Ich muss einen merkwürdigen Anblick bieten. Ein verschrumpelter Greis mit einer Pistole samt Schalldämpfer, der wie ein Profi ein Krankenzimmer sichert.

»Mein Name ist Jonas Keller«, erkläre ich ruhig – immer noch mit uralter Stimme.

»Na und?«

Damit habe ich nun wirklich nicht gerechnet! Er gibt vor, sich nicht an meinen Namen erinnern zu können! Sekundenlang tut er so, als würde er seine Erinnerungen durchwühlen, dann stutzt er und prüft skeptisch mein Gesicht.

»Keller? Der Zeuge?«

»Ja.«

»Willst du mich verarschen? Du …… könntest locker sein Urgroßvater sein.«

»Das täuscht. Theaterschminke. Eine Profi-Arbeit. Hat mich über vier Stunden gekostet.« Inzwischen spreche ich wieder mit meiner normalen Stimme, der Stimme eines Mittdreißigers im Körper eines Greises.

»Im Ernst? Unfassbar!« Sein Blick versucht, die Maske zu durchdringen – ohne jede Chance. »Extrem beeindruckend. Meinst du, das funktioniert auch …… bei mir? Nur umgekehrt?«

Er lacht heiser auf und beginnt, heftig zu husten. Ein Stück Schleim wird explosionsartig aus seinem Mund katapultiert und landet nahe dem Fußende auf der sonst blütenweißen Decke. Als er sich wieder unter Kontrolle hat, schaut er mich mit zusammengekniffenen Augen an.

»Der Typ aus dem Wald, als Zombie verkleidet.« Er ringt lautstark nach Luft. »Ist es denn zu fassen? ...... Kommst mich tatsächlich besuchen. ...... Du hast echt Mumm. Aber das hattest du damals schon. ...... Richtig dicke Eier in der Hose.« Er scheint nachzudenken. »Ich hoffe, du nimmst mir ...... das mit Alkmaar nicht mehr übel. Das war rein ...... geschäftlicher Natur. Nichts Persönliches.« Er starrt gebannt auf mein uraltes Gesicht. »Vier Stunden, sagst du? ...... Aber wozu der ganze Aufwand? Wieso tauchst du gerade ...... heute bei mir auf?«

»Um Sie zu töten«, informiere ich ihn sachlich.

Er schaut mich verständnislos an. »Aber wieso? Das ergibt ...... keinen Sinn. Ich bin doch eh schon ein toter Mann.«

»Ich bin es einfach leid, ständig vor Ihnen wegzulaufen.«

»Was heißt hier *weglaufen*? ...... Ich dachte, du sitzt in einer Villa irgendwo im Süden ...... und hast mich schon längst ...... vergessen.« Er spielt seine Rolle wirklich gut.

»Was soll der Scheiß?«, schnauze ich ihn an und drücke ihm die Mündung der Waffe hart gegen die Stirn. »Ihre Killer hängen mir seit Jahren wie Bluthunde an den Fersen. Das muss endlich aufhören.«

»Meine Killer? Welche Killer? Da ...... war nur dieser verdammte Versager in Alkmaar, und danach war ...... auch schon Schluss.«

»Ach, kommen Sie schon, Torrini! Und was war mit Florenz?«

»Florenz? Also ehrlich, Mann! Ich hab nicht den geringsten …… Schimmer, wovon du …… eigentlich redest.« Das Sprechen bereitet ihm unendlich viel Mühe. Er ist völlig außer Atem.

»Vier Männer. Mit Pistolen bewaffnet. Sie drangen nachts in meine Wohnung ein, um meine Schlafprobleme zu kurieren. Allerdings für immer.«

Zur Abwechslung nimmt er sich für die Erwiderung Zeit. »Geschah das vor einigen Monaten? Und keiner …… von den vieren hat überlebt?«

»Ja.«

»Davon habe ich gehört«, murmelt er geistesabwesend. »Hat ziemlich Wellen geschlagen. Nicht nur in den italienischen Medien, …… auch innerhalb der Organisationen. Weil die Jungs …… aus Florenz die Konkurrenz verdächtigten, also zum Beispiel …… auch einen guten Bekannten von mir. Soviel ich weiß, ging es …… dabei um eine …… Tasche voller Geld, die …… einem Kurier gestohlen wurde. Das warst DU? …… Meine Güte! Da kann ich ja …… echt von Glück reden, dass ich damals unsere Begegnung unverletzt …… überstanden habe.« Er schnauft wie ein Langstreckenläufer, aber seinen Humor scheint er nicht aufgeben zu wollen.

Allmählich macht er mich wütend. Der Kerl liegt im Sterben! Warum also gibt er es nicht einfach zu? Wie armselig muss man sein, um sich so verzweifelt an sein Leben zu klammern?

»Und was war mit den Russen in Zaragoza?«

Er schüttelt den Kopf. »Russen? Also jetzt hör mal zu, du Arsch! Bevor ich so …… einen Job an einen Russen vergeben würde, …… würde ich ihn lieber …… selbst erledigen.« Er denkt angestrengt nach. »Von wie vielen Toten reden …… wir hier eigentlich?«

Ich zögere und muss nachrechnen. Die zwei Russen in Zaragoza, der Franzose bei Lille, die vier in Florenz, der Kanal, Österreich und die Sache mit Tamburanno in Straßburg. »Von zehn.«

»Zehn? Heilige Scheiße! Wenn du – wie du es …… anscheinend vorhast – gleich auch noch mich … ausknipsen wirst, …… hast du mich locker eingeholt. Und ich dachte, hier sei ich der Scheißkerl …… und du der Gute. Du hast zehn Leute abgemurkst? …… Mann! Das ist ja echt der Hammer!«

Er beginnt erneut zu husten. Unter seinen Zuckungen vibriert das Bett so sehr, dass die Glasflaschen über seinem Kopf laut klirrend aneinanderstoßen.

Allmählich beschleichen mich Zweifel. Wenn er seine Überraschung nur spielt, dann macht er das unglaublich gut. Ich denke an die entsetzten Gesichter der Russen. Was, wenn das alles nur ein dummer Zufall gewesen war?

Ach was! Lass dich bloß nicht von ihm einwickeln!

»Du glaubst mir nicht, stimmt's?«, höre ich ihn fragen.

Als ich den Schalldämpfer von seiner Stirn nehme, bleibt ein kreisrunder Abdruck zurück. Mit einer kleinen kreisförmigen Erhebung in der Mitte. »Natürlich nicht. Sie bluffen. Nur, um Ihr gottverdammtes Leben zu retten.«

Er lacht höhnisch auf. »Ist das dein Ernst? …… Sehe ich tatsächlich so aus, …… als ob sich das lohnen würde? Nein, nein, ob du mir glaubst …… oder nicht: …… Ich sage die Wahrheit. Und die Wahrheit ist: Ich habe versucht, dich im ...... Wald umzulegen. Ich habe jemanden ...... nach Alkmaar geschickt. Aber mehr – so wahr ich hier liege – nicht.«

Äußerlich schwanke ich. Innerlich stürze ich ab. In einen endlos tiefen Schlund, der mich gefräßig zu verschlingen droht.

Das kann nicht sein! Das kann einfach nicht sein!

»Du bluffst!«, fahre ich ihn wütend an. »Erst vor zwei Wochen war in Straßburg einer deiner Männer hinter mir her. Simone Tamburanno. Den kennst du doch? Oder willst du das etwa auch abstreiten?«

Mit einem Mal wirkt er entsetzt, und seine Verblüffung erscheint auf keinen Fall gespielt. »Tamburanno? Das warst *du*?«

»Ja, verdammt. Klar war das *ich*. Er ist mir in Straßburg auf eine Toilette gefolgt. Pech für ihn, denn jemand vom Zeugenschutz hatte mir damals eine Menge Fotos vorgelegt, und ich vergesse niemals ein Gesicht!«

»Tamburanno war in Straßburg, um seinen Bruder zu besuchen, du verdammter Idiot! Der Kerl ...... arbeitet schon seit einem Jahr nicht mehr für mich. Dummerweise ...... hatte ich mit der miesen Ratte noch eine ziemlich dicke ...... Rechnung offen. Seit seinem Tod glauben alle, ... ich hätte diese noch unbedingt begleichen wollen ...... und unglücklicherweise ...... ist sein Vater ein sehr mächtiger ... Mann. Deswegen auch die Wachposten vor meiner Tür. ...... Apropos, wie bist du an denen überhaupt ...... vorbeigekommen? Hast du die etwa auch gekillt?«

»Nein. Deinen drei Bullterriern bin ich im Fahrstuhl

begegnet. Ihre Ablösung wird wohl in Kürze hier sein, nehme ich an.« Ihn zu duzen tut mir gut. Das nimmt mir endgültig die Angst, die ich seit Jahren vor ihm hatte.

»Ablösung? Welche Ablösung?«

Torrini ist einfach unglaublich! Ein gerissener Hund! Er wäre sicherlich ein großartiger Geschichtenerzähler geworden.

Trotzdem!

Ich denke an die zwei Typen im Daimler und kann deutlich spüren, wie sich meine Nackenhaare kräuseln.

Man kann in seinem Leben jahrzehntelang alles richtig machen, und dann begeht man einen einzigen fatalen Fehler, und alles ist zerstört. Dieser eine Fehler löscht alles, worum man sich bemüht hat, irreversibel aus und verleiht dem eigenen Leben von einer Sekunde zur nächsten eine völlig neue Bedeutung.

Als Ruth mir von Brauns Besuch erzählte, wurde mir das schlagartig klar. Sollte Torrini tatsächlich seinen Mordauftrag schon vor Monaten zurückgezogen haben, dann war Filippo Mariotti kein Killer, sondern ein harmloser Computerexperte gewesen, und ich hatte einen Unschuldigen getötet. Vielleicht hatte auch Tamburanno mich nicht wirklich gejagt, sondern mich in Straßburg nur zufällig erkannt. Aber selbst wenn es so wäre: Wegen Tamburanno würden mich bestimmt keine Gewissensbisse quälen. Aber Mariotti und das Entsetzen in seinem Blick kurz vor seinem Sturz gingen mir nicht mehr aus dem Kopf.

In jener Nacht, als ich Ruth besuchte, blieb ich bis zum frühen Morgen und brach erst kurz nach Sonnenaufgang auf. Ich erzählte ihr stundenlang, was ich erlebt hatte: von

Zaragoza, von meinen Versuchen, Frauen zu becircen, von Lille und Denise und natürlich auch von Francesca und Michele und meinem Leben in Florenz. Aber das Entscheidende ließ ich weg. Ich erwähnte keinen einzigen Toten. In Ruths Kopf bin ich bis heute ein guter Mensch auf der Flucht. Ich brachte es einfach nicht übers Herz, sie mit der Wahrheit zu konfrontieren. Was hätte ich ihr auch sagen sollen? Dass ich zehn Menschen getötet hatte? Dass aus ihrem Ziehsohn Jonas ein brutales Raubtier geworden war?

Auf den ersten Blick sieht es so aus, als sei ich Torrini über Jahre unversehrt entkommen. Von den zwei Durchschüssen in Alkmaar einmal abgesehen. Aber so verhält es sich nur auf den ersten Blick. In Wahrheit bin ich spätestens seit Zaragoza nicht mehr der, der ich war. Ich habe Menschen getötet. Sie erstochen, erschossen, ertränkt, ihnen das Genick gebrochen oder ihren Wagen gerammt. Ich habe sogar einen Schädel mit einem Morgenstern zertrümmert.

Von außen betrachtet, mag es den Anschein haben, als sei ich davongekommen. Aber innerlich bin ich von Kopf bis Fuß vernarbt. Ich leide unter regelmäßigen Albträumen. Aber inzwischen werde ich nicht mehr von einem Mann in Schwarz verfolgt, sondern von den vielen Menschen, die ich selbst getötet habe. Oft träume ich, ich schwimme nachts in einem See, und in dem dunklen Wasser greifen Dutzende von Händen nach mir. Oder ich stürze unendlich weit hinab in die Tiefe, über mir das Gesicht von Filippo Mariotti.

Dennoch dachte ich bislang immer, es sei es wert. Weil

all das nicht *meine* Schuld gewesen war und weil ich immer nur versucht habe, das Richtige zu tun. Weil ich sogar mein Leben aufgegeben habe, nur um Luca Torrini hinter Gitter zu bringen. Insofern ergab meine Biographie trotz allem einen Sinn.

Aber was, wenn Braun die Wahrheit gesagt und ich Filippo Mariotti ermordet hatte? Dann würde ich meine gesamte Biographie umschreiben müssen. Für immer.

Als Ruth mir an jenem Abend von Brauns Besuch berichtete, stand daher unumstößlich fest, dass ich mir über diesen entscheidenden Punkt Gewissheit verschaffen musste. Und dass es nur einen einzigen Menschen gab, der über das Wissen verfügte, um meine Fragen wahrheitsgemäß beantworten zu können.

Also machte ich mich auf die Suche nach meinem größten Feind. Ohne zu ahnen, wen ich dort vorfinden würde.

»Sie sind abgehauen? Alle drei? Verfluchte Scheiße! Pasqualetti und ich, wir kennen uns schon seit über fünfzehn Jahren.«

Wäre Torrini noch der Alte, groß und kräftig, würde er jetzt vermutlich toben vor Wut. Jetzt aber, geschwächt im Bett liegend, fällt sein Wutanfall ernüchternd armselig aus.

»Hör zu! Es wird keine Ablösung kommen. Das ...... bedeutet, ich bin ohne Schutz ...... und das bestimmt nicht ohne Grund. An deiner Stelle ...... würde ich daher meinen Arsch bewegen, um eiligst ...... von hier wegzukommen. Das, was du vorhattest, ... werden garantiert bald andere erledigen. ...... Wenn es dir Spaß macht, ... kannst du mich aber auch gern persönlich ...... töten. Darin scheinst du ja inzwischen jede Menge ...... Erfahrung gesammelt zu haben.« Sein Atem ist nur noch ein Rasseln und Pfeifen, und sein Totenschädelgesicht sieht aus, als leide er unter höllischen Schmerzen. »Irgendetwas Schnelles und Schmerzloses wäre nett. Kriegst ...... du das hin? Das würde diese verdammten Feiglinge mit Sicherheit ...... ins Grübeln bringen.«

Was hat er vor? Will er mich dazu bewegen, ihm Glauben zu schenken und ihn am Leben zu lassen?

Ich öffne vorsichtig die Tür und spähe hinaus in den Flur. Niemand zu sehen. Wenn Torrinis Story zutrifft, wird das allerdings nicht mehr lange so bleiben. Das mit den Leibwächtern glaube ich ihm sogar. Warum hätten sie ihn auch sonst allein lassen sollen? Aber der ganze Rest? Dass ich Tamburanno nur zufällig traf, während er in Straßburg seinen Bruder besuchte? Dass die Killer in Florenz nicht hinter mir her waren, sondern hinter Michele? Hält er mich für blöd? Träfe das zu, was er behauptet, wäre ich ein Mörder. Der moralisch integerste Serienkiller der Kriminalgeschichte. Mir wird übel. So übel, dass ich fürchte, mich jeden Moment auf den Zimmerboden zu übergeben.

Habe ich Francesca grundlos verlassen? Aber was ist mit dem Geldkoffer? Wenn es tatsächlich um *ihn* ging und die Killer ein Exempel statuieren sollten, hätte sich die Angelegenheit mit ihrem Tod noch lange nicht erledigt. Die Auftraggeber würden diese Schlappe kaum auf sich sitzen lassen. Dann befände sich Francesca – sollte sie noch leben – in höchster Gefahr. Das würde auch erklären, warum sie die Wohnung aufgegeben hatte und gemeinsam mit Michele abgetaucht war.

Ich bin ein Mörder. Ich bin ein Mörder. Ach Quatsch! Lass dich bloß nicht von ihm einwickeln! So muss es sich anfühlen, wenn ein Hirn kollabiert. *Jetzt nicht schlappmachen! Denk an Francesca! Nur noch an sie! Sie braucht dich! Und deine Hilfe! Weiß Braun, wo sie steckt?*

Ich glaube Torrini, was Florenz anbelangt. Den Rest glaube ich ihm nicht.

War die Trennung von Francesca ein tragischer Irrtum? Habe ich sie – ohne es zu ahnen – im Stich gelassen? Ohne eine Chance, mich zu finden und es nachträglich richtigzustellen?

Torrinis Blick wirkt plötzlich traurig und leer. »Das mit Maria war ein Fehler. Der größte von allen. Nicht, ... weil ich dafür in den Knast einrücken musste. Das hatte ich ...... wahrlich verdient. Es gibt nicht viel, ... was ich in meinem Leben rückgängig machen möchte … über dieses Geständnis wird der Teufel sich hundertprozentig freuen ...... aber das mit Maria geht mir bis heute nicht mehr aus dem Kopf.«

Ich denke an seinen Blick. Damals im Wald. An diese Mischung aus Verzweiflung und Wut. Ich glaube, er sagt die Wahrheit. Vermutlich liebt er sie noch immer. Oder will er mich nur weichkochen?

Leg ihn endlich um!, meldet sich der Wolf.

Letztendlich kann ich meinem Alter Ego nur zustimmen. Ich bin gekommen, um Torrini zu töten. Es ist sogar einfacher, als ich es mir ausgemalt habe. Ein wehrloses Opfer ohne Schutz. Das, was der Krebs von meinem Gegner übrig gelassen hat, könnte ich spielend mit einem Kissen ersticken. Warum also zögere ich jetzt? Weil er krank ist? Weil er mir erzählt hat, schon vor Jahren endgültig mit mir abgeschlossen zu haben? Oder vielleicht auch einfach nur deswegen, weil ich im Gegensatz zu ihm kein Mörder *bin*?

Kein Mörder? Zum Totlachen!

Vielleicht sollte ich mich stellen. Mit Braun reden. Ihm alles gestehen. Nur eine polizeiliche Untersuchung kann

Torrinis bizarre Behauptungen abschließend klären. Aber wenn ich das täte, ließe ich Francesca auch weiterhin allein.

»Ich glaube, Sie haben recht. Ich bin nicht wie Sie. Ich will Sie nicht töten. Selbst dann nicht, wenn Sie mich angelogen haben sollten.«

»Hab ich aber nicht!«, erwidert er trotzig. »Darf ich dich etwas fragen?«

»Meinetwegen.«

»Wieso hast du damals eigentlich ausgesagt? Warum …… hast du nicht gekniffen?«

»Keine Ahnung. Es hat sich einfach so ergeben.«

»Das ist alles? Es hat sich …… einfach so ergeben?«

»Ja. So ist das Leben. Eins ergibt das andere, und am Ende stirbt man.«

Er schaut mich mit seinen riesigen Augen an und scheint meine Worte auf sich wirken zu lassen. »Stimmt«, sagt er schließlich. »Und am Ende stirbt man.«

Ich luge erneut in den Flur. Vorne im Flur stehen zwei Typen mit Sonnenbrillen. Sie reden mit derselben Schwester, mit der vorhin schon ich gesprochen habe. Ich kenne keinen von beiden, und es sind auch nicht die Kerle aus dem Daimler.

»Verflucht!«, knurre ich leise.

»Was ist los?«, fragt Torrini. »Etwa Besuch?«

»Ja. Zwei Mann. Fragt sich nur, ob die wegen Ihnen oder wegen mir hier aufkreuzen.«

»Tja … das hättest du dir auch nicht träumen lassen, was? Dass wir beide mal …… gemeinsam sterben würden?« Er hält das offenbar für witzig.

»Schnauze, verdammt! Sonst überlege ich es mir doch noch anders und jage dir eine Kugel durch deinen hässlichen Schädel.«

Ich stelle mich mit dem Gesicht zur Tür und lasse die *Glock* hinter meinem Rücken verschwinden.

Konzentrier dich! Denk an Francesca!

Erneut die altbekannte Frage: Bullen oder Killer? Eher Killer. Die Bullen sitzen vermutlich draußen in ihrem Daimler. Weiß der Himmel, aus welchem Grund. Um auf *mich* zu warten?

Also sind die zwei Sonnenbrillen Gangster! Aber sind sie: a) die Ablösung? oder b) ein auf Torrini angesetztes Kommando? Ganz gleich, welche der beiden Möglichkeiten zutrifft, MICH werden sie auf jeden Fall töten.

Die Tür wird ruckartig aufgeworfen, und ich schaue in zwei grimmig blickende Gesichter. Beide tragen ihre Sakkos locker über dem linken Arm. Bei meinem Anblick bleiben sie überrascht stehen, doch sie zögern nur kurz. Bullen würden jetzt fragen, wer ich bin. Sie aber greifen synchron unter den Stoff.

(ZEITLUPE)

Ich reiße die Waffe nach vorn. In Schussposition. Sie auch. Wie ich, so benutzen auch sie Pistolen mit Schalldämpfern. Also mit Sicherheit keine Guten!

Dem Linken schieße ich genau in den Mund. Noch bevor es ihm gelingt, mich anzuvisieren. Ein Teil seiner Zähne ist plötzlich verschwunden, und hinter ihm fliegt Hirnmasse bis hinaus in den Flur. Währenddessen bewegt sich der Pistolenlauf seines Begleiters noch immer auf mich zu.

Ich habe zu lange gezögert. Um sicher zu überleben, fehlt mir mindestens eine halbe Sekunde. Es wird verdammt knapp werden. Die Sonnenbrille verdeckt seine Augen. Aber bestimmt hat er genauso viel Angst wie ich.

Dann drücken wir nahezu gleichzeitig ab.

Nachwort

Am 8. Januar 2016 wurde mir von der Post ein Päckchen zugestellt. Ohne Absender. Es enthielt ein Manuskript und einen Brief. Der Verfasser des Schreibens gab an, mich wegen meines Erzählbands ausgewählt zu haben, wegen eines Buches, das längst vergriffen ist und das meines Wissens kaum jemand kennt. Er bezog sich auf einen bestimmten Satz aus diesem Buch: *Wissen bedeutet immer auch den Ausschluss von Möglichkeiten*, dieser Satz habe ihn irgendwie beeindruckt, und wenn ich sein Manuskript gelesen hätte, würde ich begreifen, warum.

Er bot mir an, seinen Text zu überarbeiten und ihn anschließend unter meinem eigenen Namen zu veröffentlichen. Dafür bot er mir dreißig Prozent der Einnahmen und im Falle eines Erfolgs auch die damit verbundene öffentliche Aufmerksamkeit. Zehn weitere Prozent sollten an einen Freund gehen, der ihm in einer Notsituation zur Seite gestanden hatte, und die verbleibenden sechzig Prozent an seine Tante (nennen wir sie Ruth!). Es war weniger ein Angebot als eine Bitte, und das Vertrauen, das mir der Unbekannte entgegenbrachte, erschien mir enorm. Immerhin hätte ich das ganze Geld für mich behalten können. Andererseits schließe ich nicht aus, dass er mich dafür eines Tages töten würde. Wie Sie sich unschwer ableiten können, ging ich auf das merkwürdige Angebot ein.

Ich habe an dem Text kaum etwas verändert. Nur ein paar Rechtschreibfehler korrigiert. Letztendlich habe ich alles genauso belassen, wie es war. Die Geschichte, die hier erzählt wird, hat mich ungemein beeindruckt und mich in meiner Meinung bestärkt, dass unser Leben seltsam und auf grausame Weise unvorhersehbar ist. Natürlich lässt der Roman eine Menge Fragen offen, aber ich will hier weder spekulieren noch deuten. Und schon gar nicht will ich mich zu einer moralischen Wertung hinreißen lassen.

Bis heute weiß ich nicht, ob ausnahmslos alle Kapitel von Keller geschrieben wurden und ob er selbst mir dieses Manuskript zukommen ließ oder aber seine Tante oder einer seiner Freunde. Was mich betrifft, so wünsche ich mir, dass *er* es war, und oft ertappe ich mich bei der Vorstellung, dass er vielleicht doch zu seinem Glück zurückgefunden haben könnte, vielleicht in Italien oder irgendwo am Meer, aber – falls ja – dann bestimmt nicht allein.

Wo auch immer er sich gerade aufhält … ich wünsche ihm Glück.

C. Probst

Claus Probst
Nummer Zwei
Thriller
Band 19691

Brillante Psychospannung: hart, bewegend, authentisch.

Im Wald, frühmorgens: Ein Namenloser findet ein totes junges Mädchen. Behutsam trägt er die Leiche davon. Er darf das nicht. Das weiß er. Aber er muss so handeln.

Inzwischen brüstet sich ein Serienmörder der Tat. Doch nirgendwo ist eine Leiche gefunden worden. Ein riskantes Katz-und-Maus-Spiel beginnt, in dem ein Unbekannter zum entscheidenden Faktor wird – auf Leben und Tod.

Das gesamte Programm gibt es unter
www.fischerverlage.de

fi 19691 / 1

Claus Probst
Spiegelmord
Thriller
Band 03035

Er war ein Monster. Jetzt ist er tot.
Waren seine Opfer auch seine Henker?

Ein Mann wird brutal ermordet. Jahrelang hat er seine Tochter Karen misshandelt. Für Kommissarin Lena Böll ist Karen tatverdächtig und Opfer zugleich. Wie die anderen Frauen in Karens Therapiegruppe. Hat eine von ihnen Selbstjustiz geübt? Und wird sie weiter Rache nehmen an den Tätern, die die Polizei nicht bestrafen kann?

»Psychospannung pur!«
Buch aktuell

Das gesamte Programm gibt es unter
www.fischerverlage.de

fi 03035 / 1

Arno Strobel

Im Kopf des Mörders – Tiefe Narbe

Thriller

Band 29616

»Arno Strobel gehört zu den besten deutschen Thrillerautoren.«

Für Sie

Max Bischoff ist der Neue bei der Mordkommission in Düsseldorf, und sein erster Fall hat es in sich. Auf dem Präsidium taucht ein verwirrter Mann auf, von oben bis unten mit Blut besudelt. Er kann sich an die letzte Nacht nicht erinnern. Wie sich herausstellt, stammt das Blut von einer Frau, die spurlos verschwand und für tot gehalten wird. Ist der Mann ihr Mörder? Ist er Täter oder Opfer?

Der Auftakt der neuen spannenden Thriller-Trilogie und der erste Fall für Oberkommissar Max Bischoff

fi 29616 / 1

Rückenschmerzen

linke